DRAGONFLY

ANTJE HERDEN

WAENA

DER RUF DER BRANDUNG

DRAGONFLY

FSC
MIX
Papier
FSC® C014496

1. Auflage 2020
Originalausgabe

Die Arbeit am Manuskript wurde mit einem Arbeitsstipendium
des Hessischen Ministeriums für Wissenschaft und Kunst gefördert.
Umschlag von Eva Schöffmann-Davidov
Satz: GGP Media GmbH, Pößneck
Printed in Germany
Dieses Buch wurde auf FSC®-zertifiziertem Papier gedruckt.
ISBN 978-3-7488-0029-3

www.dragonfly-verlag.de
Facebook: facebook.de/dragonflyverlag
Instagram: @dragonflyverlag

Für mein Mottchen

1.

Ich gleite durch die Dämmerung. Übermächtig greift die Sehnsucht nach mir, wie die langen Algenstängel nach meinen Beinen. Wickelt sich um mich, hüllt mich ein, nimmt mich gefangen. Die Angst ist auch wieder da. Sie pocht darunter. Eine seltsame Mischung. Wegen oder nach derselben Sache.

Aus den Augenwinkeln bemerke ich etwas Schimmerndes. Meine silberblauen Arme. Das wenige Licht hier unten verfängt sich darauf. Freiwillig würde ich niemals ein Shirt anziehen, das hauteng ist und silbern glänzt. Auch nicht in Blau, obwohl das meine Lieblingsfarbe ist. Aber dieser Gedanke ist überflüssig, denn das ist kein Shirt, und das weiß ich sehr genau. Es ist meine Haut. Ich bin nackt. Und silberblau.

Die mich umgebende Dämmerung ist schwer. Ich trage ihren Druck auf jedem Zentimeter meines Körpers. Das ist nicht unangenehm, nur anders als gewohnt. Große Sprünge kann man hier unten nicht machen. Aber schwimmen. Dabei entstehen Verwirbelungen, in denen sich die langen gefiederten Stängel des Kelpwaldes wiegen. Dazwischen schwebt ein Schwarm kleiner glitzernder Fische. Ich schaue ihm nach. Atme aus.

Schillernde Blasen verlassen meinen Mund. Ganz sicher brauche ich ziemlich bald neue Luft. Instinktiv schaue ich nach oben. Dort wird es hell. Bleib ganz ruhig. Du weißt, dass du es kannst. Und dann atme ich. Unter Wasser. Die Luftblasen erinnern an flüssiges Metall. Zwischen dem langen Tang sehen sie märchenhaft schön aus. Weit oben verlieren sie sich, und für einen Moment möchte ich ihnen folgen.

Doch das blaue Leuchten taucht unter mir auf. Es ist klein, aber es dringt aus der dunklen Tiefe wie ein übermächtiges Versprechen. Die Sehnsucht nach etwas, das ich nicht begreifen kann, dehnt sich noch weiter aus. Erfüllt mich ganz und gar. Dagegen ist selbst die Angst machtlos.

Ich werfe einen letzten Blick ins Helle. Dann wende ich mich nach unten, ein kräftiger Schwimmstoß. Ich komme!

Da dringt ein schriller Ton an meine Ohren. Das quälende Geräusch droht mich zu zerreißen. Das Einzige, das mich retten kann, ist, die Augen ganz weit zu öffnen.

»Hey, Motte-Karotte, du musst jetzt wirklich aufstehen, sonst kommst du zu spät zur Schule«, sagt Mam.

Sie stellt den Wecker aus, der neben meinem Bett herumlärmt, und streicht mir sacht über den Kopf. Ich atme tief den Duft ihres Parfums ein.

»Du meine Güte, wo bist du denn in deinen Träumen gewesen? Du bist ja schweißgebadet«, murmelt sie.

»Das ist kein Schweiß. Das ist Algenwasser aus der tiefsten Tiefe«, krächze ich mit morgenheiserer Stimme.

Mam lacht schallend auf.

Ich zittere. Mein Pyjama ist klatschnass, jetzt ist mir wirklich kalt. Mit steifen Gliedern erhebe ich mich und stakse Richtung Bad. Laufen kann man das nicht wirklich nennen. Meine Beine machen nur ganz mickrige Schritte. Als hätte ich bis eben gar keine Füße gehabt. Sondern Flossen.

»Das ist nicht lustig«, knurre ich.

»Wieder ein Unterwassertraum?«, ruft Mam mir nach.

Ich grunze etwas und knalle die Badezimmertür zu. Fair ist das nicht. Aber ich bin noch nicht wieder ganz bei mir.

Aus dem Spiegel über dem Waschbecken blickt mir ein verknautschtes Wesen mit wirren schwarzen Locken entgegen. Das habe ich schon etliche Male am Morgen gesehen, und darum putze ich ihm auch anstandslos die Zähne. Danach will ich den letzten Hauch des Traums weggurgeln und mir mit Schwung eine Portion Mundwasser direkt aus der Flasche in den Mund tropfen. Leider treffe ich mein rechtes Auge.

»So ein blöder Mist!«, fluche ich los.

Halb blind spüle ich mein Gesicht mit klarem Wasser. Als mir endlich ein weiterer Blick in den Spiegel gelingt, sehe ich dort ein verknautschtes Wesen mit wirren schwarzen Locken und einem feuerroten Auge. Aha, so ein Tag wird das also. Ich seufze resigniert. Dann schneide ich ein paar lustige Grimassen. Alles andere hat sowieso keinen Sinn. Leider muss ich nicht lachen. Der Unterwassertraum hält mich noch in seinen Fängen.

»Oder in seinen Kelpfesseln«, murmle ich und strecke meinem Spiegelbild die Zunge raus.

Den ersten dieser seltsamen Träume hatte ich kurz nach meinem vierzehnten Geburtstag. Das war vor einem Monat. Den zweiten und dritten etwa vierzehn Nächte später. Den vierten und fünften träumte ich in dieser Woche. Wenn das so weitergeht, werde ich sie irgendwann nicht mehr zählen können. Diese Träume sind megaintensiv und fühlen sich superecht an. Jedes Mal spüre ich das Gleiche: erst Angst und absolute Verwirrung. Dann Sehnsucht. Nach etwas Unbekanntem. Von dem ich weiß, dass es wunderschön wäre. Wenn ich es fände. Was ich aber leider nicht tue. Und nach dem Aufwachen stimmt dann für einen Moment einfach gar nichts mehr.

Mir fällt der Englischtest ein, den wir heute in der sechsten Stunde schreiben. Mit einem Mal bin ich ganz und gar zurück in der Realität. Der Test ist die letzte Chance, meine Zeugnisnote zu verbessern, und ich habe Mam hoch und heilig eine Drei versprochen. Ich habe sie sogar ein bisschen angeraunzt, dass ich selber wüsste, wann und wie viel ich dafür lernen muss. Aber die Drei rückt gerade in unerreichbare Ferne. Eigentlich weilt sie dort schon das ganze Schuljahr. Ich mag Englisch nicht und hatte überhaupt keine Lust zu lernen. Das kann ja mal vorkommen. Doch ich sollte nicht so verschwenderisch mit dem *Hochundheilig* um mich werfen. Nun muss ich doch grinsen. Wie das wohl aussehen würde, mit einem *Hochundheilig* zu werfen?

In einem der Frauenmagazine, die immer beim Zahnarzt im

Wartezimmer herumliegen, habe ich mal gelesen, dass man sich jeden Morgen im Spiegel selbst anlächeln soll. Dann würde es ein guter Tag werden, egal was auf einen zukommt. Ein etwas besserer Tag würde mir heute schon genügen. Ich ziehe mein Grinsen noch ein bisschen breiter und klemme es mir kurz hinter den Ohren fest. Nur für alle Fälle.

Leider funktioniert es nicht. Als wir nach einem ewig währenden Vormittag endlich aus der Schule in die Freiheit des Nachmittags hinaustreten, weiß ich, dass Englisch unwiederbringlich verloren ist. In dem Moment fährt Mam mit dem Fahrrad vorüber. Ich habe keine Lust, ihr das Fiasko sofort zu beichten. Glücklicherweise sieht sie uns nicht.

»Hey, das ist doch deine Mam«, sagt Katha.

Ich nicke.

»Anna! Anna!«, ruft meine Freundin laut hinter Mam her.

Katha gibt sich alle Mühe und wedelt auch noch mit den Armen.

»Lass nur, sie hört dich nicht«, sage ich.

Mam hat Stöpsel in den Ohren. Wenn sie Musik hört, ist sie ganz woanders. Wahrscheinlich sollte sie dann gar nicht Fahrrad fahren.

Ich schaue ihr nach. Über ihrer Schulter hängt wie immer die unverwüstliche und daher etwas schmuddelige Kuriertasche mit dem Autogurt. Die trägt sie auch schon auf fünfzehn Jahre alten Bildern.

Letztes Weihnachten habe ich ihr eine Handtasche geschenkt. Sie hat gar nicht so superviel gekostet und sah doch ein bisschen aus wie eine von Kathas Mutter. Mam hat mir einen dicken Kuss gegeben und gesagt, ich solle ihr nicht so teure Geschenke machen. Nun verstaubt die Tasche auf der Hutablage der Garderobe, die wir auf dem Sperrmüll gefunden haben. Inzwischen verstehe ich gar nicht mehr, warum ich die Tasche mal hübsch fand.

Lange Zeit war es mir ziemlich peinlich, wie Mam sich kleidet und dass sie nicht aussieht wie die meisten anderen Mütter. Heute finde ich es völlig in Ordnung. Viele Frauen in ihrem Alter ziehen sich wie *Marie oder Claire* an. So jedenfalls nennt es mein bester Freund Herr Meier und meint damit, dass sie Kleider wie die Models in den Frauenmagazinen tragen. Aber meine Mutter ist Mode gegenüber völlig resistent. Sie fühlt sich noch immer in diesen Hosen am wohlsten, die viel zu weit sind und riesige Taschen haben. Außer ihr tragen die nur noch Handwerker, die eine Menge Werkzeug mit sich herumschleppen müssen, und der Obdachlose, der jeden Morgen mit einer Plastiktüte in der Hand durch unsere Straße der aufgehenden Sonne entgegenläuft. Am Abend schlurft der alte Mann wieder zurück, in den Sonnenuntergang hinein. Die Tüte trägt er noch immer und zum Glück auch die Hose. Sie schleift unten durch den Dreck und hängt am Hintern viel zu tief runter. Ich befürchte ja, sie könnte eines Tages ganz nach unten rutschen. Die Unterhose des Obdachlosen möchte ich nämlich nicht sehen. Wenn er überhaupt eine anhat. Mam und ich geben ihm jedes Mal einen Euro, wenn wir an ihm vorbeilaufen. Er sagt nicht Danke. Eigentlich sagt er überhaupt niemals etwas. Ab und zu kauft er sich am Kiosk eine Flasche Wodka. Manchmal steht er dann auf der Kreuzung und regelt den Verkehr auf seine ganz eigene Art. Der Obdachlose gehört in unsere Straße wie der riesige Magnolienbaum im Vorgarten von Nummer 20, wie die kleine Bäckerei mit den leckeren Zimtbrötchen und wie das ohrenbetäubende Glockengeläut, das alle fünfzehn Minuten von der Kirche um die Ecke herüberdröhnt.

»Erde an Mo. Erde an Mo. Bitte sofort aus dem Gedankenkarussell aussteigen«, dringt Kathas Stimme zu mir durch.

Ich schaue sie an, und Katha lächelt.

»Na endlich. Da bist du ja wieder«, sagt sie. »Lass uns gehen. Ich habe später noch Ballettunterricht.«

Eigentlich hat Mam mich Moana genannt. Früher fand ich den Namen schrecklich. Ich wollte lieber so heißen wie alle anderen Kinder, wie Katharina zum Beispiel oder wie Luisa. Aus dem Hawaiianischen übersetzt bedeutet Moana *die Anbetung der unendlichen Weite der See*. Im Rest der Welt einfach Ozean. Er ist der schönste Name, den ich mir heute vorstellen kann. Als ich vor fünf Jahren aufs Gymi wechselte, habe ich ihn gekürzt. Mo finde ich richtig gut. Mam nennt mich allerdings Motte-Karotte-Lieselotte, Mottchen-Popottchen oder Lottchen. Sie wird nicht müde, immer neue Varianten zu erfinden. Manchmal frage ich mich, warum sie mir überhaupt einmal einen Namen gegeben hat und ob sie sich an den noch erinnern kann.

Entstanden bin ich in Kalifornien unter einem Mammutbaum. Das hat Mam mir erzählt, als ich alt genug war, um zu begreifen, wie sie das meinte. Eigentlich wäre meine Mutter gern für immer dortgeblieben. Nicht unter dem Mammutbaum, aber am Pazifik. Doch weder aus Kalifornien noch aus der Beziehung zu dem Mann, der mein Vater ist, wurde etwas Bleibendes.

Bis zu meinem siebten Geburtstag glaubte ich, mein Papa wäre ein auf einer Insel verschollener Bootskapitän, den ich eines Tages von dort retten würde. Jeder, der die Bücher von Astrid Lindgren kennt, weiß, woher ich diese Idee hatte. Wenn ich an meinen Vater dachte, sah ich tatsächlich Efraim Langstrumpf vor mir, mit einem Vollbart, einer Mütze auf dem Kopf und in einem geringelten T-Shirt. In Wirklichkeit habe ich meinen Vater noch nie gesehen. Mam erklärte mir, er hätte den Kontakt zu ihr abgebrochen, als sie im vierten Monat schwanger war. Zu seinem und meinem Schutz gestand sie mir allerdings auch, dass sie ihm nichts von mir gesagt hatte. Fotos haben wir keine von ihm. In Kalifornien war ich auch noch nie.

»Karottchen, wühle nicht in der Vergangenheit. Wir leben im Hier und Jetzt«, antwortet meine Mutter, wenn ich frage. Ich versuche, ihr das zu glauben und nicht traurig zu sein.

Meistens klappt das auch. Obwohl ich mir nicht mehr sicher bin, dass mir das Hier und Jetzt für alle Zeiten genügen wird. Jeder möchte irgendwann wissen, wo er herkommt. Seit einigen Wochen wird mein Wunsch danach stärker.

Kathas Mutter ist den ganzen Tag zu Hause und hat Mam, als wir damals in die Fünfte kamen, angeboten, dass ich bei ihnen zu Mittag mitessen könnte. Mam kann nicht kochen und macht das auch nicht gern. Weil ich weiß, wie sehr es sie erleichtert, wenn ich ein warmes Essen am Tag bekomme, gehe ich noch immer öfter nach der Schule mit zu Katha.

So wie heute.

Nach dem Essen machen wir schnell die Hausaufgaben. Darüber bin ich eigentlich ganz froh, denn ich weiß, dass ich sie allein zu Hause wahrscheinlich nicht machen würde.

Weil ich danach nichts Besseres zu tun habe, begleite ich Katha zum Ballettstudio. Dann bummle ich durch die Sonne wieder zurück.

Im Park sitzen sie zusammen und beieinander. Sie hören Musik, lachen, manche rauchen, alle trinken teure Biolimonade. Ich winke Klara zu. Sie reagiert aber nicht. Ich weiß nicht, ob sie mich wirklich nicht sieht oder nur so tut, als ob. Ein unangenehmer Stich in meinem Herzen lässt mich schlucken. Ich laufe etwas schneller.

Herr Meier müsste nun auch endlich Schulschluss haben. Ich schicke ihm eine verbotene Nachricht.

Vor dem gegenüberliegenden Haus steht der Laster eines Möbelhauses. Zwei Männer in blauen Hosen mühen sich mit einer Waschmaschine ab.

»Das ist schon das zweite Dachgeschoss in dieser Woche«, murrt der eine.

Ich werde hellhörig. Wieso Dachgeschoss?

Ich renne die Treppen hoch und stürze an das Fenster im Wohnzimmer. Tatsächlich. Gegenüber zieht jemand ein!

Auf dem Display meines Telefons steht die Antwort von Herrn Meier. *Sorry, Mo. Kann heute leider nicht. Bis morgen.*

Ausgerechnet heute, wo jemand ins Dachgeschoss gegenüber einzieht.

Warum kann er eigentlich nicht? Er hat in den Pausen gar nichts gesagt. Seltsam.

»Wie war der Englischtest, Lottchen?«, fragt Mam, als wir nach dem Abendessen auf dem Sofa rumlümmeln.

Ich erzähle ihr stattdessen, dass wir morgen mit dem Biokurs ins Aquarium gehen.

»Ach, das ist ja schön!«, ruft sie prompt und mit leuchtenden Augen.

Die unendliche Liebe zum Ozean und all seinen Bewohnern habe ich von ihr geerbt. Herr Meier sagt, es sei wichtig, eine echte Leidenschaft zu haben. Katha findet sie übertrieben. Aber manchmal fühle ich mich tatsächlich, als sei der Ozean ein Teil von mir. Dabei bin ich nicht einmal an der

Küste aufgewachsen, sondern im absoluten Landesinneren. Das Meer ist etwa fünfhundert und der nächste Ozean sogar tausend Kilometer weit entfernt. Mam und ich verbringen dort die Sommerferien. Das sind immerhin sechs Wochen im Jahr. Um uns über den Winter zu trösten, gehen wir ins Aquarium. Zumindest haben wir das oft gemacht, als ich noch jünger war. Wir hatten sogar eine Dauerkarte. Aber seit etwa einem Jahr waren wir nicht mehr zusammen dort. Herr Meier meinte, das sei völlig normal, weil man irgendwann einfach weniger mit seinen Eltern unternimmt. Leider kenne ich sonst niemanden, der mit mir ins Aquarium geht. Die meisten finden es langweilig. Herr Meier erbarmt sich hin und wieder.

Auf den Schulausflug freue ich mich trotzdem nicht besonders. Unsere Biolehrerin wird uns Vorträge über irgendwelche Süßwasserkrustentiere halten wollen, und wir werden ganz sicher nicht stundenlang vor dem großen Glaszylinder träumen dürfen, in dem die Meeresfische ihre Kreise ziehen.

»Na ja, Bio mit dem Böhnchen«, murmle ich darum. »Du musst noch diesen Zettel unterschreiben, dass ich länger bleiben darf, wenn ich möchte.«

»Du warst schon lange nicht mehr da, oder?«, fragt Mam.

Ich nicke. Das letzte Mal war vor den Unterwasserträumen. Komisch, dass ich das denke. Denn eigentlich ist es noch viel länger her.

»Beim letzten Mal war ich dreizehn«, sage ich.

Mam zieht mich an sich und gibt mir einen Kuss zwischen die Locken. »Meine kleine Meerjungfrau«, raunt sie leise und hat zum Glück den Englischtest vergessen.

2.

Panisch reiße ich die Augen auf. Ich bin gefangen. In absoluter Dunkelheit. Mein Körper ist gefesselt. Ich kann mich überhaupt nicht bewegen.

Hilfe!, will ich schreien, bekomme aber kein Wort heraus.

Was ist hier los? Wo bin ich?

Atme! Ein und aus. Es geht immer ums Atmen.

Ich bin nicht unter Wasser. Ich atme Luft.

Die Panik tut weh. Zerquetscht mein Herz. Es schlägt dagegen an. So schnell es kann.

In meinen Füßen stecken tausend Nadeln.

Ich wälze meinen Körper herum. Nach rechts, nach links. Wie ein Wurm. Schließlich bekomme ich die Arme frei. Greife vor mich, ziehe herab, was ich erfasst habe. Befreie meinen Kopf. Meinen Oberkörper. Strample mich komplett in die Freiheit.

Atme.

Dann muss ich lachen.

»Ach Mam«, sage ich und knipse meine Lampe neben dem Bett an.

Ich habe mich darüber schon öfter beschwert, aber Mam benutzt nach wie vor die Bettbezüge, bei denen irgendwann mal alle Knöpfe abgesprungen sind. Und irgendwie gelingt es mir immer wieder, im Schlaf da hineinzugeraten. Nach einigen nächtlichen Umdrehungen habe ich mich dann dermaßen im Bezug verheddert, dass ich völlig hilflos erwache.

Aber eine solche Panik wie eben habe ich deswegen noch nie empfunden.

»Hoffentlich entwickle ich keine blöde Platzangst«, murmle ich und steige aus dem Bett. Dann richte ich mir das zerknäulte Bettzeug wieder gemütlich her.

Gerade als ich die Lampe löschen möchte, spüre ich einen seltsamen Druck in meiner linken Hand. Neugierig betrachte ich sie. Irgendetwas stimmt nicht. Sie fühlt sich heiß an und puckert. Die Innenfläche ist gerötet und ein wenig geschwollen. Eine Wunde kann ich nicht entdecken. Ich wüsste auch gar nicht, woher die kommen sollte. Ich habe mich nicht verletzt. Verwundert betrachte ich meine Hand.

Plötzlich bemerke ich etwas ganz und gar Ungewöhnliches. Genau in der Mitte, dort wo die Schicksalslinie die Kopflinie kreuzt, bildet sich ein winziges Loch. Ich traue meinen Augen nicht und blinzle ein paarmal. Danach ist das Loch immer noch da. Allerdings ein Stück größer. Es ist beinahe rund und öffnet sich immer weiter und weiter. Blut tritt keines aus. Es tut auch nicht weh. Wenigstens das. Aber das Ganze ist absolut gruselig.

»Das gibt es ja gar nicht«, flüstere ich. »In meiner Hand ist etwas gewachsen. Vielleicht ein klitzekleines Alien. Oder ist das hier auch ein abgefahrener Traum?«

Inzwischen kenne ich mich mit seltsamen Träumen ziemlich gut aus. Das hier fühlt sich allerdings total real an. So echt kann kein Traum sein.

Im Loch erscheint etwas Silbriges. Vorsichtig taste ich danach. Es ist hart. Ich drücke sacht daran herum. Es tut immer noch nicht weh. Obwohl es so aussieht, als müsste es das. Das Loch hat jetzt einen Durchmesser von etwa einem Zentimeter. So etwas wie ein großer Tropfen beginnt aus der Öffnung zu quellen. Klar wie Wasser. Millimeter für Millimeter presse ich ihn aus meiner Hand. Der Tropfen bildet eine perfekte kleine Kugel. Doch bevor ich die genauer betrachten kann, rollt sie von meiner Hand. Als sie auf dem Boden aufkommt, macht sie ein Geräusch, als wäre sie aus Glas. Dann verschwindet sie unter meinem Bett.

»Was war das denn?«, flüstere ich völlig perplex und starre wieder auf meine Hand.

Wie kam diese kleine Kugel in meinen Körper? Das muss irgendwann bei einem Unfall passiert sein. Vielleicht habe ich mir mal die Hand an einer zerbrochenen Vase aufgeschnitten. Vielleicht war die mit diesen Zierkügelchen gefüllt, die es in Dekoläden gibt. Und vielleicht ist eines davon irgendwie in die Wunde geflutscht. An so einen Unfall kann ich mich zwar nicht erinnern, aber ich könnte ja noch sehr jung gewesen sein. Kann man Glas im Körper haben, das erst nach Jahren wieder herauskommt? Der Gedanke macht mir eine Gänsehaut. In meiner Hand kann ich nichts Ungewöhnliches mehr entdecken. Das kleine Loch hat sich wieder vollständig geschlossen. Oder war es nie wirklich da? Habe ich vielleicht doch nur geträumt? Ich überlege, ob ich unters Bett kriechen soll, um nach dem Beweis zu suchen.

Da muss ich so heftig gähnen, dass meine Kieferknochen knacken. Eine riesige Müdigkeit übermannt mich.

Ich muss morgen unbedingt Mam danach fragen, denke ich noch, dann schlafe ich wieder ein.

Man muss achtsam sein mit Lieblingsdingen. Wenn man sie überall herumzeigt, können sie ihren Zauber verlieren. Das kenne ich schon. Trotzdem bin ich etwas erschrocken, als wir mit unserer Biolehrerin Frau Böhnlein im Vorraum stehen und ich mein geliebtes Aquarium kaum wiedererkenne. Obwohl es sich gar nicht verändert hat.

Jeder von uns ist als Kind oft hier gewesen. Mit den Eltern, zu Geburtstagen, mit der Grundschulklasse oder mit dem Hort. Vielleicht ist es ihnen etwas peinlich, dass sie gute Erinnerungen daran haben. Alle tun nämlich so, als interessierten sie sich nicht im Geringsten für die Wasserwelten. Die Jungs lärmen herum und machen blöde Witze. Die Mädchen hängen an ihren Smartphones und unterhalten sich über Sachen, die sie angeblich spannender finden. Schminke, Insta, Jungs und so was.

»Ich war schon ewig nicht mehr hier«, sagt Katha neben mir.

»Ich auch nicht«, murmle ich.

Der Geruch der großen Becken mit seinen vielen Wasserbewohnern kitzelt in meiner Nase. Und plötzlich spüre ich diese unfassbare Sehnsucht in mir, die ich aus meinen Unterwasserträumen kenne. Vermischt mit einer etwas wirklicheren Wehmut. Mam und ich haben hier so viele Stunden verbracht. Ob mein Lieblingsfisch noch lebt? Ich habe ihm sogar einen Namen gegeben. Koa. Mam mit ihrer Vorliebe für hawaiianische Namen hat ihn mit mir zusammen ausgesucht. Der Mutige. Ich strebe zum großen Glaszylinder, um nach ihm Ausschau zu halten.

Doch unsere Biolehrerin hat andere Pläne.

»In die Süßwasserabteilung, bitte!«, ruft sie.

Frau Böhnleins Welt sind die Krebse, Lurche und Würmer der Seen und Flüsse.

»Den Ozean mag jeder«, sagt sie. »Und jeder hat auch schon vom vielen Plastik gehört, das die Meere verschmutzt. Aber dass die Lebewesen der Süßgewässer aussterben, bemerkt kaum jemand. Darum müssen wir uns kümmern.«

Frau Böhnlein hat sich auf die Fahne geschrieben, die heimische Süßwasserwelt zu retten. Darum stehen wir im langweiligsten Raum des ganzen Aquariums, und sie hält einen ihrer Vorträge. Obwohl ich ihre Begeisterung für Wesen wie Egel, Wasserflöhe und Strudelwürmer irgendwie niedlich finde, höre ich doch kaum hin. Viel lieber möchte ich nach nebenan gehen. Je länger Frau Böhnlein redet, desto größer wird mein Wunsch danach. Bis ich es schließlich kaum mehr aushalte.

»Alles okay mit dir?«, fragt Katha. »Du zappelst total rum.«

»Ja, alles okay«, sage ich. »Ich glaube, ich bleibe noch ein bisschen hier, wenn das Böhnchen fertig ist.«

»Wirklich? Ist doch langweilig.«

Ich nicke erst und schüttle dann den Kopf.

»Verstehe schon. Moana. Nomen est omen.« Katha lacht mich an.

Wenn es echt ist, hat Katha das schönste Lachen der Welt.

Ich gehe dann aber doch erst rüber, als alle anderen weg sind. Vor dem riesigen Meerwasseraquarium stelle ich mich auf meinen alten Platz. Langsam ziehen Fische ihre Kreise um das künstliche Riff in der Mitte. Durch das Glas sehen sie größer und mächtiger aus, als sie sind. Haie und Rochen, Feuerfische, Barsche und der hässliche Seewolf. Dazwischen schweben Quallen aller Arten. Im Riff verstecken sich Muränen und Oktopusse. Zwischen den Seeanemonen flitzen kleine Clown- und Doktorfische hin und her. Seesterne kleben auf den Felsen und Korallen.

Koa, bist du da?, frage ich in Gedanken.

Und dann kommt er tatsächlich majestätisch um das Riff geschwommen. Der Mola mola. Größter Fisch im Becken. Mein geliebter Mondfisch. Er verlässt seine Bahn und schwimmt auf mich zu. Blinzelt mit seinen großen runden Augen unter dem Knochenwulst, als würde er mich tatsächlich erkennen. Ich spüre mein Herz vor Freude klopfen, als er Nase an Nase vor mir schwebt.

Da bist du ja.

Hallo, kleine Mo, du bist lange nicht hier gewesen.

Ja, ich weiß.

Ich habe dich vermisst.

Ich dich auch.

Auf einmal spüre ich Tränen aufsteigen. Huch, was ist denn mit mir los?

Ich war immer hier und habe auf dich gewartet.

Ich drücke die Hand gegen die Scheibe. Koa tut dahinter das Gleiche mit seinem Knochenhöcker, der an eine Stupsnase erinnert. Ich kann erkennen, wie dick das Glas ist, das uns trennt.

Plötzlich muss ich kichern. Hören könnte unser Gespräch niemand, trotzdem wäre es peinlich, wenn mich jemand so sehen würde. Es ist aber sowieso niemand da. Über die Mittagszeit hat man den künstlichen Ozean ganz für sich allein. Ich stehe minutenlang vor dem Becken, meine Hand an der Scheibe, der Mola mola auf der anderen Seite. Doch schließlich dreht Koa ab und schwimmt weiter. Als wolle er mich nicht weiter aufhalten.

Ich laufe rüber zum Berührungsbecken. Wenn man mag, kann man hier Schwämme, Seegurken und kleine Rochen befühlen. Das habe ich noch nie getan. Die Vorstellung, jemand würde mich einfach anfassen, weil er wissen will, wie sich meine Haut anfühlt, ist gruselig. Das möchte ich niemandem antun.

»Du respektierst uns eben.«

Überrascht schaue ich mich um. Habe ich gerade laut gedacht und ein Besucher hat sich den Spaß gemacht, mir zu antworten? Doch auch hier ist niemand. Ich muss mich verhört haben.

»Nein, das hast du nicht.«

Ich höre die Stimme ganz deutlich. Jemand antwortet mir. Und zwar auf meine Gedanken. Das ist übertrieben unheimlich. Ich schlinge meine Hände ineinander, damit die nicht zittern. Dann schaue ich mich unauffällig noch einmal genau um.

Die einzigen anderen Lebewesen hier sind die Schwämme, Seegurken und Babyrochen im Berührungsbecken. Vielleicht ein Taucher, der die Fliesen putzt? Ich trete näher ans Wasser. Auch da ist niemand.

Plötzlich sehe ich ein blaues Leuchten. Es huscht über den Boden des Beckens. Ich kneife die Augen zusammen, kann aber nichts Genaues erkennen. Für einen Augenblick streift mich eine Ahnung. Mein Herz beginnt wie verrückt zu klopfen. Doch ich bekomme die Ahnung nicht zu fassen.

Da entdecke ich auf der anderen Seite einen kleinen Rochen, der seinen Kopf aus dem Wasser streckt. Seine Artgenossen drängen sich in einer Ecke, wo wohl Futter für sie liegt. Der kleine Rochen hält eine seiner Seitenflossen so, dass es aussieht, als würde er mir winken.

»Hey, du«, sage ich aus Spaß und winke zurück.

»Hallo, Moana«, antwortet er.

Erschrocken erstarre ich zu Eis. Meine ganze Kindheit über glaubte ich, dass der große Mondfisch mein Freund sei und mit mir reden würde. Irgendwann begriff ich natürlich, dass er das nur in meiner Fantasie tat. Aber der kleine Rochen hat gerade *wirklich* mit mir gesprochen. Und er kennt meinen Namen. Den eigentlichen, von dem nur wenige wissen und den kaum einer benutzt. Das kann doch nicht wahr sein!

»Es wird langsam Zeit«, spricht der Rochen von meiner Erschütterung völlig unbeeindruckt weiter. Er hat eine tiefe Stimme. Viel zu tief für einen so kleinen Fisch. Himmel, was denke ich denn da?

»Wofür?«, frage ich, weil ich nicht weiß, was ich sonst sagen soll.

Ich starre ihm auf den Mund. Rochen haben einen niedlichen Mund mit beinahe runden Lippen. Darüber befinden sich die Nasenlöcher, die an Augen erinnern. Darum sehen Rochen aus, als hätten sie ein kleines liebes Gesicht auf der Unterseite. Noch seltsamer ist das, wenn so eines mit einem spricht.

»Für die Wahrheit«, dröhnt es gerade mit der völlig unpassenden tiefen Stimme.

»Welche Wahrheit?«, rutscht es mir heraus.

Du liebes bisschen, was ist das hier? Leide ich an Halluzinationen? Werde ich verrückt? Ich spreche mit einem Fisch. Das habe ich zwar mein Leben lang getan, aber das war ein Spiel. Gerade tue ich es wirklich.

»Die Wahrheit, zu der dich deine Träume führen«, antwortet der Babyrochen.

Weiß er etwa von meinen Unterwasserträumen? Aber wie kann das denn sein? Was für eine alberne Frage, denke ich. Denn was hier gerade passiert, kann sowieso überhaupt gar nicht sein.

Doch der kleine Rochen schwimmt zu mir an den Rand des Beckens. Dabei streckt er seinen Kopf weiterhin aus dem Wasser, sodass es aussieht, als würde er sich mithilfe seiner Seitenflossen auf der Wasseroberfläche entlangschlängeln. Das habe ich als Kind oft beobachtet und darüber gelacht. Doch heute ist mir nicht zum Lachen zumute. Nicht mal zum Grinsen. Wie gebannt blicke ich dem Fisch entgegen. Als er am Rand angekommen ist, strecke ich meine Hand zu ihm ins Wasser, als wollte ich ihm die kleine Flosse schütteln.

»Das ist für dich, Moana.«

»Aua!«

Erschrocken ziehe ich meine Hand zurück. Etwas hat mir in den Finger gestochen.

»Warum hast du mich gestochen?«, frage ich den kleinen Rochen erschüttert. »Du bist doch gar kein Stachelrochen.«

»Ähm, Mo? Redest du etwa mit einem Fisch?«, fragt da plötzlich jemand, und ich zucke zusammen.

Katha steht neben mir.

»Was machst du denn hier? Ihr wolltet doch in den Park«, fahre ich sie ein wenig heftig an. Ich fühle mich halb ertappt und halb erleichtert.

»Ich hatte auf einmal Lust, doch noch mal zurückzukommen.« Sie deutet auf das Becken, in dem der kleine Rochen wieder abgetaucht und zu seinen Artgenossen geschwommen ist. »Oder störe ich bei irgendwas?«

»Quatsch«, schreie ich beinahe. Aber ich bin völlig verwirrt von dem, was gerade passiert ist.

Katha sieht mich schräg von der Seite an. »Du bist heute irgendwie komisch.«

»Geht schon wieder.« Ich winke ab, damit auch wirklich alle Zweifel aus Kathas Augen verschwinden. Ich habe nur zwei Freunde und möchte nicht, dass mich einer von ihnen für verrückt hält, weil ich angeblich mit Fischen rede.

Da sehe ich plötzlich etwas Blaues. Nur ganz kurz an meiner abwinkenden Hand. Wie ein funkelnder Blitz hängt es an meinem Finger. Dort, wohin mich der kleine Rochen gestochen hat. Schnell ziehe ich es aus der Haut und verberge es in der anderen Hand. Ich werde es mir später anschauen, wenn Katha mich nicht mehr ansieht, als ob ich sie nicht mehr alle hätte. Unauffällig lasse ich, was immer es ist, in der Tasche meines Hoodies verschwinden. Der Rochen hat gesagt, dass es für mich sei. Ich denke das, als könnte es wahr sein.

»Schön, dass du zurückgekommen bist«, sage ich zu Katha und lege alles, was ich an Unbekümmertheit in mir finde, in mein Lächeln.

Wir laufen die Straße entlang, und Katha nimmt meine Hand. Ich sage nichts dazu, obwohl ich nicht genau weiß, wie ich das finde. Albern, peinlich, einfach nur schön?

Kathas langes blondes Haar leuchtet in der Sonne. Es ist ganz fein und niemals zerzaust. Als kämen ständig schimmernde Elfen mit einem großen goldenen Kamm geflogen, um dieses Haar zu kämmen und die Knoten darin zu entwirren. Wahrscheinlich rubbeln sie auch die Flecken aus ihren Kleidern, wischen ihr die Mundwinkel sauber und pulen den Dreck unter ihren Fingernägeln hervor. Katha ist immer perfekt, und vielleicht sind es wirklich Elfen, die ihr dabei helfen. Ich muss lachen.

»Erzählst du es mir, damit ich mitlachen kann?«, fragt sie.

»Ach, es ist gar nichts. Ich lache nur, weil ich mich gut fühle«, sage ich.

»Ein bisschen seltsam bist du ja immer, aber heute übertreibst du es echt«, sagt Katha kopfschüttelnd.

Die Elfen mit dem großen Kamm rutschen schimpfend aus ihren Haaren. Darüber muss ich wieder lachen.

Kathas Mutter öffnet uns die Tür. »Hallo, Mo, schön, dass du da bist«, sagt sie.

Wie immer sieht sie aus, als würde sie sich wirklich über meinen Besuch freuen.

»Guten Tag, Frau Blum«, grüße ich und nehme ihre ausgestreckte Hand.

Mam wird von allen geduzt. Aber mir würde es nie in den Sinn kommen, die elegante Frau Blum Kathrin zu nennen. Obwohl sie sogar ein Jahr jünger ist als Mam.

Wir setzen uns in Blums Wintergarten. Kathas Mutter bringt das Mittagessen. Kotelett, Buttergemüse und Kartoffeln dampfen auf Tellern mit aufgemalten Blüten. Alle drei Teller haben das gleiche Muster. So etwas gibt es bei uns zu Hause nicht. Da hat beinahe jedes Geschirrstück sein eigenes Dekor. Das Blütenmuster von Blums Tellern passt sogar zur Tischdecke, und die Tischdecke passt zu den Pflanzen in den Töpfen, die um uns herum stehen. Als hätte sich hier der Stylist eines Wohnmagazins mal richtig austoben dürfen.

»Wir sehen aus wie eine perfekte Familie in einem perfekten Haus in der Fernsehwerbung. Nur dass natürlich noch der perfekte Mann fehlt und meine Haarfarbe vom Perfekten etwas abweicht«, sage ich und muss grinsen.

»Ach Mo, das ist aber nett«, freut sich Frau Blum.

Sie streicht mir über die Wange. Ihre Finger fühlen sich kalt an. Katha streckt mir die Zunge raus. Dabei habe ich es gar nicht böse gemeint. Aber so nett, wie Frau Blum denkt, ehrlich gesagt auch nicht.

Nach dem Essen räumen wir den Tisch ab und holen unsere Hefte und Bücher aus den Taschen. Kathas Mutter setzt sich zu uns, trinkt eine Tasse Kaffee und schaut interessiert. Ich bin mir nicht sicher, ob sie wirklich versteht, wie man eine Funktion herleitet. Sie hat so ein kleines Lächeln im Mundwinkel, das ganz fehl am Platz ist, immerhin geht es um Mathe. Entrückt, würde Herr Meier Frau Blums Lächeln nennen. Solche Worte benutzt er gerne. Ich muss ihn nachher unbedingt anrufen. Am liebsten würde ich ihm eine Nachricht schicken. Aber wir haben uns mal geschworen, das nur in Notfällen zu tun, und gegen diesen Schwur habe ich schon gestern verstoßen.

»Wir können telefonieren, uns Briefe und Mails schreiben oder uns, und das am allerliebsten, treffen. Allen anderen Kommunikationsformen verweigere ich mich. Ich werde nicht zum Sklaven irgendeines sozialen Mediums oder einer App. Diese Freiheit wage ich mir auch als Digital Native zu nehmen«, hat er erklärt und seine SIM-Card in das alte Nokia seines Vaters gesteckt. »Zur Not eine SMS. Sonst nie. Schwöre!«

Ich tat es als die Marotte eines ganz besonderen Menschen ab und schwor.

3.

Als ich nach Hause laufe, pfeift es hinter mir, und ich weiß, dass ich Herrn Meier nicht mehr anzurufen brauche. Sein Fahrrad kommt mit quietschenden Bremsen neben mir zum Stehen. Über ihm baumelt etwas an einer langen Stange.

»Was ist denn das Ekliges?«, frage ich erstaunt, obwohl ich vor Ungeduld, ihm alles zu erzählen, fast platze.

»Ein Fuchsschwanz«, antwortet er.

»Ein echter Schwanz? Von einem echten Fuchs?«, frage ich.

»Ein ganz echter und ein Original noch dazu. Aus den Achtzigern, von meinem Vater. Haben wir gestern im Keller gefunden«, erklärt Herr Meier.

Er schiebt die schwarze Wollmütze aus den Augen. Aber nur ein Stück, gerade so viel, dass er mich anschauen kann. Er scheint wirklich sehr stolz auf das Stückchen Fell zu sein. Darum sage ich nicht, was ich von dem räudigen Original halte.

Er ist ein Jahr älter als ich, und ich nenne ihn Herr Meier, weil er sonst Horst heißen würde.

»Wir baden eben die falsch kanalisierten Sehnsüchte unserer Eltern aus«, sagte Herr Meier mit einem Schulterzucken, als ich ihn mal fragte, ob er seinen Namen mag. Irgendwie war mir Horst so schwer über die Lippen gekommen. »Deine Mutter wäre gern am Ozean geblieben, und meine Eltern versuchten schuldbewusst, ihr bequemes Mittelstandsleben zu verarbeiten, indem sie ihrem einzigen Sohn einen altmodischen Arbeiternamen gaben. Du kannst mich ja stattdessen Herr Meier nennen.«

»Warum denn Herr Meier?«, fragte ich.

Mit Nachnamen heißt Horst nämlich Bernbeck. Er schaute mir tief in die Augen und sagte dann leise ein Gedicht auf.

»Herr Meier hält sich für das Maß der Welt.
Verständlich ist allein, was ihm erhellt.
Man muss sich eiligst von Herrn Meier wenden,
um nicht mit Mord und Raserei zu enden.«

»Aha«, machte ich und wusste nicht, ob ich lachen oder sehr besorgt sein sollte.

»Ist nicht von mir, sondern von Christian Morgenstern«, sagte er.

»Aha«, machte ich noch einmal, als wäre damit alles klar.

Seitdem heißt mein bester Freund Herr Meier.

Die anderen halten etwas Abstand zu ihm. Vielleicht wegen der Wollmütze, die er sich jeden Tag bis in die Augen zieht. Vielleicht wegen der Dinge, die er sagt – und vor allem, wie er sie sagt. Vielleicht merken sie aber auch, dass es ihm egal ist, was sie von ihm halten.

»Du, Herr Meier, gegenüber ist jemand eingezogen«, erzähle ich ihm.

Das hatte ich schon gestern tun wollen. Aber da hatte er keine Zeit und auch kein Warum-nicht für mich. Trotzdem ist es seltsam, dass ich ihm zuerst vom Dachgeschoss im Haus gegenüber und nicht sofort vom sprechenden Rochen erzähle. Denn das ist ja die viel spektakulärere Neuigkeit. Normalerweise erzähle ich Herrn Meier alles. Aber heute lässt mich etwas zögern.

Ich laufe langsam weiter. Herr Meier kurvt mit seinem Fahrrad um mich herum.

»Soso«, meint er nur.

Das enttäuscht mich dann aber doch ziemlich. Ich dachte, auch diese Neuigkeit würde ihn regelrecht umhauen.

Eine Wolke schiebt sich vor die Sonne. Plötzlich ist es frisch und schattig. Und ich habe gar keine Lust mehr, ihm noch mehr zu erzählen. Man kann jemandem nicht sagen, dass man mit Fischen redet, wenn derjenige nicht ganz nahe bei einem ist. Und Herr Meier scheint ganz weit weg zu sein. Obwohl er jetzt vom Rad steigt.

Wir laufen zwar nebeneinander, aber sehr stumm die Straße entlang. Von Weitem sehe ich den Obdachlosen. Er sitzt vor der Kirche und starrt vor sich hin.

»Kleinen Moment mal«, sagt Herr Meier und springt wieder auf sein Rad.

Er düst hinüber zur Bank vor der Kirche, kramt in seiner

Tasche und legt dem alten Mann etwas in die Hand. Ich höre, wie er ihn fragt, ob es ihm gut gehe. Dann wünscht er ihm einen schönen Tag. So wie immer, wenn er ihn trifft. Der Obdachlose antwortet nicht. Auch wie immer. Er wackelt nur etwas mit dem Kopf.

»Ich finde es toll, dass du immer mit ihm sprichst, auch wenn er nie antwortet«, sage ich zu Herrn Meier, als er wieder neben mir läuft.

Das finde ich wirklich, jetzt sage ich es aber nur, um dieses schreckliche Schweigen zwischen uns zu zerschlagen.

»Manchmal antwortet er«, sagt Herr Meier.

»Wirklich?«, rufe ich überrascht. »Das wusste ich nicht.«

»Das weiß kaum jemand. Es redet ja niemand mit ihm.«

Herr Meier sagt das ganz leise, und ich weiß, dass er mir keinen Vorwurf machen will. Trotzdem treffen mich seine Worte. Wahrscheinlich, weil er recht hat.

»Du warst heute nicht in der Schule«, sage ich etwas vorwurfsvoll, als wollte ich von mir ablenken. »Bist du krank?«

In der ersten großen Pause, vor dem Ausflug ins Aquarium, habe ich ihn überall gesucht. Ich wollte ihm unbedingt erzählen, was im Haus gegenüber passiert. Aber ich habe ihn nirgends gefunden. Eigentlich treffen wir uns in den Pausen immer an unserer Bank im Schulhof.

»Nö, ich war da«, antwortet er.

Er klingt, als wäre ihm die Mütze über den Mund gerutscht. Ich schaue ihn erstaunt an. Darum sehe ich, dass er rot wird.

»Ins Dachgeschoss gegenüber ist also jemand eingezogen«, sagt er schnell. »Das ist sehr interessant.«

Ich habe den Eindruck, als wollte er eigentlich etwas anderes nicht sagen. Das bedrückende Gefühl, das in meinem Bauch größer und größer wird, fühlt sich gar nicht gut an.

In unserer Wohnung schnappt Herr Meier sich das Fernglas, schiebt seine Mütze ein Stück aus den Augen und beobachtet die gegenüberliegende Wohnung. Jedenfalls tut er so. Ich betrachte ihn unauffällig von der Seite und spüre, dass er nicht bei der Sache ist. Außerdem ist da noch etwas. Ich komme nur nicht gleich drauf. Herr Meier kaut auf seiner Unterlippe. Als er schlucken muss, sehe ich seinen Adamsapfel auf und ab hüpfen. Und plötzlich weiß ich es. In der letzten Zeit ist etwas passiert, das ich bisher noch gar nicht bemerkt, geschweige denn gewürdigt habe.

»Das gibt es ja gar nicht!«, rufe ich.

»Was meinst du?«, fragt Herr Meier.

»Seit wann bist du denn größer als ich?«

»Ach, das«, sagt er wie nebenher. Dabei schlüpft ihm aber ein äußerst zufriedenes Grinsen in den Mundwinkel.

Aber auch dieser kleine Moment hilft noch nicht, das Bedrückende zwischen uns zu vertreiben. Wir hatten noch nie Geheimnisse voreinander. Sonst besprechen wir immer, was uns durch die Köpfe geht oder was wir erleben, egal ob mit oder ohne einander. Heute steht eine Mauer zwischen uns, hinter der ich ihn fast nicht sehen kann. Hinter der er mich bestimmt auch nicht hören könnte. Wahrscheinlich würde er mich sowieso für irre halten, wenn ich ihm vom Rochen erzählte. Mir selbst kommt das Ganze ja auch völlig unglaubwürdig vor.

Herr Meier nimmt das Fernglas wieder vor die Augen.

»Wer hätte das gedacht«, murmelt er da und schnalzt mit der Zunge. Endlich zieht ihn das Geschehen im Dachgeschoss gegenüber in seinen Bann und zu mir zurück.

Als Mam und ich vor fünf Jahren hier eingezogen sind, ist mir das Dachgeschoss gegenüber sofort aufgefallen. Ich war mir sicher, dass es keine Wohnung war, denn es wirkt total verfallen. Die Dachziegel sind aus schwarzem Schiefer und mit Moos bewachsen. Daraus wölben sich drei kleine Gauben hervor. Die Fenster haben Sprossen, und die Farbe der dünnen Rahmen ist abgeblättert. Fünf der kleinen Butzenscheiben sind gesprungen, zwei sind sogar komplett herausgefallen. Die Öffnungen hat jemand mit Folie zugeklebt. Tauben haben sich auf den Fensterbrettern eingenistet.

Ganz oben auf dem First stehen drei altmodische Antennen. Eine von ihnen ist locker. Aber auf genau der sitzen die Krähen am liebsten. In einer Reihe hocken sie da und plustern sich auf. Sobald ein weiterer der schwarzen Vögel auf der Antenne landet, dreht die sich mit allen Krähen darauf im Kreis. Manchmal fällt dabei eine herunter und flattert aufgeregt herum. Vor etwa drei Monaten passte ich so einen Moment mit meiner Kamera ab und schoss ein paar tolle Bilder. Die lud ich auf meinen Rechner und zeigte sie Herrn Meier. Er schaute sie lange an und wurde plötzlich ganz aufgeregt. »Warte mal, Mo«, sagte er und öffnete eines der Fotos im Bildbearbeitungsprogramm. Das Haus gegenüber wirkte darauf ganz dunkel. Nur der Himmel war hell, und davor bildeten die Silhouetten der Vögel so etwas wie ein Schattentheater. Herr Meier verringerte den Kontrast und nahm die dunklen Tonwerte etwas zurück. Dann zeigte er auf eines der Gaubenfenster.

Ich erschrak. Man konnte ihn noch immer kaum erkennen, aber er war da – der Umriss einer Person, die dort im dunklen Zimmer stand. Heiß fühlte ich den Schreck durch meine Adern jagen. Wer war das? Jemand, der Mam und mich heimlich beobachtete? Oder nur der Hausmeister, der mal nach dem Rechten schauen wollte?

Ich zeigte das Bild meiner Mutter. Aber sie konnte den Umriss nicht erkennen und nahm das Ganze nicht ernst. Zu meinem Geburtstag wünschte ich mir das Fernglas, damit Herr Meier und ich das Dachgeschoss im Auge behalten können. Die unheimliche Person haben wir seitdem nicht wieder gesehen. Und jetzt ist dort jemand eingezogen.

»Sie haben einen Sohn.« Herrn Meiers Stimme reißt mich aus meinen Gedanken.

»Wer?«

»Die da drüben.«

»Zeig mal!«

Ich nehme ihm das Fernglas einfach aus der Hand. Er schnauft empört, aber ich habe den Jungen von gegenüber schon im Visier und achte nicht darauf.

Plötzlich rast mein Herz, und ich bekomme keine Luft mehr. Das Fernglas fällt mir aus den Händen.

»Mo! Was ist denn los? Du bist ganz blass geworden«, ruft Herr Meier und schaut mich besorgt an.

»Ich weiß auch nicht«, stammle ich und versuche, normal zu atmen.

»Du musst wohl mal dringend gehalten werden.«

Herr Meier nimmt mich fest in die Arme. Und endlich löst sich die seltsame Distanz zwischen uns ganz auf.

»Ich glaube, ich kenne den Jungen da drüben«, murmle ich an seiner Schulter, als wir wieder ganz nahe beieinander angekommen sind.

»Wirklich? Woher?«, fragt Herr Meier.

»Das ist ja das Komische«, sage ich. »Ich bin mir andererseits auch total sicher, dass ich ihn noch nie gesehen habe.«

»Verstehe«, sagt Herr Meier. »Ihr seid also ominöse Seelenverwandte.«

Ich weiß, dass er mich zum Lachen bringen will, doch es funktioniert nicht.

»Ich habe so ein komisches Vorgefühl von etwas ganz und gar Unglaublichem, das ich noch nicht kenne und von dem ich noch nichts weiß. Ach Herr Meier, mir ist schlecht.«

»Das ist dein Kreislauf. Du isst einfach zu wenig. Darum fällst du gleich in Ohnmacht, wenn du the new kid in town entdeckst.«

Er nimmt die Arme wieder von mir und grinst mich an. Plötzlich ist mir seine Umarmung ein bisschen peinlich. Vielleicht dauerte sie etwas zu lange.

»Blödmann«, sage ich.

The new kid in town hat mir zwar einen Schrecken eingejagt, sieht aber sehr süß aus. Das habe ich trotz allem erkannt. Herr Meier wohl auch, denn er beobachtet mich und grinst noch etwas breiter. Jetzt grinse ich zurück.

»Geht's?«, fragt er.

Ich nicke und hebe das Fernglas vom Teppich auf.

»Er ist bestimmt so alt wie wir«, mutmaße ich, als ich den Jungen noch mal betrachte.

»Meinst du, so alt wie du oder so alt wie ich?«, fragt Herr Meier.

»Sei nicht blöd. Außerdem sind wir Mädchen in unserer Entwicklung euch Jungs sowieso um Jahre voraus.«

»Nur manchen und dann um allerhöchstens zwei.«

Der Junge von gegenüber ist groß und athletisch. Er hat schwarze Haare mit helleren Strähnen dazwischen. Lockig fallen sie ihm bis auf die Schultern. Oben am Hinterkopf hat er sie mit einem Gummi zusammengebunden. Er packt einen Koffer aus. An der Wand kann ich ein Poster erkennen, das er schon aufgehängt hat. Es zeigt irgendeine fantastische Landschaft. Sie kommt mir bekannt vor. Doch gerade interessiert sie mich nicht. Ich suche das Gesicht des Neuen. Er hat einen ziemlich breiten Mund, und seine Augen sind groß. Er schaut nach unten, darum kann ich die Farbe nicht erkennen. Ich finde ihn total schön.

»Er sieht traurig aus«, murmle ich und gebe Herrn Meier das Fernglas zurück.

Er schaut aber nicht noch einmal hindurch.

»Finde ich nicht«, sagt er. »Hast du das Poster gesehen?«

»Mhm.«

»Der Typ scheint sich für Fantasy zu interessieren. Aber aus welchem Comic, Buch oder Spiel diese Gegend stammt, weiß ich nicht.«

Das will tatsächlich etwas heißen, denn Herr Meier hat so ziemlich alle Fantasybücher gelesen, die ich kenne, und auch viele andere, von denen ich noch nie gehört habe. Außerdem kennt er wirklich jedes Game. Wenn Herr Meier nicht mit mir unterwegs ist, wenn er nicht isst und nicht liest, dann zockt er. In dieser Reihenfolge.

»Ist vielleicht aus einem Film«, schlage ich vor. »Mir kommt sie bekannt vor.«

»Filme werden oft nach Büchern gedreht.«

»Besserwisser.«

Herr Meier grinst nur.

Das Haus gegenüber ist etwa acht Meter entfernt. Man könnte auch mit bloßem Auge erkennen, was dort geschieht.

Darum bücken wir uns schnell, als der Junge plötzlich aufschaut.

»Au!«, ruft Herr Meier.

Dabei hat er die polsternde Mütze auf und nicht ich.

»Wir hätten ihm auch einfach zuwinken können«, sage ich und reibe meine schmerzende Stirn.

Herr Meier schiebt seine Mütze wieder in die richtige Position.

»Stimmt. Aber aus irgendeinem Grund haben wir das nicht getan«, flüstert er tief und irgendwie unheimlich.

Prompt läuft mir ein Schauer über den Rücken. Wahrscheinlich starre ich ihn erschreckt an, denn er grinst sofort sein ewiges Grinsen.

»Na, wirklich gefährlich sieht der da drüben nicht aus«, sagt er versöhnlich.

»Herr Meier, ich muss dir noch was erzählen –«, beginne ich.

In dem Moment dreht sich ein Schlüssel in der Wohnungstür, und Mam kommt herein. Atemlos schleppt sie zwei schwere Taschen voller Lebensmittel in den Flur.

»Beide sind sie an mir vorbeigelaufen. Beide! Haben nett gegrüßt und sind einfach weitergegangen. Vielleicht sollte ich doch anfangen, Röcke und hohe Schuhe zu tragen«, schimpft sie vor sich hin, wahrscheinlich über die Männer, die unter uns wohnen, der eine links, der andere rechts.

Als sie uns sieht, lächelt sie. »Ach, Herr Meier und das

Lottchen sind da, wie schön. Seid ihr wieder dabei, das Haus gegenüber zu inspizieren? Schon irgendwelche Gespenster und unheimliche Gestalten entdeckt?«

»Mam!«, rufe ich ärgerlich. »Du bist so –«

»Jemand ist ins Dachgeschoss eingezogen«, unterbricht Herr Meier meinen Unmut.

»Wirklich?«, fragt meine Mutter. »In die alte Bruchbude?«

»Übrigens schon gestern«, sage ich unwirsch. Ich kann es nicht leiden, wenn sie sich über mich lustig macht.

Mam lässt die Taschen an Ort und Stelle fallen, schnappt sich das Fernglas und späht interessiert hinüber.

»Oh mein Gott. Nein, das kann nicht sein!«, flüstert sie plötzlich. Es klingt geradezu panisch.

Sie lässt das Fernglas sinken und hält sich am Fensterbrett fest, als würde sie sonst umfallen. Kreidebleich und mit zitternden Lippen atmet sie viel zu flach.

»Anna, was ist los?«, fragt Herr Meier alarmiert.

Er wirft mir einen verwirrten Blick zu. Wahrscheinlich versteht er die Welt nicht mehr. Mutter und Tochter fallen beide beim Anblick des neuen Jungen beinahe in Ohnmacht. Ich habe nicht die leiseste Ahnung, wieso mir das passiert ist. Im Gegensatz zu Mam. Sie scheint zu wissen, warum sie für einen kurzen Moment völlig entgeistert war. Doch sie will es uns nicht sagen, denn sie schüttelt heftig den Kopf.

»Ach, das ist nicht wichtig«, wiegelt sie ab. »Ich dachte nur einen Moment, ich –«

»Du dachtest, du würdest den da drüben kennen, stimmt's?«, frage ich gespannt.

»So ungefähr. Aber das ist natürlich Unsinn«, murmelt meine Mutter. »Ich meine, woher sollte ich denn einen Fünfzehnjährigen kennen?«

Sie gibt sich einen Ruck und strahlt uns wieder fröhlich an. Doch mich kann sie nicht täuschen und Herrn Meier auch nicht. Das Strahlen sieht äußerst unecht aus. Noch einmal hebt sie das Fernglas an die Augen und späht neugierig hinüber.

»Mam, der da drüben kann dich übrigens sehen«, sage ich.

»Himmel, Popottchen, du hast recht.«

Schnell lässt sie das Fernglas sinken und winkt hinüber. Der Junge winkt nicht zurück. Entweder hat er uns noch nicht bemerkt, oder er hat einfach keine Lust, zu den neugierigen Leuten von gegenüber, die ihn peinlicherweise mit einem Fernglas beobachten, Kontakt aufzunehmen.

»Mir ist noch nie aufgefallen, wie nahe dieses Haus an unserem steht. Man kann ja wirklich alles erkennen. Dann können die da drüben uns natürlich genauso gut sehen. Wie unangenehm«, murmelt meine Mutter.

Sie wendet sich lächelnd an Herrn Meier. »Bleiben Sie zum Essen?«

Mam siezt meinen besten Freund. Weil das konsequent sei, sagt sie. Wenn schon Herr Meier statt Horst, dann richtig und mit allem Pipapo. Niemand außer Mam, Katha und mir nennt

Herrn Meier Herr Meier. Niemand außer Mam siezt meinen besten Freund.

Das Lächeln, das ihre Frage begleitet, ist echt, und der bizarre Moment verfliegt endgültig.

»Sehr gern, Anna. Vielen Dank für die Einladung.«

Zu dritt tragen wir die Einkaufstaschen in die Küche und räumen die Lebensmittel in die Schränke. Wir schnippeln Karotten, Paprika, Tomaten und eine Fenchelknolle zu einem Salat.

Mam erzählt, dass sie sich mal wieder im Supermarkt verloren hat. Sie steht dann da und weiß nicht mehr, wo die einzelnen Dinge zu finden sind und was sie überhaupt hatte kaufen wollen. Ich weiß nicht, ob das normal ist bei Leuten Anfang vierzig oder ob ich mir Sorgen um sie machen muss. Mam erzählt so, als wäre das Ganze lustig gewesen. Ich habe es aber schon vorhin in ihren Augen gesehen. Die sind noch immer ein bisschen verquollen. Sie hat geweint.

Früher hat es mich supertraurig gemacht, wenn Mam weinte, und ich versuchte immer, sie zu trösten. Als ich noch ganz klein war, schwor ich mir, dass ich meine Mama niemals traurig machen darf. Um sie zu schützen, habe ich ihr in den letzten Jahren einige meiner Probleme verschwiegen. Zum Beispiel stapeln sich alle Elternbriefe unter meinem Bett. Ich habe sie ganz nach hinten geschoben, in der Hoffnung, dass sie einfach von allein verschwinden. Zum Teil tun sie das auch. Unter einer dicken Staubschicht.

»Du musst dich ausruhen. Du bist wahrscheinlich erschöpft«, sage ich.

Mam gibt mir einen Kuss auf die Wange. »Meine Große«, murmelt sie.

Herr Meier schneidet eine Zwiebel in kleine Würfel. Er muss sich die Tränen aus den Augen wischen und die Nase hochziehen.

»Es ist alles so traurig«, jammert er. »So unfassbar traurig.«

Mam und ich prusten los.

Aber sie vergisst, mich nach dem Ausflug ins Aquarium zu fragen. Das ist kein gutes Zeichen.

4.

Nach dem Essen verschwinden wir in mein Zimmer.

»Also, was wolltest du mir erzählen, bevor Anna kam?« Herr Meier würde so etwas niemals vergessen.

Plötzlich habe ich es furchtbar eilig, ihm von dem seltsamen Erlebnis im Aquarium zu berichten.

Als ich fertig bin, kaut er auf seiner Unterlippe herum. »Du bist dir ganz sicher, dass dieser Rochen mit dir gesprochen hat?«

»Na ja, mit dem Mondfisch habe ich schon als Kind geredet. Also in Gedanken. Der sprechende Rochen war neu. Dafür aber total echt. Ich weiß, wie verrückt das klingt.«

Die ganze Geschichte macht mich total hilflos. Ich kann sie nicht fassen. Wie soll das dann ein anderer können? Selbst wenn der Herr Meier ist.

Dann erzähle ich ihm auch noch von meinem letzten Unterwassertraum. Von denen ist er immer wieder begeistert.

»Silberblau und nackt.« Er schaut mich völlig hingerissen an.

»Hör sofort auf, dir das vorzustellen!«, rufe ich und werfe ihm ein Kissen an den Kopf.

Ich treffe besser als gewollt. Das Kissen reißt Herrn Meier die Mütze vom Kopf.

»Die Gedanken sind frei«, sagt er und setzt sie sich wieder auf. »Wer oder was bist du in diesen Träumen? Hast du das dieses Mal herausfinden können?«

»Nein, leider immer noch nicht. Ich kann mich ja nicht von außen sehen. Irgendein Wesen, das unter Wasser atmen kann.«

»Sehr, sehr cool«, sagt Herr Meier und grinst.

Ich muss lachen und bin froh darüber.

Herr Meier ruckelt an seiner Mütze herum, so wie er es tut, wenn er überlegt. »Zeig mir mal bitte das Blaue.«

Im ersten Moment weiß ich gar nicht, wovon er redet. »Was für ein Blaues?«

»Das Schimmernde aus dem Berührbecken. Was ist es denn?«

»Keine Ahnung!«, rufe ich überrascht. Eben habe ich ihm noch davon erzählt und es sofort ein zweites Mal einfach wieder vergessen. Wie kann das denn sein? »Ich habe es in meine Tasche gesteckt und nicht mehr daran gedacht. Genau wie bei der kleinen Glaskugel.«

»Was für eine kleine Glaskugel?«

»Das ist noch mal eine ganz andere Geschichte«, wiegele ich ab.

Herr Meier ist der klügste, neugierigste und fantasievollste Mensch, den ich kenne. Doch so langsam befürchte ich, dass ihn meine Erlebnisse genauso überfordern könnten wie mich.

Ich stürme aus dem Zimmer. Meine Sweatjacke liegt weder auf dem Sofa, in keiner Ecke, noch hängt sie an der Garderobe.

»Mam, wo ist mein schwarzer Hoodie?«, rufe ich durch die Wohnung.

»In der Waschmaschine«, kommt es aus der Küche.

Na toll. Manchmal wäscht hier tagelang keiner, und ausgerechnet heute hat Mam ihren Hausfrauenmoment. Ich renne ins Bad und stelle die Maschine aus. Dann reiße ich einfach die Klappe auf.

»Aber nicht einfach die Klappe aufreißen!«, ruft Mam.

Ein Schwall Wasser brandet mir entgegen und platscht auf den Boden. Schnell greife ich nach einem Handtuch und lege es vor die alte Maschine. Dann zerre ich die klatschnasse Wäsche heraus. Meine Mutter kommt ins Bad gelaufen.

»Was machst du denn da?«, ruft sie völlig aus dem Häuschen.

»Da ist etwas in der Jackentasche«, sage ich. »Das darf nicht mitgewaschen werden.«

»Bist du dir sicher? Eigentlich habe ich vorher in die Taschen gegriffen. Da war nichts drin.«

Schade, dann habe ich das Blaue wohl verloren. Auf einmal macht es mich ganz traurig, dass ich nicht weiß, was mir der Rochen gegeben hat. Oder besser gesagt, was sich im Fühlbecken in meinem Finger verhakt hat. Wieso habe ich es mir denn nicht wenigstens einmal angeschaut? Ich zerwühle die nassen, ineinander verschlungenen Wäschestücke.

»Bitte wisch das gleich wieder auf, okay?«, sagt Mam hinter mir.

Endlich habe ich die Jacke gefunden.

»Okay!?!«, wiederholt Mam drängend.

»Ja. Ja, klar, mach ich«, murmle ich.

Vorsichtig greife ich in die Jackentasche. Etwas pikst in meine Fingerkuppe. Es ist noch da! Auf einmal schlägt mein Herz schneller. Ich berge das Blaue in meiner Faust und gehe in mein Zimmer zurück.

»Da ist es«, sage ich und halte Herrn Meier meine geöffnete Hand unter die Nase.

»Wow!«, macht er.

Vorsichtig nimmt er etwas auf. Endlich wage ich, einen Blick darauf zu werfen.

»Sieht aus wie ein Schmetterlingsflügel«, sage ich leise. Mein Herz klopft stärker, als sich gut anfühlt.

»Ein Schmetterlingsflügel hätte den Waschgang nicht überlebt. Aber es könnte tatsächlich irgendein Flügel sein. Vielleicht von einer tropischen Riesenlibelle oder so.«

Herr Meier hält das kleine Gebilde hoch. Der Flügel glüht tiefblau und wirft einen ozeanfarbenen leuchtenden Punkt an die Wand.

»Irre, das ist Biolumineszenz«, raunt er. »Wahrscheinlich sekundär, also von Bakterien, denn besonders lebendig sieht das Ganze ja nicht aus, es kann also nicht selbst das Leuchten produzieren. Ich würde zu gern wissen, was es ist. Darf ich es mitnehmen, um das herauszufinden?«

»Klar«, sage ich.

Ich bin fast erleichtert, dass Herr Meier das zarte Ding mitnehmen möchte. Obwohl es so wunderschön ist, macht es mir seltsamerweise Angst. Nur ein Quäntchen zwar, aber selbst das ist mir gerade zu viel. Nachdem er den Flügel vorsichtig in seine Tasche gesteckt hat, atme ich auf. Ich hatte gar nicht gemerkt, dass ich die ganze Zeit die Luft angehalten habe.

»Mo, da lag auch etwas sehr Besonderes unter deinem Bett«, sagt Herr Meier leise.

Er öffnet seine linke Hand, die er zur Faust geballt hatte. »Ich wollte hier nicht herumsuchen oder so, aber sie leuchtete. Ganz ähnlich wie der Flügel.«

In seiner Handinnenfläche liegt die kleine Kugel. Innen schimmert sie in einem changierenden Blau. Es sieht aus, als würde sie sich brechende Wellen umschließen.

»Die ist total schön«, sagt Herr Meier. »Ich wollte nicht, dass sie verloren geht. Von der hast du eben gesprochen, oder?«

Entgeistert starre ich auf die Kugel. Es ist tatsächlich die aus meiner Hand. Zaghaft berühre ich sie. Sie ist sagenhaft schön.

»Danke«, murmle ich benommen. »Die habe ich schon gesucht.«

»Sieht aus wie die Träne einer Meerjungfrau«, raunt Herr Meier.

»Herr Meier, was ist denn mit dir los?«, frage ich überrascht.

»Nichts«, sagt er ziemlich heftig. Als seien ihm seine Worte peinlich.

Aber dann grinst er.

Ich lege die Kugel in ein Schächtelchen. Als ich mich wieder zu ihm auf den Boden setze, nimmt Herr Meier meine Hand in seine.

»Ich scheine gerade eine etwas seltsame Phase durchzumachen«, flüstere ich heiser.

»Ist normal«, sagt Herr Meier.

Denn letztlich ist ihm nichts fremd, auch keine beste Freundin, die sich im Aquarium mit Fischen unterhält und einen in einer winzigen Glaskugel eingeschlossenen Ozean unterm Bett hütet. Ich erzähle ihm aber trotzdem lieber nicht, woher der kam. Ich muss das Ganze ja nicht ausreizen.

»Vielleicht sollte ich wirklich anfangen, regelmäßig zu frühstücken«, sage ich stattdessen.

»Das würde zumindest deine Mutter glücklich machen.«

»Ach Herr Meier, immer denkst du an andere«, ziehe ich ihn auf, weil das gerade passen könnte.

»So bin ich eben«, geht er mit einem Grinsen darauf ein. »Schade, nun war es doch nichts mit dem unheimlichen Umriss im Dachgeschoss gegenüber. Der wird jetzt von den neuen Mietern vertrieben. Wahrscheinlich war es sowieso nur der Besitzer, der mal nachgucken wollte, ob man die Bruchbude da drüben überhaupt noch vermieten kann.« Er hängt noch einen Seufzer an seine Worte.

Ich weiß, dass er das für mich macht, weil er weiß, dass ich so etwas gerade brauche. Ich nicke.

Aber als einen Hauch spüre ich die Gewissheit, dass da sehr viel mehr ist, als wir beide ahnen.

»Motte! Die Waschmaschine! Du hast die nasse Wäsche einfach davor liegen gelassen. Los, bring das in Ordnung!«, ruft Mam verärgert aus dem Bad.

Ups, das habe ich total vergessen.

Als Herr Meier nach Hause gegangen ist, kuschle ich mich zu Mam aufs Sofa.

»Ich habe den Englischtest verpatzt«, gestehe ich ihr.

»Das habe ich mir schon gestern gedacht«, sagt sie leise und legt den Arm um mich. »Ach Kalottchen, das muss wirklich anders und vor allem besser werden.«

»Ich weiß. Aber ich mag Englisch einfach nicht.«

»Ausgerechnet Englisch.«

Mam seufzt. Ich kann dieses Seufzen nicht leiden. Es ist schlimmer als Schimpfen. Vielleicht mag ich Englisch ja gerade deshalb nicht, weil mein Vater Amerikaner ist und ich unter diesem doofen Mammutbaum gezeugt wurde. Weil ich nichts mit meinem Erzeuger zu tun haben will.

Oder nicht haben kann.

Im Fernsehen beginnt ein Krimi. »Diese Sendung ist für Zuschauer unter achtzehn Jahren nicht geeignet«, schnarrt eine Männerstimme aus dem Off.

»Darf ich mitgucken?«, frage ich trotzdem.

»Das ist nichts für kleine Mädchen«, sagt Mam prompt.

»Vorhin war ich noch deine Große«, erwidere ich.

»Das bist du auch. Meine kleine Große.«

Sie gibt mir einen Kuss.

Ich nehme ein Buch mit ins Bett. Doch ich spüre sofort, dass dieses Ablenkungsmanöver nicht funktionieren wird. Ich lese jeden Satz fünf Mal und verstehe trotzdem nichts. Nach wenigen Minuten stehe ich wieder auf und schaue aus dem Fenster. Lange starre ich auf das Haus gegenüber. Aber die Wohnung im Dachgeschoss ist dunkel und wirkt völlig unbelebt. So, als wäre dort doch niemand eingezogen.

5.

»Diesen Test hätten wir uns sparen können, denn er hat nichts an euren Noten geändert, sondern war eine reine Zeitverschwendung«, frohlockt mein Englischlehrer. Er ist definitiv nicht Lehrer geworden, um Kindern voller Freude die englische Sprache zu vermitteln, sondern weil er eine fiese Seite ausleben möchte.

»Eine Fünf«, posaunt Herr Pollack, als er die Blätter auf meinen Tisch pfeffert.

»Danke schön, Herr Pollack«, flöte ich.

Diesem Gewitterzwerg gönne ich auf keinen Fall die Genugtuung, enttäuscht oder gar verzweifelt zu sein. Hoffnungsvoll wendet er sich darum seinem nächsten Opfer zu.

Da berührt mich etwas am linken Arm. Ich zucke innerlich zusammen, drehe mich aber nicht zur Seite. Nicht mit mir! Links von mir sitzt niemand. Da steht nicht einmal ein Stuhl. Es kann mich niemand von links berührt haben. Dann höre ich auch noch ein seltsames Raunen. Fast glaube ich, die tiefe Stimme des kleinen Rochens zu erkennen. Genaues kann ich nicht verstehen, höre aber meinen Namen heraus. Ich halte mir die Ohren zu, obwohl das bei Halluzinationen natürlich nichts bringt.

»Macht dich der Pollack so fertig, oder hast du Ohrenschmerzen?«, fragt Katha.

»Weder noch«, flüstere ich. »Ich habe Hallus.«

»Die könnte ich gerade auch gut gebrauchen. Der Typ nervt so dermaßen«, sagt Katha.

In dem Moment klopft es an die Tür. Schwungvoll und energiegeladen, wie es seine Art ist, stürmt der Direktor ins Klassenzimmer. Sofort verwandelt sich Pollacks herablassende Miene in ein heiteres Lächeln.

»Nach unten treten und nach oben lächeln, ich hasse so was«, knurrt Katha.

Sie klingt wie aus weiter Ferne, und ich kann sie kaum hören, denn meine Sinne konzentrieren sich wie magisch gefesselt auf die Tür. Hinter dem Direktor tritt noch jemand ins Klassenzimmer. Ich schnappe hektisch nach Luft, und das Lächeln meines Englischlehrers wird breiter. Vielleicht weil the new kid in town eine extragroße Portion Charisma mit sich herumträgt. Da schmilzt auch mal einem verknöcherten Englischlehrer das Herz.

»Jungs, Mädels, darf ich euch euren neuen Klassenkameraden vorstellen? Oder nein, das macht er am besten selbst. Einen schönen Tag noch.«

Zack, ist der Direktor wieder verschwunden.

»Hey there«, sagt der Neue. »Mein Name ist Keanu. Ich komme aus San Diego und werde eine Weile hier in Deutschland bleiben. Ein Test hat ergeben, dass ich in eurem Grade bin.«

Sein Akzent und seine leichte Verlegenheit machen ihn noch attraktiver. Aus dem Augenwinkel sehe ich, dass nicht nur Herr Pollack strahlt, sondern auch Katha sich hektisch durch ihr langes Haar fährt, sodass es sogar ein wenig in Unordnung gerät.

Herr Pollack deutet auf den freien Platz in der Reihe hinter uns. Keanu läuft darauf zu. Ich schaue ihm entgegen. Er lächelt mich an. Bevor ich zurücklächeln kann, bleibe ich an seinen Augen hängen. Die sind ganz dunkel, fast schwarz mit einem strahlend blauen Rand um die Iris. Sie sehen irgendwie falsch herum aus. Und unglaublich schön. Mein Herz beginnt wie verrückt zu klopfen.

Keanu bleibt neben meinem Tisch stehen, den Blick fest auf mich gerichtet. Ich kann nicht anders, als gebannt zurück zu schauen. Und plötzlich habe ich das Gefühl, Keanu würde nach mir greifen. Als nähme er meine Hände und zöge mich hinter sich her, einer Tiefe entgegen, aus der es keine Wiederkehr geben wird. Eine Tiefe, die mich erschreckt – und nach der ich mich unermesslich sehne.

»Nein!«, flüstere ich und schüttele den Kopf.

Er wendet den Blick ab und setzt sich auf den ihm zugewiesenen Platz hinter mir. Als ich mich noch einmal nach ihm umdrehe, lächelt er mich an, als wäre nichts passiert.

»Wenn du ihn nicht möchtest, umso besser«, flüstert Katha mir ins Ohr. »Dann nehme ich ihn. Ich finde ihn nämlich großartig.«

In der Pause sitzen Herr Meier und ich auf der Rücklehne unserer Bank und wickeln die Schulbrote aus. Mam lässt es sich nicht nehmen, mir jeden Morgen eines zu schmieren. Als wäre so ein Schulbrot die große Challenge, der Beweis fürs perfekte Muttersein. Vielleicht möchte sie aber auch einfach nur sicher sein, dass ich etwas frühstücke. Auf alle Fälle gibt sie sich sehr viel Mühe damit. Leider vertrage ich kein normales Brot, aber sie wird nicht müde, neue Sorten Knäckebrot, Reis-, Mais- und sonstige Ersatzbrote auszuprobieren. Der immer hungrige Herr Meier hat seine Mutter davon überzeugt, es Mam gleichzutun, damit er mir mein Schulbrot nicht länger wegessen muss. Zumal er kein Knäckebrot mag.

»Er ist in meine Klasse gekommen«, sage ich.

»Wer?«, fragt Herr Meier mit vollem Mund. Dann verzieht er angewidert das Gesicht und tut so, als müsse er sich übergeben. »Ich hasse diesen Körnerfraß! Ich bin doch kein Karnickel.«

»Der Junge von gegenüber. Was hast du denn drauf?«

»Eine weißliche Pseudowurst aus Getreide. Ich habe meiner Mutter schon hundertmal gesagt, dass ich so etwas nicht essen möchte. Der Mensch in der Wachstumsphase braucht essenzielle Fett- und Aminosäuren, so wie sie in einer ordentlichen Scheibe Schinken stecken.« Während Herr Meier vor sich hin schimpft, isst er sein Brot hungrig auf. »Wie heißt er?«, fragt er zwischen den letzten beiden Bissen.

»Keanu.«

»Willkommen im Club der seltsamen Namen«, sagt Herr Meier. »Man könnte beinahe denken, seine Eltern sind Fans eines bestimmten Hollywoodstars.«

»Er ist Amerikaner.«

»Ach so. Woher genau?«

»Aus San Diego. Er ist schon älter und müsste in der Schule eigentlich weiter sein. Das amerikanische Schulsystem scheint nicht so viel herzugeben. Aber in Kalifornien scheint wenigstens jeden Tag die Sonne, und es gibt Strände mit wunderschönen Wellen.«

»Sprach sie und blickte verträumt in den wolkenverhangenen deutschen Himmel«, säuselt Herr Meier.

Ich boxe ihm spielerisch in die Seite.

»Stoppt die Gewalt! Stoppt die Gewalt!«, ruft er, wobei er sich theatralisch den Oberarm hält.

Die anderen drehen sich nach uns um. Herr Meier winkt ihnen unbekümmert zu. Dann kneift er die Augen zusammen und blickt suchend über den Schulhof. »Wo ist der Neue? Ich kann ihn nirgends entdecken.«

»Er ist ein bisschen gruselig«, sage ich leise.

Herr Meier schaut mich überrascht an. Doch dann verzieht schon wieder ein Grinsen sein Gesicht. »Das findest du nur, weil du weißt, wo er wohnt. Im gruseligen Dachgeschoss, zusammen mit dem unheimlichen Umriss. Buhu!«

»Wenn du meinst«, murmle ich.

Ich weiß nicht, warum er das sagt. Wirklich witzig ist es

nicht. Außerdem hatten wir doch schon geklärt, dass der unheimliche Umriss nichts weiter war als der Schatten des Vermieters im Dunkeln. Und wahrscheinlich ist das Dachgeschoss eben doch nicht gruselig. Immerhin wohnt nun jemand dort oben. Jemand, der mir nicht mehr aus dem Kopf geht.

Ich habe nicht verstanden, was da vorhin passiert ist. Für einen Augenblick habe ich wirklich gedacht, ich würde in Keanus Augen ertrinken. Kurz kommt mir der Gedanke, ob sich so vielleicht Verlieben anfühlt. Ich hoffe nicht, denn es gefiel mir nicht besonders gut. Im Gegensatz zu Keanu selbst. Den finde ich unglaublich süß.

Es klingelt zum Ende der Pause. Wir laufen langsam in die Schule. Auf der Treppe überholt uns ein Mädchen mit roten Haaren. Ich weiß, dass sie Lea heißt und in meine Parallelklasse geht, aber ich kenne sie nicht.

»Hallo, Horst!«, sagt sie und lächelt zu Herrn Meier auf, klimpert sogar mit den Wimpern.

»Hallo, Lea«, sagt er.

Lea wimperklimpert noch einmal und wird über und über rot. Dann rennt sie weiter die Treppe hinauf.

Nanu, was war das denn?

Gerade will ich Herrn Meier fragen, da wendet der sich abrupt ab. »Mist, ich hab was vergessen. Bis später, Mo.«

Meinen Namen noch auf den Lippen stürmt er die Treppe wieder hinunter. Ich habe es trotzdem gesehen. Unter seiner schwarzen Mütze ist er genauso rot angelaufen wie Lea aus der Parallelklasse.

Zu allem Überfluss laufe ich nach der Schule allein nach Hause. Herr Meier hat heute wieder länger Unterricht. Katha spaziert Arm in Arm mit Klara an mir vorbei. K&K-Treffen im Park. Dazu bin ich nicht eingeladen. Ich will das auch gar nicht, aber es verletzt mich trotzdem.

Auf einmal merke ich, dass ich mit hängendem Kopf die Straße entlangschleiche. Als würde eine Last auf meinen Schultern liegen und mich zu einer kleinen unerwünschten Laus zusammendrücken.

»Lass dich doch nicht so hängen«, ermahne ich mich selbst und richte mich auf.

Mit geradem Rücken und schnellerem Schritt laufe ich weiter. Da spüre ich, dass jemand neben mir geht. Langsam drehe ich den Kopf zur Seite. Mein Herz macht einen Doppelsatz.

»Du wohnst gegenüber, nicht wahr?«, fragt Keanu.

»Nein, denn dort wohnst du. Gegenüber, meine ich.« Im selben Moment, in dem ich sie ausspreche, sind mir meine Worte unendlich peinlich. Sie klingen wie ein blöder Witz.

Keanu schaut mich verblüfft an. Dann huscht ein Lächeln über sein Gesicht. »Klar. Ich verstehe. Du wohnst viel länger hier. Also ist euer Haus das Haus, und mein Haus ist gegenüber, richtig?«

»Richtig«, sage ich und spüre, dass da ein ganz albernes Grinsen im Anmarsch ist. »Ich heiße übrigens Mo«, füge ich schnell hinzu.

»Angenehm, Mo. Mein Name ist Keanu.«

»Willkommen in unserer kleinen Stadt, Keanu.« Noch während ich das sage, komme ich mir total bescheuert vor. Warum habe ich das denn nun wieder gesagt? Was hat dieser Junge an sich, dass er mich so verunsichert?

Wir laufen schweigend nebeneinanderher. Ich suche verzweifelt nach irgendetwas in meinem Kopf, das ich sonst noch zu ihm sagen könnte. Aber da ist nichts. Ich bin mir sicher, er kann das trockene Schlucken in meinem Hals kratzen hören. Darum versuche ich, damit aufzuhören. Irgendwo muss die Spucke aber hin, die sich in meinem Mund ansammelt.

Plötzlich berührt Keanu meine Hand. Nur ganz kurz. Ich weiß nicht, ob es ein Versehen ist oder ob er es mit Absicht tut. Doch nach der flüchtigen Berührung ist das Schweigen zwischen uns nicht mehr unangenehm. Im Gegenteil. Alle Anspannung verlässt mich, und auf einmal fühlt es sich so an, als hätten wir beschlossen, erst später miteinander zu reden und jetzt einfach nur gemeinsam die Straße entlangzulaufen. Endlich kann ich wieder schlucken.

Zwischen unseren Häusern bleiben wir auf der Fahrbahn stehen. Keanu reicht mir seine Hand zum Abschied. Sie ist schmal und braun gebrannt. Ich nehme sie so vorsichtig, als wäre sie etwas sehr Kostbares. Seine Haut ist überraschend kühl, sein Griff fest.

»Ich wünsche dir einen schönen Nachmittag und eine gute Nacht. Wir sehen uns morgen in der Schule wieder, Mo aus dem Haus«, sagt er.

Dabei schüttelt er die ganze Zeit meine Hand auf und ab. Keine Ahnung, ob er das alles ernst meint oder einen Witz machen möchte. Ich muss auf alle Fälle lachen.

Keanu lacht mit mir, und mein Blick fällt auf seinen breiten Mund. Hinter den vollen Lippen blitzen weiße Zähne.

»Gute Nacht!«, wünsche ich ihm im Sonnenschein des frühen Nachmittags.

Als er im Haus verschwindet, schaue ich ihm nach. Er sieht wirklich sehr, sehr süß aus.

Ich merke, dass ich ein bisschen albern vor mich hin lächle. Denn plötzlich fühle ich mich so leicht, dass meine Mundwinkel von ganz allein nach oben gehen. Am liebsten würde ich die Arme ausbreiten und mich um mich selbst drehen. Obwohl weit und breit niemand zu sehen ist, mache ich das lieber nicht.

Sobald ich jedoch die Tür zum Treppenhaus öffne, sticht eine Nadel zu. Wie ein angestochener Luftballon sinke ich auf den Boden zurück. Von oben schallt Mams Kummermusik herab. Kurz überlege ich, ob ich einfach wieder umkehren und noch ein bisschen im Park spazieren gehen soll. Aber da sitzen K&K und trinken Biolimonade.

»So was Blödes«, murmle ich und steige langsam die Treppen hinauf.

Meine Mutter hat sich ein Band in die Haare gebunden und trägt eine wild gemusterte Schürze. Quer über ihrer Brust steht in Blümchenstoffbuchstaben *Master of Desaster*. Mam putzt. Das tut sie immer, wenn sie nicht weiterweiß oder wenn sie traurig ist. Ausgestattet mit Lappen, Schwämmen und Tüchern reibt sie die Schranktüren ab, wischt die Gewürzdosen sauber und die Regale aus. Im offenen Herd zischelt Backofenspray, und der Eisschrank taut ab. Ich schaue ihr eine Weile zu. Der Sänger einer Teenie-Band schreit *Ich bin da*. Ich höre so etwas schon lange nicht mehr, aber erstaunlicherweise tut das meine 43-jährige Mutter. Zumindest in Momenten wie diesen. Tränen laufen ihre Wangen hinab. Als sie mich sieht, wischt sie sich mit dem Putztuch schnell über das Gesicht und lächelt mich schief an.

»Ich habe Zwiebeln geschnitten«, brüllt sie, weil die Musik zu laut ist. Nirgendwo stehen klein geschnittene Zwiebeln. Es riecht auch nicht danach.

»Das habe ich mir schon gedacht«, schreie ich zurück und schalte die Musik aus.

Ich greife nach einem Spüllappen und wasche das Geschirr ab. Unsere Spülmaschine ist schon vor Wochen durchgebrannt.

»Danke, dass du mir hilfst«, sagt Mam.

»Ist doch klar.«

»Ach so«, sagt Mam etwas spitz.

Ich erwidere kurz ihren Blick und zucke die Schultern. Wir wissen beide, dass sie mich normalerweise lange bitten muss, bis ich mit anpacke. Aber wenn Mam weint, ist das etwas anderes.

»Der Junge von gegenüber ist in meiner Klasse«, erzähle ich. »Er scheint nett zu sein. Obwohl er ein bisschen unheimlich ist.«

»Wieso denn unheimlich?«, fragt Mam irgendwie alarmiert.

Ich schaue mich nach ihr um. Sie schrubbt wie verrückt an einem Fleck auf dem Tisch herum. Ihre Oberlippe zittert. Da fällt mir ein, wie seltsam sie gestern reagiert hat, als sie Keanu durch das Fernglas sah.

»Ach, ich weiß nicht. Herr Meier glaubt, das kommt, weil er in dem gruseligen Dachgeschoss wohnt.«

»Zusammen mit dem unheimlichen Umriss«, zieht auch Mam mich auf.

Ein kleines Lächeln versucht, die Traurigkeit aus ihrem Gesicht zu schieben, und ich sehe die Anspannung wie einen alten Mantel langsam von ihren Schultern rutschen.

»So ungefähr sagte Herr Meier das auch. Obwohl wir natürlich alle wissen, dass da drüben gar nichts Unheimliches ist.«

Ich freue mich, dass meine Mutter wieder lächelt, auch wenn es noch ein ziemlich mickriges Lächeln ist.

Ich lasse den Waschlappen in die Lauge fallen und lehne mich an sie. Ich bin schon lange ein Stück größer als sie. Hoffentlich wachse ich nicht mehr so viel.

Mam legt die Arme um mich.

Ich weiß, dass sie sich manchmal einsam fühlt. Sie hat nicht viele Freunde. Hin und wieder geht sie mit jemandem ins Restaurant oder Kino oder auf ein Glas Wein. Manchmal verliebt sie sich ein bisschen. Dann strahlt sie, singt, tanzt durch die Wohnung und ist wunderschön. Aber nach wenigen Wochen ist das immer wieder vorbei. Warum, weiß ich nicht. Sie will nicht, dass ich danach frage.

»So herum wäre das ganz falsch«, antwortet sie, als ich es doch einmal tue. »Ich müsste doch dich über deinen Liebeskummer trösten und mit den bösen Jungen schimpfen, die dir das Herz brechen.«

Mir hat noch niemand das Herz gebrochen. Das kann auch noch eine ganze Weile so bleiben. Ich weiß gar nicht, ob ich mich je verlieben möchte. Die Liebe scheint sehr wehzutun.

Plötzlich muss ich an Lea aus der Parallelklasse denken. Schnell verscheuche ich den Gedanken wie eine lästige Fruchtfliege.

6.

Mam und ich essen belegte Brote und die Salatreste von gestern. Dann verschwindet sie in ihrem Zimmer, um an einem Artikel zu arbeiten. Sie ist freie Journalistin. Außerdem schreibt sie heimlich ein Buch. Sie glaubt wirklich, dass ich das nicht weiß.

Ich setze mich an meinen Schreibtisch und packe die Schulsachen aus. Im Gegensatz zu Mam habe ich keine Lust, irgendetwas zu schreiben. Genervt schaue ich auf meine Hefte und dann aus dem Fenster. Wenn ich mich in meinem Stuhl ganz gerade aufrichte, kann ich direkt in Keanus Zimmer sehen. Er ist aber nicht da.

Mein Blick bleibt auf dem Poster an seiner Wand hängen. Welche Welt mag das sein? Warum kommt sie mir so bekannt vor? Genau kann ich sie nicht erkennen. Mein Fernglas liegt allerdings im Wohnzimmer, und ich bin zu faul, es zu holen.

Was ist das nur mit Keanu? Ich muss an meine Beklemmung denken, als ich ihn das erste Mal durch das Fernglas sah. An die Fokussierung all meiner Sinne auf ihn, als er in die Klasse kam. Seine Augen sind unglaublich. Faszinierend, schön, beängstigend und bodenlos tief, sodass man sich jedes Mal ein bisschen erschreckt, wenn er einen ansieht. Keanu gefällt mir. Mehr als das. Aber Liebe auf den ersten Blick habe ich mir immer ganz anders vorgestellt. Nicht so unheimlich. Andererseits habe ich mich vorhin auf dem Heimweg in seiner Gegenwart total wohlgefühlt. Allerdings erst, nachdem er meine Hand berührt hat. Ich kann auch den verrückten Gedanken nicht loswerden, dass ich ihn richtig gut kennen würde. Doch wieso und woher? Ich bin mir sicher, dass ich ihn noch nie zuvor gesehen habe.

In Gedanken versunken kritzle ich in meinem Deutschheft herum.

Irgendwann schaue ich genauer auf meine Kritzelei, und mir stockt der Atem. Das ist doch ganz unmöglich! Vor mir liegt die Unterwasserwelt aus meinen Träumen. Aus dieser heraus schauen mich zwei große leuchtend blaue Augen an. Um die Pupille haben sie einen dünnen schwarzen Rand. Irgendwie falsch herum.

»Karottchen? Alles in Ordnung?« Plötzlich steht Mam hinter mir und legt ihre Hand in meinen Nacken.

»Ja, klar. Wieso?«, frage ich mit rauer Stimme.

Mein Herz klopft wie verrückt, und das Blut rauscht so laut in meinen Ohren, dass ich sie mir am liebsten zuhalten würde. Eine eisige Hand hat mich fest in ihrem Griff. Dagegen kommt Mams Wärme nicht an.

»Ich dachte, ich hätte dich schreien gehört«, sagt sie, und ich spüre ihre Besorgnis.

»Nein, es ist alles okay. Wirklich.« Hoffentlich hört sie das Zittern in meiner Stimme nicht. Denn es ist überhaupt nichts okay. Gar nichts. Ich atme tief ein und aus. Ein und aus. Ein und aus.

»Hast du das gezeichnet?«, fragt Mam überrascht. Sie deutet auf das Bild in meinem Heft.

Ich nicke. Es fühlt sich an, als würde ich lügen.

»Lottchen, das ist ja wunderschön! Einfach toll! Diese Farben und diese –« Sie stockt, als hätte ein Gedanke sie unterbrochen. Oder eine Erinnerung. »Diese unglaublichen Augen«, fährt sie leise fort. Dann räuspert sie sich. »Bewachen sie diese Welt?« Ihre Stimme klingt nach dem Räuspern wieder fester.

»Ich weiß es nicht«, flüstere ich. Mir ist so kalt. Mam scheint das nicht zu spüren. Obwohl ihre Hand noch immer auf meinem Nacken liegt.

»Du entwickelst dich wohl doch noch zu einer Künstlerin«, sagt sie.

»Das bezweifle ich«, krächze ich.

Mam nimmt das Heft auf und betrachtet das Bild noch einmal ganz genau.

»Diese Augen«, murmelt sie noch einmal und klingt plötzlich ein wenig erschrocken.

Dann beugt sie sich zu mir herunter und umarmt mich. Ganz fest.

Normalerweise ist nichts mehr schlimm, wenn ihr Duft mich einhüllt. Heute funktioniert das nicht.

»Hausis schon fertig?«, fragt sie.

»Nein, ich hab noch nicht mal angefangen«, antworte ich wahrheitsgemäß. Gespielt verzweifelt blicke ich über meine Schulbücher. Obwohl es mich gerade richtig froh stimmt, dass es so etwas Normales wie Hausaufgaben gibt. Die Seite mit der Zeichnung schlage ich schnell um.

»Dann aber mal ran«, sagt Mam und wendet sich zum Gehen. »Es ist nämlich gleich acht.«

Sie schließt die Tür hinter sich.

Ungläubig schaue ich zur Uhr. Tatsächlich. Ich habe vier Stunden an meinem Schreibtisch gesessen und das Bild gemalt – ohne es überhaupt zu merken! Als wäre ich in irgendein Zeitloch gefallen. Das ist absolut gruselig! Vor allem, weil ich gar nicht zeichnen kann.

Aber da ist noch etwas, das mir keine Ruhe lässt. Ich brauche mein Fernglas. Sofort.

Schnell hole ich es nun doch aus dem Wohnzimmer. Keanu ist noch immer nicht da. Darum kann ich mich in aller Ruhe in seinem Zimmer umschauen und das Poster an seiner Wand betrachten.

»Das gibt es doch gar nicht!«, bricht es aus mir heraus, und ich beginne, unkontrolliert zu zittern.

Ich springe auf und krame mein großes Badehandtuch aus dem Schrank. Das klemme ich vor mein Fenster. Jetzt sitze ich zwar im Dunkeln, obwohl draußen noch immer die Sonne scheint, aber das ist mir egal.

Auf gar keinen Fall will ich heute einen weiteren Blick in

Keanus Zimmer werfen. Auch nicht zufällig und unbeabsichtigt.

Dann greife ich fast panisch zum Telefon.

»Findest du nicht, dass du etwas übertreibst?«, fragt Herr Meier, nachdem ich ihm alles erzählt habe.

»Auf gar keinen Fall! Warte nur, bis du mein Bild siehst! Das Poster gegenüber ist gar keines, sondern es ist auch selbst gemalt. Und es sieht genauso aus wie meine Zeichnung. Bitte, Herr Meier, du musst herkommen«, flüstere ich.

»Erlaubt Anna das denn? Immerhin haben wir morgen Schule.«

»Mam wird das gar nicht merken. Sie sitzt seit heute Nachmittag in ihrem Zimmer und schreibt. Ich musste schreien, damit sie mich mal bemerkte.«

»Warum hast du geschrien?«

»Na, wegen meiner Zeichnung! Ach Herr Meier, sei doch nicht so irrsinnig vernünftig. Wir sind Teenies, wir müssen verbotene Sachen machen. Bitte, komm her!«, bettele ich.

»Okay. Ich bin in einer Viertelstunde bei dir.«

Fünfzehn Minuten später drücke ich auf den Türsummer, und dann höre ich voller Erleichterung Herrn Meiers Schritte im Treppenhaus. Er begrüßt mich mit einer Umarmung, die mir dieses Mal viel zu kurz ist.

In meinem Zimmer rollt er seine Matte und den Schlafsack neben meinem Bett aus.

»Danke, Herr Meier«, seufze ich.

»Keine Ursache«, erwidert er grinsend. »Dann zeig mal her, was du fabriziert hast.«

Ich gebe ihm das Heft mit der Zeichnung.

»Mensch, Mo, das ist toll! Ich wusste gar nicht, dass du so gut zeichnen kannst.«

»Sag ich doch. Das kann ich nämlich auch gar nicht. Darum bin ich mir ja selbst ganz unheimlich«, murmle ich.

»Kann ich dieses Handtuch vom Fenster nehmen?«

»Untersteh dich! Auf gar keinen Fall«, wimmere ich.

Herr Meier lupft das Handtuch etwas und späht vorsichtig mit dem Fernglas durch den Spalt hinüber. »Also, Mo, ich weiß nicht. Irgendwie komme ich mir albern vor.« Doch er hat ein Grinsen in der Stimme, und darum ignoriere ich seine Bemerkung.

Er vergleicht die beiden Bilder miteinander. »Genau gleich sind sie nicht, aber ziemlich ähnlich. Sie könnten nach derselben Vorlage entstanden sein. Vielleicht hast du die Landschaft ja vorher schon mal irgendwo gesehen und sie darum gezeichnet?«

»Natürlich habe ich diese Gegend schon mal gesehen!«, fahre ich auf. Ich will das gar nicht, aber gerade ist alles so ganz und gar verwirrend. »Es ist die Landschaft aus meinen Unterwasserträumen.«

Nun ist es an Herrn Meier, mich verblüfft anzustarren. »Woher sollte Keanu die denn kennen? Das ist ja wirklich verrückt.«

Ich möchte nicht, dass er mich für wirklich verrückt hält. Doch genau so schaut er mich an. Plötzlich fällt mir auch noch Lea ein. Obwohl für sie gar kein Platz in meinem Kopf ist.

»Ist Keanu in seinem Zimmer?«, frage ich, um Herrn Meier irgendwie von mir und meinem eventuellen Wahnsinn abzulenken.

»Ja. Er sitzt am Boden und schreibt.«

»Lass mich auch mal gucken.«

Ich schaue durch das Fernglas auf Keanus gebeugten Rücken. Dann hebe ich den Blick und studiere das Bild hinter ihm. Herr Meier hat recht, genau gleich sind die beiden Zeichnungen nicht. Sie stehen aber in einem unheimlichen Zusammenhang. Als hätte sich ein und derselbe Betrachter etwas zur Seite gedreht und in eine andere Richtung geschaut. Sie zeigen dieselbe sonderbare Gegend. Dunkelrote Felsen, die aussehen wie riesige Schwämme, begrenzen einen steinigen schwarzen Boden, aus dem verschiedene Pflanzen wachsen. Manche der Gewächse wirken hart und rau, andere sind fett und saftig, voller seltsamer Knollen wie aus Gummi. Am auffälligsten sind unzählige lange gefiederte Stränge, die steil nach oben wachsen. Ein Kelpwald, der sich in einer lichten Helligkeit am oberen Bildrand verliert. Aus dieser gelangen nur wenige Lichtstrahlen nach unten. Die ganze Szenerie ist tief unter Wasser, wo das Licht kaum noch Kraft hat. Ich bin da gewesen. Fünfmal, um genau zu sein. Und ich habe eine unfassbare Sehnsucht in mir, dorthin zurückzukehren.

Mir wird flau. Ich umklammere das Fernglas und wünsche mir die Übelkeit weg. Es gelingt mir tatsächlich, meinen inneren Aufruhr etwas unter Kontrolle zu bringen. Jetzt bitte einfach nur sachlich bleiben und Tatsachen betrachten, beschwöre ich mich. Bildanalyse. Auf meiner Zeichnung führt ein Pfad wie aus gesprungenem dunkelgrünem Flaschenglas direkt auf eine Öffnung in den roten Felsen zu.

»Diesen Glasweg und den Höhleneingang gibt es drüben nicht«, murmle ich.

Aus meinem Bild heraus schauen mich außerdem zwei Augen an.

»Kann man Fähigkeiten entwickeln, ohne es zu merken? Zum Beispiel künstlerische?«, überlege ich laut.

»Klar, die sind im Wachsen inbegriffen. Sieben nigelnagelneue Zentimeter Körpergröße, und zack, gibt es eine Fähigkeit umsonst dazu«, sagt Herr Meier.

»Was war denn deine Gratiszugabe?«, frage ich und drehe mich zu ihm um.

»Das war nur ein Witz«, sagt er schnell und senkt seinen Blick wieder auf meine Zeichnung. »Dieses Bild ist wirklich unglaublich.«

Er versucht eindeutig, von irgendetwas abzulenken. Herr Meier hat Geheimnisse vor mir. Das trifft mich hart. Was passiert gerade mit uns? Warum vertrauen wir uns nicht wie sonst? Verlieren wir uns irgendwie?

Aber der Einzige, an den ich meine Fragen richten könnte,

ist Herr Meier selbst. Und das möchte ich nicht. Ich habe Angst, dass er Antworten haben könnte.

Ich werfe einen letzten Blick auf meine Zeichnung. Ganz abgesehen vom Motiv an sich – wie ist es mir nur gelungen, mit meinen ungespitzten und zerkauten Buntstiften, die seit einer Ewigkeit völlig verstaubt auf meinem Schreibtisch stehen, diese leuchtenden Farben zu mischen?

»In jeder Hinsicht unglaublich«, murmle ich.

Herr Meier muss zur Toilette und schleicht ins Bad. Dabei müsste er gar nicht so leise sein. Mam ist tief in ihren Geschichten versunken, sie könnte ihn nicht mal hören, wenn er pfeifend und im Stechschritt durch den Flur marschieren würde. Vielleicht ist es das!, schießt es mir durch den Kopf. Vielleicht habe ich diese Fähigkeit, mich kopfüber und völlig selbstvergessen fallen zu lassen, von meiner Mutter geerbt. Genauso wie die Liebe zum Ozean. Vielleicht ist es in Wahrheit gar nicht so abnormal, dass ich die Unterwasserwelt aus meinen Träumen gezeichnet habe.

Aber wie kann es sein, dass ein Bild davon auch in Keanus Zimmer hängt? Plötzlich wird mir wieder mulmig. Ich schlüpfe ins Bett und ziehe mir die Decke über den Kopf.

»Kommst du zu mir?«, frage ich Herrn Meier, als er aus dem Bad zurückkommt.

»Sind wir dafür nicht schon ein bisschen zu alt?«, erwidert er jedoch.

Er zieht vorsichtig meine Decke weg und schaut mich mit

einem ganz seltsamen Gesichtsausdruck an. So hat er mich noch nie angesehen. Ich weiß plötzlich überhaupt nicht mehr, was ich sagen soll.

»Spinnst du jetzt?!«, rufe ich viel zu laut und reiße ihm meine Decke aus den Händen.

Mit klopfendem Herzen kuschele ich mich wieder hinein.

Herr Meier lässt sich auf seinen Schlafsack fallen, zieht die Jeans aus und nimmt die schwarze Wollmütze ab. Obwohl er seit vier Jahren mein bester Freund ist, überrascht mich dieser Moment immer wieder aufs Neue. Mit den verstrubbelten blonden Haaren sieht er ganz anders aus als sonst. Sonst trägt er die schwarze Mütze.

»Gute Nacht, Herr Meier«, sage ich so würdevoll wie möglich.

»Träum was Schönes, Mottchen-Popottchen!«

Da muss ich kichern.

Obwohl mein bester Freund bei mir ist, kann ich nicht einschlafen. Mein Herz schlägt zu schnell. Ich lausche auf Herrn Meiers Atemzüge. Es ist beruhigend, ihn zu hören. Besonders weil sich hin und wieder ein leises Schnarchen in sein Atmen mischt. Trotzdem drehen die Gedanken sich wie Kreisel in meinem Kopf. Es passiert gerade zu viel Unfassbares.

Mit den Unterwasserträumen komme ich von Mal zu Mal besser klar. Eigentlich sind sie gar nicht so megamerkwürdig. Im Traum kann man alles sein und alles tun. Fliegen zum

Beispiel. Warum nicht auch unter Wasser atmen? Ich weiß, wie sich brandende Wellen anhören, wie Kelpwälder im Sonnenlicht aussehen, wie Meeresschaum riecht und ein ordentlicher Schluck Salzwasser schmeckt. Davon zu träumen ist normal. Dass sich die Träume jedoch so unglaublich echt anfühlen, macht sie zu etwas sehr Besonderem. Vor allem, weil sie mich mit dieser fast schmerzhaften Sehnsucht zurücklassen. Und die Geschehnisse der letzten Tage machen sie noch ungewöhnlicher. Denn alles, was gerade passiert, ist nicht nur superseltsam, sondern hat auch irgendwie mit dem Ozean zu tun. Der sprechende Fisch im Aquarium. Oder *die* sprechenden Fische. Denn auf einmal weiß ich nicht mehr, ob ich mir die Gespräche mit Koa wirklich nur ausgedacht habe. Was, wenn ich, solange ich denken kann, tatsächlich mit Fischen rede? Mo, die Fischeversteherin. Wahrscheinlich liegt eine großartige Karriere im Bereich der Aquaristik vor mir. Ich muss ein bisschen kichern. Dabei ist dafür wirklich nicht der richtige Zeitpunkt. Denn da ist auch noch die Glasperle, in der ein kleiner Ozean gefangen ist. Und die aus meiner Hand quoll! Da ist der leuchtende Flügel aus dem Berührungsbecken. Der dieselbe Farbe hat wie die Augen meines neuen Mitschülers. Meines süßen neuen Mitschülers, der mich sowieso völlig durcheinanderbringt. Und zu guter Letzt gibt es die Zeichnungen. Die nicht nur meine Traumlandschaft unter Wasser zeigen, sondern die Keanu und ich unabhängig voneinander gezeichnet haben. Obwohl wir uns gar nicht kennen! Aber das scheint ja auch nicht zu stimmen. Denn ich habe das komische Gefühl, dass mir Keanu sehr vertraut ist. Das kann ich doch nicht einfach alles ignorieren! Entweder werde ich gerade wirklich irr, oder ich gerate in ein sehr seltsames Abenteuer.

Morgen muss ich ganz unbedingt noch einmal mit Herrn Meier über alles reden. Er kann Dinge so einordnen, dass sie ihren Schrecken verlieren. Und ich sollte auch mit Keanu sprechen. Obwohl mich dieser Gedanke ziemlich ängstigt. Es ist schon nicht einfach, mit meinem besten Freund über all das zu reden und Zweifel in seinen Augen zu sehen. Was wird Keanu von mir und meinen Geschichten halten? Und wie würden eigentlich Zweifel in seinen Ozeanaugen aussehen?

Ein sanftes Glimmen erleuchtet mein Zimmer. Träge betrachte ich die Umrisse, die es aus der Dunkelheit herausschält. Beinahe fallen mir die Augen zu.

Da macht mein Herz einen Extrahüpfer, Adrenalin lässt meine Füße kribbeln, und ich bin hellwach. Woher kommt dieses Leuchten? Eigentlich müsste es doch stockdunkel sein, weil das Handtuch vor dem Fenster hängt.

Ich schaue mich genauer um und kann viel zu viel erkennen. Denn etwas glimmt tatsächlich. Etwas, das auf meinem Schreibtisch liegt. Mein Deutschheft mit der Zeichnung! Ich ziehe mir die Decke wieder über den Kopf. Das Blut braust in meinen Ohren.

Herr Meier, bitte wach auf! Vor Angst bin ich wie gelähmt. Kein Ton kommt über meine Lippen. Schon bald reicht die

Luft unter meiner Decke nicht mehr aus. Ich brauche Sauerstoff, sonst ersticke ich. Mit dem Fuß hebe ich einen kleinen Bettdeckenzipfel an. Gerade so weit, dass ich das Leuchten nicht sehen kann, aber etwas Luft hereinströmt.

Ich will jetzt sofort schlafen, wünsche ich mir unter der Decke. Dann zähle ich meine Herzschläge, um mich zu beruhigen.

Eins, zwei, drei, vier, fünf, sechs, sieben, acht … neun …

… zehn …

… elf …

Mein Puls wird langsamer. Ich entspanne mich und gleite dahin. Es ist kalt, aber ich friere nicht. Kraftvoll stoße ich mich ab. Da tauchen zwei blauschwarze Augen vor mir aus der Tiefe auf. Silberblaue Arme strecken sich mir entgegen.

Komm, Moana, höre ich die tiefe Stimme des kleinen Rochens.

Mein Herz quillt über. Ich möchte es so gerne. Doch die Tiefe dahinter ist unermesslich. Erschrocken schwimme ich zurück ins Helle.

7.

Am nächsten Morgen weckt mich Herrn Meiers verschlafene Stimme.

»Liebe Motte-Karotte, wir sollten uns baldigst von unseren Lagern erheben.«

Obwohl ich so müde bin, dass ich kaum die Augen öffnen kann, muss ich lachen. Erstaunlicherweise ist es noch stockdunkel. Dann fällt mir ein, dass ein Handtuch im Fenster klemmt.

Plötzlich erinnere ich mich auch wieder an das Leuchten in der Nacht.

»Herr Meier, ich muss dir was erzählen«, sage ich atemlos.

Er hört mir bis zum Schluss zu, ohne mich zu unterbrechen. Dann steht er auf, knipst meine Schreibtischlampe an und betrachtet das Bild. Er knipst die Schreibtischlampe wieder aus.

»Die Zeichnung ist wirklich wunderschön. Aber wenn du selbstleuchtende Stifte hättest, würden die doch hier schon immer nachts rumleuchten.«

»Das ist wahrscheinlich alles nur Blödsinn.«

Irgendwie wütend, wahrscheinlich auf mich selbst, springe ich aus dem Bett, stolpere gegen Herrn Meier und reiße das

Handtuch vom Fenster. Der Blick, den er mir zuwirft, ist gleichzeitig belustigt und besorgt. Ich komme mir ziemlich blöd und sehr hilflos vor.

Herr Meier bläst die Backen auf. »Mo, also ganz ehrlich … ich habe den Eindruck, dass du im Moment etwas … wie soll ich sagen … überspannt bist.«

»Ich bin was?!«, schreie ich empört.

»Du scheinst ziemlich durcheinander zu sein.« Er zwinkert mir zu. »Vielleicht liegt das ja an deinem neuen Mitschüler mit den schönen Augen.«

»Woher weißt du, dass er schöne Augen hat?«, frage ich überrascht.

Herr Meier deutet auf die Augen meiner Zeichnung. »Das sind doch seine, oder?«

Ich starre ihn wütend an. »Nein«, fauche ich.

Nur weil er sich von Lea aus der Parallelklasse anklimpern lässt, heißt das ja nicht, dass die ganze Welt verknallt ist.

Da öffnet sich die Zimmertür. Mam habe ich ganz vergessen. Sie steht in ihrem Pyjama auf der Schwelle und sieht gleichzeitig perplex und völlig verschlafen aus.

»Herr Meier, was machen Sie denn hier?«, fragt sie.

»Guten Morgen«, antworten wir im Chor.

»Ich glaube, ihr seid schon superspät dran«, murmelt Mam und schüttelt den Kopf. »Jetzt brauche ich erst einmal einen Kaffee.«

»Gehen wir heute noch mal ins Aquarium?«, fragt Herr Meier, als wir aus dem Hoftor hinaustreten.

»Warum?«, frage ich etwas schnippisch. Ich bin noch immer ärgerlich, weil er mich verspannt und letztlich auch verschossen genannt hat.

»Ich würde mir das Berührungsbecken gerne mal genauer anschauen«, sagt Herr Meier.

»Gut.«

»Mo, ist alles okay?«

»Klar, was sollte nicht okay sein?«

Er hält mich am Arm fest. »Du musst zugegeben, das ist schon alles ziemlich krass, was du mir erzählt hast.«

»Ich gebe das ja zu. Aber das bedeutet nicht, dass –«

»Nein, das tut es nicht«, sagt Herr Meier und grinst. »Heute Nachmittag um drei vor der Bäckerei?«

Ich nicke.

»Guten Morgen, Mo und Freund von Mo«, sagt eine Stimme hinter uns.

»Guten Morgen, Keanu. Das ist Herr Meier. Herr Meier, das ist Keanu aus San Diego«, stelle ich die beiden vor.

Ich sehe genau, dass Herr Meier Keanus Augen fixiert. Nun hat er den Beweis, dass es tatsächlich seine sind, die ich gezeichnet habe. Zumindest beinahe. Der schwarze Rand um Keanus Augen ist dicker.

Die beiden geben sich irgendwie total förmlich die Hand.

»Keanu.«

»Herr Meier.«

Da muss ich lachen, bis mir Tränen über die Wangen laufen. Mir ist völlig klar, dass das eine Art Übersprunghandlung ist. Alles in mir scheint in Aufruhr. Zwar ist der Ärger über Herrn Meier verflogen, aber jetzt spüre ich eine seltsame Spannung zwischen den beiden Jungs. Außerdem klopft mein Herz wie verrückt, seitdem Keanu dazugekommen ist. Ich wünsche mir, dass er mich umarmt. Doch dann ist mir dieser Wunsch peinlich. Vor ihm, vor Herrn Meier und vor mir selbst auch.

Nebeneinander laufen wir zur Schule. Ich in der Mitte. Ich wage es nicht, Keanu anzuschauen.

»Darf ich mitkommen?«, fragt er.

»Wohin?«, erwidere ich überrascht.

»Ins Aquarium. Ich habe gehört, dass ihr euch verabredet habt.«

»Gern«, sage ich.

»Das geht nicht«, sagt Herr Meier im selben Moment. Verwundert schaue ich ihn an. Er blickt aber stur geradeaus. »Mo und ich wollen allein gehen. Wir müssen etwas abklären.«

»Oh, verstehe«, murmelt Keanu. Er klingt enttäuscht.

Das stimmt doch gar nicht, will ich rufen. Tue es dann aber doch nicht. Denn Herr Meier und ich haben tatsächlich etwas zu klären. Nicht nur, ob der kleine Rochen sprechen kann und woher der blaue Flügel kam, sondern auch, was seit Neuestem zwischen uns nicht stimmt.

Schweigend legen wir den Rest des Weges zurück. Das fühlt sich total verkrampft an.

Als Katha fragt, ob ich nach der Schule mit zu ihr komme, bin ich dankbar für die Ablenkung. In den Pausen sitze ich allein auf unserer Bank, und auch Keanu wechselt kein weiteres Wort mit mir. Darum schlucke ich meine Verletztheit wegen Kathas abweisender Art von gestern hinunter. Sie nimmt es mit Freundschaften eben nicht so genau. Oder sie definiert sie anders als ich. Während ich zwei Freunde habe, die mir total wichtig sind, hat sie viele Bekannte, die alle etwas austauschbar scheinen.

Frau Blum guckt ziemlich überrascht, als sie uns die Tür öffnet. »Mo! Ich wusste gar nicht, dass du heute kommen würdest.«

Dabei komme ich ja meistens eher unangemeldet. Sie sieht auch nicht so tippitoppi aus wie sonst. Etwas stimmt mit ihrem Haar nicht, und ihr Kleid ist verknittert. Als hätte sie damit eben noch im Bett gelegen, während ein Vogel fröhlich sein Nest in ihre Frisur baute.

»Ich habe gar nichts zu Mittag gekocht«, entschuldigt sie sich.

»Das macht doch nichts, Frau Blum«, beruhige ich sie.

Sie tut mir irgendwie leid. Trotzdem ist sie mir heute sympathischer als sonst, wenn alles an ihr und um sie herum so unglaublich perfekt ist.

»Wir nehmen uns irgendwas aus dem Kühlschrank. Kannst dich ruhig wieder hinlegen«, fährt Katha ihre Mutter an.

Frau Blum dreht sich einfach um und geht. Mir ist die Situation schrecklich unangenehm, und plötzlich will ich nach Hause. Aber Katha hakt mich unter und zieht mich mit sich in die Küche. Dort nehmen wir uns Milch, Joghurt, Erdbeermarmelade, Zucker, Haferflocken und Cornflakes und mischen alles in zwei großen Schüsseln zusammen.

»Hattest du Streit mit deiner Mutter?«, frage ich, als wir am Tisch sitzend die Schalen auslöffeln.

»Die Frage ist wohl eher, wann wir mal keinen Streit haben«, antwortet Katha mürrisch und pustet ihren langen Pony aus der Stirn.

»Ihr streitet euch?«, frage ich überrascht und schaue mich um. »Hier in diesem blumigen Haus, in dem alles seine Ordnung hat und an Ort und Stelle steht?«

Katha schaut mich mal wieder so an, als ob ich sie nicht mehr alle hätte.

»Sorry, das war totaler Blödsinn«, gebe ich zu.

»Absoluter Schwachsinn«, bekräftigt sie.

Mein Blick bleibt wie so oft an den vielen Blumen hängen. Sie blühen auf den Schüsseln, auf dem Tisch, an den Wänden, vor den Fenstern, in den Vasen und Töpfen. Wahrscheinlich ist es in so einem Haus noch schwieriger, seinen eigenen Weg zu finden. Wahrscheinlich habe ich mich von den Blumen bei Blums blenden lassen.

»Diese vielen Blumen«, sage ich.

»Diese Millionen über Millionen Scheißblumen!«, knurrt Katha.

Sie springt plötzlich auf und tanzt wie verrückt durch das blumengeschmückte Haus. »Gemalt, genäht, gefädelt, geklöppelt, gehäkelt, gestrickt und gepflanzt. Blumen, Blumen, überall Blumen. Kommen Sie zu Blums, da sehen Sie Blumen bis zum Erbrechen!«, singsangt sie.

Danach lässt sie sich außer Atem wieder auf ihren Stuhl fallen. »Willkommen im Blumengefängnis«, knurrt sie und löffelt ihre Cornflakes weiter, als wäre nichts gewesen.

»Worüber streitet ihr denn?«, frage ich.

»Einfach über alles. Meine Mutter will ständig über mich bestimmen. Sie weiß natürlich alles besser und mischt sich überall ein. Nie habe ich mal meine Ruhe oder darf machen, was ich will«, stöhnt Katha.

»Na ja«, sage ich. »Sind Mütter nicht genau dafür da?«

Wir lächeln uns kurz an.

»Außerdem will ich mir endlich diese schrecklichen Haare abschneiden.« Während Katha das sagt, stiehlt sich ein kleines wildes Funkeln in ihre blauen Augen.

»Deine schönen Haare!«, rufe ich überrascht.

»Deine schönen Haare!«, äfft sie mich nach. »Du klingst schon wie sie.«

»Das war blöd. Sorry«, entschuldige ich mich schon wieder. »Aber ich dachte immer, deine Haare wären dir total wichtig.«

»Wieso denken das eigentlich alle? Sind sie mir nämlich gar nicht. Aber du kannst ja mal meine tolle Mutter fragen, wie wichtig *ihr* meine Haare sind. Dabei wachsen die auf meinem Kopf und nicht auf ihrem.«

Ich nicke verwundert. Mir waren Katha und ihre Mutter immer wie Freundinnen vorgekommen. Zwei, die in allem übereinstimmen, die zusammen zum selben Friseur gehen und sich die gleichen Handtaschen kaufen. Ich weiß, dass es auch mal so gewesen ist. Aber diese Zeiten scheinen vorbei zu sein.

Eigentlich sind Katha und ich schon seit der Grundschule befreundet. Aber irgendwo auf dem Weg von dort bis hierher haben wir aufgehört, uns alles zu erzählen. Sind wir eigentlich noch richtige Freundinnen? Ich weiß es plötzlich nicht mehr.

»Möchtest du Hausis machen?«, frage ich.

Ich weiß selbst, wie bescheuert das klingt. Eigentlich müsste ich mich jetzt mit ihr zusammensetzen und sie über ihre Mutter schimpfen lassen. So wie Freundinnen das in solchen Momenten tun. Aber ich könnte ihr gerade nicht richtig zuhören. Mein Kopf ist zu voll mit meinen eigenen Gedanken. Dabei bin ich ja extra gekommen, um mich ein wenig abzulenken. So einfach ist das aber nicht.

»Na klar, was denkst du denn? Ich kann mir gar nichts Besseres vorstellen, als jetzt Hausaufgaben zu machen«, fährt Katha mich auch prompt an.

Sie hat recht. Was bin ich nur für eine Freundin? Jetzt komme ich mir vor wie eine Verräterin.

Bevor ich irgendetwas erwidern kann, lächelt sie jedoch schon wieder. »Tut mir leid. Du kannst ja nichts dafür. Aber ich habe jetzt echt keine Lust auf Hausis. Wollen wir uns einen Tee kochen und in mein Zimmer gehen?«

»Gerne«, sage ich und weiß nicht, ob das stimmt.

Mit der Kanne Tee gehen wir nach oben. Ich war schon lange nicht mehr in Kathas Zimmer. Sonst sitzen wir unten in Blums Wintergarten, essen zu Mittag und machen Hausaufgaben. Danach hat sie Freizeitstress – Ballett, Klavier, Karate, Theatergruppe und Nachhilfe. Eigentlich ist ihr Leben total verplant. Kein Wunder, dass sie darauf keine Lust mehr hat. Ich könnte mich bei so einem Programm überhaupt nicht mehr selbst hören.

Kathas Zimmer sieht komplett anders aus, als ich es in Erinnerung habe. Drei Wände sind sandgelb, und die Decke ist hellblau gestrichen. Die Holzdielen sind ebenfalls blau überpinselt. An die vierte Wand ist ein riesiges Strandfoto tapeziert. Unter drei großen Topfpalmen steht ein Strandkorb. Daneben lehnt ein Surfbrett.

»Wow!«, rufe ich ein bisschen zu laut.

Für mich gibt es auf der ganzen Welt keinen schöneren Ort als den Strand. Aber in Kathas Zimmer eingesperrt sieht das Ganze aus wie der Aufbau für ein Katalogbild. Irgendwie fremd und kalt.

»Seit wann kannst du denn Wellenreiten?«, frage ich.

»Kann ich gar nicht«, murmelt sie.

»Ach so. Ich dachte, weil da dieses Surfbrett steht.«

Mit den Fingern fahre ich vorsichtig über das Board. Es ist noch neu, nicht gewachst und ganz glatt. Ein Mini-Malibu. Der perfekte Shape für kleine und mittlere Wellen. Die abgerundete Spitze ist mit einer Echse, die von Hibiskusblüten umrahmt wird, verziert. Genau so ein Board wünsche ich mir schon seit Ewigkeiten.

»Das ist nur Deko«, sagt Katha.

Es ist wie ein Schlag in den Bauch. Mein Traum ist Kathas Zimmerdekoration.

Sie verbindet ihr Smartphone mit einer Box und sucht nach einem bestimmten Song. Die Musik irgendeiner gerade sehr populären Band ertönt. Ich weiß ihren Namen nicht, kann das Stück aber mitsummen.

Katha lächelt mich an, und ich lächele zurück. Wir kuscheln uns in die großen Kissen ihrer gemütlichen Ecke. Dahinter hat sie die Wand mit unzähligen Fotos beklebt. Ich entdecke eine alte Fotografie von uns. Katha sitzt auf einem Crazybike und strahlt in die Kamera. Daneben stehe ich und gucke mürrisch. Ich muss lachen.

»Ich habe das gleiche Bild nur andersherum. Auf dem sitze ich strahlend auf dem Bike, und du guckst mürrisch«, sage ich.

Katha grinst. »Wir wollten immer dasselbe.«

Dann erzählt sie von Torben, dem Jungen aus der Oberstufe. Sie ist sich sicher, dass er sie toll findet, denn in den Pausen lächelt er sie an. Ich wünsche ihr, dass es stimmt. Katha ist schon seit Ewigkeiten in Torben verschossen.

»Und was ist mit dem Neuen?«, frage ich, denn für Keanu hatte sie sich gestern die Haare verstrubbelt. Dabei wollte ich das gar nicht fragen. Als könnte ich Keanu irgendwie für mich behalten, wenn ich nicht über ihn sprechen würde. Aber ich muss wissen, ob Katha sich für ihn interessiert.

»Der ist echt süß«, schwärmt sie sofort los. »Diese Augen und das niedliche Grinsen.«

Vielleicht ist ihre Liebe zu Torben inzwischen doch schon etwas abgekühlt.

Neben uns lehnt das Surfboard, als hätte es jemand nur kurz abgestellt, um nach einem Ride irgendwo eine Cola zu trinken. Ich bilde mir ein, dass einige Wassertropfen daran herablaufen. Damit eine Welle zu reiten wäre einfach perfekt.

»Und, liebe kleine Mo, bist du inzwischen geküsst worden?«, dringt Kathas Stimme wieder zu mir durch.

»Ich bin größer als du«, murmle ich.

Katha blitzt mich verschwörerisch an. Ich denke an den Kuss, den mir Herr Meier zum Geburtstag gegeben hat.

»Nö. Du?«, frage ich.

Das Gespräch macht mich verlegen. Wahrscheinlich haben die meisten vierzehnjährigen Mädchen schon ihren ersten Kuss bekommen. Aber ich bin nicht besonders neugierig darauf. Ich wüsste auch gar nicht, von wem ich mich küssen lassen sollte. Ich weiß, dass das Blödsinn ist, denn im selben Moment tauchen zwei Ozeanaugen vor mir auf.

Nervös zupfe ich an den grünen Fransen des Teppichs unter uns herum. Plötzlich habe ich eine Handvoll davon herausgerissen. Schnell stopfe ich die Fäden in meine Hosentasche. Katha sieht mir mit einer hochgezogenen Augenbraue dabei zu. Mein Gesicht fühlt sich an, als würde ich zu nah am Feuer sitzen.

»*Noch* nicht«, antwortet Katha. Sie hat einen erwartungsvollen Unterton in der Stimme. Ich hoffe sehr, dass sie voller Hoffnung an Torben aus der Oberstufe denkt. Oder hat sie etwa Pläne mit Keanu? Auf einmal kratzt meine Spucke beim Schlucken im Hals.

»Dein Herr Meier ist aber auch ein sehr süßer Typ.«

Ich schaue sie verblüfft an. Sie zwinkert mir noch einmal zu. *Mein* Herr Meier?

»Du musst ein bisschen auf ihn aufpassen. Lea aus der D hat ein Auge auf ihn geworfen.«

Lea und Herr Meier. Es hat sich also schon herumgesprochen. Plötzlich ist da ein richtiges Stolpern in meiner Brust. Eins, zwei, drei viel zu schnelle Herzschläge, dann geht es wieder.

»Alles klar mit dir?«, fragt Katha besorgt.

Ich nicke und räuspere den Frosch aus meinem Hals. »Wenn Lea ihm gefällt, ist das doch schön für ihn. Wir sind ja gar nicht zusammen«, sage ich mit einer Stimme spröde wie Glas.

Katha deutet auf meine Teetasse. »Ich glaube, du brauchst mal was zu trinken.«

»Danke für den Hinweis«, krächze ich und nehme einen Schluck.

»Wo fahrt ihr denn in den Ferien hin?«, wechsle ich schnell das Thema.

»Ach, wie immer. Meine Eltern haben doch das Haus in Schweden. Da werden wir auch in diesem Sommer wieder rumhängen.« Sie sagt das so, als wäre es das Langweiligste der Welt. Dabei hat sie nach den letzten Sommerferien von den Blaubeerwäldern, den hellen Nächten und den wilden Stränden geschwärmt. Ganz besonders aber von einem Gunnar, mit dem sie sich täglich in einer Bäckerei zum Törtchenessen traf. »Und ihr?«

»Auch wie immer. Nach Spanien an die Atlantikküste.«

»Während ihr also im VW-Bus herumfahrt, jeden Tag surft und echte Abenteuer erlebt, sammle ich Pilze und Blaubeeren im Birkenwäldchen –«

»Und isst mit Gunnar Cremetörtchen. Wenn das Torben wüsste.«

Wir müssen lachen. Natürlich freuen wir uns beide wie verrückt auf die Sommerferien, und diese Freude vereint uns. Wir schlürfen den süßen Tee. Plötzlich geht es mir richtig gut.

»Du kannst das Brett mitnehmen, wenn du willst«, sagt Katha da.

»Wie bitte?« Ich muss mich verhört haben.

»Wenn du willst, kannst du das Surfbrett mitnehmen«, wiederholt sie.

Ich starre sie an und reiße aus Versehen fünf weitere Fransen aus dem grünen Teppich.

»Aber nur, wenn du aufhörst, meinen Teppich zu zerpflücken.«

»Das meinst du doch nicht im Ernst!«, flüstere ich und ärgere mich über den Salto, den mein Herz bei ihren Worten macht. Als könnten die wahr sein.

»Das ist mein voller Ernst. Ich benutze es sowieso nicht. Und du himmelst es die ganze Zeit an«, sagt Katha. »Nimm es ruhig mit. Meinen Eltern ist das völlig egal, die haben sich mein neues Zimmer gar nicht richtig angeschaut. Meine Mutter hat sowieso nur geheult, weil ihr Prinzesschen keine rosa Vorhänge und auch keine romantischen Blümchen mehr ertragen konnte. Ist doch auch irgendwie lächerlich, so ein Surfbrett an der Wand, wenn man gar nicht surfen kann.« Ihre Worte klingen trotzig, beinahe traurig.

Trotzdem katapultieren sie mich Richtung Himmel. Ich schäme mich fast, weil ich mich so unglaublich freuen möchte.

»Lieber nicht, bevor es mir noch kaputtgeht und ich zum Beispiel auf einem Riff lande«, wiegele ich ab.

»Weißt du was?« Katha reißt ihre blauen Augen auf, und ein strahlendes Lächeln verzaubert ihr Gesicht. Sie ist so unglaublich hübsch. »Ich schenke es dir. Dann kannst du dich damit beruhigt auf irgendwelchen Felsen zerschmettern lassen.«

Sie schaut mich erwartungsvoll an und freut sich über meine Sprachlosigkeit.

»Aber Katha, das geht doch nicht! Oh mein Gott, du meinst das ernst!« Plötzlich bin ich völlig aus dem Häuschen. Ich springe auf und reiße sie in meine Arme. »Du bist echt die Beste!«

Aber Katha winkt ab. »Keine große Sache.«

Keine große Sache? Für mich ist das eine riesengroße Sache. Ich werde in diesem Sommer mein Traumbrett reiten.

Auf einmal habe ich alles andere vergessen. Was in den letzten Tagen passiert ist und die Zeit sowieso.

8.

Mam fällt aus allen Wolken, als sie mich mit dem Brett nach Hause kommen sieht. »Wo hast du denn das Board her?« Ihre misstrauische Verblüffung meißelt sofort zwei senkrechte Falten zwischen ihre Augenbrauen.

»Das hat mir Katha geschenkt. Keine große Sache«, sage ich so unbeschwert wie möglich.

Es ist mir allerdings völlig klar, dass meine Mutter das nicht einfach so stehen lassen wird. Niemand schenkt jemandem aus dem Nichts heraus ein teures Surfbrett. Das ist tatsächlich ein richtiges Wunder. Im Gegensatz zu Mam möchte ich aber an Wunder glauben. Sie versucht es gar nicht erst und sucht stattdessen den Haken.

»Keine große Sache? Guter Witz. Also, wo ist der Haken?«

Ich wusste es.

»Es gibt keinen«, sage ich mit zitternder Stimme.

Ich will mir dieses Wunder nicht kaputtmachen lassen. Wenn meine Mutter allerdings keinen Haken in ihr suspekten Dingen findet, schlägt sie kurzerhand selbst einen hinein. Aber das soll mein Sommer werden, und den werde ich auf diesem Brett verbringen. Das habe ich mir verdient. Zwar nicht unbedingt mit meiner Englischnote, aber eine Schulnote ist ja auch nicht das Einzige, was zählt. Ich will mein altes, zerbeultes Brett endlich in den längst überfälligen Ruhestand schicken und vielleicht ein Regal für mein Zimmer daraus bauen. So eines habe ich in einem meiner Surfermags gesehen.

»Warum sollte Katharina dir denn ein Surfboard schenken?«, fragt Mam. Sie klingt irgendwie hinterhältig, als wolle sie mich einer Lüge überführen.

Das macht mich richtig wütend. »Keine Ahnung, warum sie das tun *sollte*«, antworte ich angriffslustig. »Sie *hat* es aber getan. Du versprichst ja nur immer wieder, mir endlich ein neues Board zu kaufen.« Ich sage das zu laut und extra gemein, weil ich nicht weinen will.

Ich treffe direkt in die Mitte. Mams Blick wird traurig.

»Du weißt doch, dass ich das Geld dafür nicht sparen konnte. Es war eben etwas knapp im letzten Jahr«, sagt sie leise.

Doch ihr entschuldigender Ton ist mir gerade zu wenig. Immer habe ich für sie und alles Verständnis. Ganz selten beschwere ich mich. Auch wenn es mir manchmal echt schwerfällt, tue ich so, als sei es völlig in Ordnung, die Klamotten aus dem Schlussverkauf, vom Flohmarkt oder aus dem Secondhandladen zu tragen. Statt eines coolen Smartphones bin ich stolze Besitzerin von Mams ausgedientem grauen Handy, das außer telefonieren und simsen nichts weiter kann. Beim Friseur war ich noch nie in meinem Leben. Ich könnte mir nicht einmal eine tägliche Biolimonade leisten, wenn ich wollte.

Aber jetzt will ich mir nicht verbieten lassen, Kathas Geschenk anzunehmen. Nur weil es nicht in das Weltbild meiner Mutter passt, dass man einfach mal so ein kostbares Geschenk bekommen kann.

»Genauso wie im Jahr davor auch und davor auch! Immer ist es etwas zu knapp bei uns«, schreie ich sie an.

»Moana, ich bitte dich!«, schreit sie zurück. »Das Board kostet einige Hundert Euro! Das verschenkt doch niemand einfach so.«

»Aber Frau Blum fand es völlig in Ordnung, dass ich das Brett mitgenommen habe. Katha kann sowieso nichts damit anfangen! Sie kann nämlich gar nicht surfen und will es auch nicht lernen! Außerdem gibt es in Schweden keine Wellen!«

Das weiß ich eigentlich gar nicht. Doch ich schreie, schreie, schreie. Ich will nicht weinen, und ich weiß nicht, wohin mit meiner Wut und meiner Enttäuschung.

»So ein teures Geschenk, darfst du nicht annehmen. Punkt!« Meine Mutter schreit nicht mehr. Sie klingt jetzt hart und fest. Es ist die Punkt-Stimme, die keine Widerrede duldet und mich unendlich wütend werden lässt.

»Ruf doch Katha an und frag sie! Dann weißt du, dass ich es doch annehmen darf!«, zische ich sie an.

Mam will etwas erwidern. Aber dann schluckt sie das hinunter und geht zum Telefon. Ich trage das Brett in mein Zimmer und knalle die Tür hinter mir zu.

Das Surfboard lehne ich gegen die Wand und setze mich davor. Eigentlich riecht es nach Epoxidharz. Zusammen mit dem Kokosgeruch des Wachses ist das für mich der Duft nach Sommer und Freisein. Ich will das Board so gern behalten! Ich werde nicht nachgeben. Auf keinen Fall.

Nach einer Weile klopft es an die Tür. In derselben Sekunde wird sie schon aufgedrückt.

»Darf ich reinkommen?«, fragt Mam leise und ist bereits eingetreten.

»Du musst nach dem Klopfen erst meine Antwort abwarten, bevor du einfach reinkommst. Sonst brauchst du auch nicht anzuklopfen«, schniefe ich.

Sie schaut bekümmert und nickt. »Soll ich wieder rausgehen und noch einmal anklopfen?«

Da müssen wir beide kichern. Aber nur ganz kurz.

Mam bleibt in der geöffneten Tür stehen. Ich schaue zu ihr hoch. Es fühlt sich seltsam schwer an. Die lauten Worte haben einen Graben zwischen uns gerissen. Nun steht jeder auf seiner Seite. Eine Brücke kann ich nicht sehen, und ich nehme auch keinen Anlauf, um rüberzuspringen.

»Ich habe Katharinas Mutter angerufen. Sie haben dir das Brett tatsächlich geschenkt. Du darfst es behalten.«

»Und es ist egal, dass es so teuer war?«, frage ich nach.

»Es war gar nicht teuer. Katharina hat es auf dem Sperrmüll gefunden.«

»Wie bitte? Das ist ein nigelnagelneues Surfboard! Wer

schmeißt denn so etwas weg? Und warum?« Ich bin völlig fassungslos.

»Seltsam, nicht wahr? Ich kann das auch nicht verstehen. Aber manchmal hängen an Dingen Erinnerungen, die man nur vergessen kann, wenn man die Dinge wegschmeißt. Manche Erinnerungen möchte man nämlich vergessen. Vielleicht war es so.«

Mam klingt unglaublich traurig, und ihr Lächeln ist krumm und schief. Es zieht an meinem Herzen, doch ich bleibe sitzen. Für mich ist nicht schon wieder alles in Ordnung. Sie wollte mich das Board nicht behalten lassen. Das kann ich nicht sofort verzeihen.

»Nun hat es ja die Richtige bekommen«, fügt sie noch hinzu.

Obwohl ich ganz genau spüre, dass sie die ganze Sache mit einer Umarmung bereinigen möchte, wende ich mich ab. Mam seufzt und schließt die Tür hinter sich.

»Herr Meier, du errätst nie, was heute passiert ist!«, brülle ich ins Telefon.

Er sagt nichts.

»Los, rate!«

»Wozu denn? Du hast doch schon angekündigt, dass ich es nie erraten werde.«

»Ach, pöh, du Spielverderber. Rate trotzdem!«

Aber dann bin ich zu aufgeregt, um länger zu warten, und erzähle ihm von meinem neuen Surfboard.

»Das ist ja nicht zu fassen«, sagt er.

»Nicht wahr? Das ist es wirklich nicht. Ach Herr Meier, das Leben ist wunderbar«, seufze ich.

Auf einmal bin ich so glücklich, wie ich sein möchte. Alles andere ist vergessen. Die blöde Stimmung zwischen Herrn Meier, Keanu und mir, und auch, dass Mam und ich uns eigentlich noch gar nicht ausgesöhnt haben.

Leider zerrt Herr Meier doch noch etwas Blödes hervor. »Wir waren heute im Aquarium –«, beginnt er.

»Wer ist wir?«, frage ich alarmiert.

Seine Antwort verschwindet in einem trockenen Husten. Ich verstehe trotzdem ihren Namen.

»Warum gehst du mit Lea ins Aquarium?«, frage ich leise.

»Warum nicht?«, erwidert er.

Ich merke, dass er es leicht dahinsagen möchte. Aber es funktioniert nicht.

»Wird es Lea nun öfter geben?«, flüstere ich.

Herr Meier schweigt eine Weile. Dann räuspert er sich. Trotzdem klingt seine Stimme belegt, als er wieder spricht. »Ich weiß es nicht. Vielleicht.«

Mein Herz klopft so sehr, dass mir richtig schlecht davon wird.

»Du warst nicht da. Wir waren um drei vor der Bäckerei verabredet«, sagt Herr Meier.

Ich habe unsere Verabredung vergessen. Weil heute alles anders war als sonst. Weil mich dieses andere durcheinandergebracht hat. Weil ich mein Traumsurfbrett bekommen habe. Aber ich habe meinen besten Freund versetzt. Das war nicht okay.

Plötzlich erschrecke ich. »Hast du es ihr erzählt? Weiß Lea irgendetwas?«

»Für wen hältst du mich?«, sagt Herr Meier dunkel. Sein enttäuschter Ton trifft mich.

»Für meinen besten Freund«, flüstere ich ins Telefon. »Es tut mir leid.«

»Ich wollte unbedingt mit dir ins Aquarium. Vielleicht hätten wir irgendeinen interessanten Hinweis gefunden«, sagt Herr Meier, als hätte er mich gar nicht gehört. »Ich habe auf dich gewartet. Du bist nicht gekommen.«

Aber Lea kam vorbei. Da ist er eben mit ihr ins Aquarium gegangen. Klar. So ist das im Leben. Wer zu spät kommt und so. Doch ich schlucke jede Erwiderung hinunter. Ich war es, die ihn vergaß. Wir schweigen eine Weile.

»Konntest du schon herausfinden, was das für ein Flügel ist?«, frage ich irgendwann.

»Nein, im Netz habe ich nichts gefunden. Riesenlibellenflügel sehen anders aus. Außerdem habe ich auch kein Insekt entdeckt, das so ein selbstleuchtendes Blau produzieren kann.«

»Vielleicht so etwas wie ein Glühwürmchen«, schlage ich vor. »Irgendwelche geflügelten Riesenglühwürmer, die an den Tümpeln eines unerforschten Hochplateaus Südamerikas leben.«

Herr Meier gluckst.

»Du hast mir erzählt, dass es unerforschte Hochplateaus in Südamerika gibt«, begehre ich auf.

»Hört sich trotzdem sehr fantastisch an.«

»Wir lieben das Fantastische, erinnerst du dich?«, frage ich ihn.

»Das stimmt«, sagt Herr Meier und gluckst noch einmal so, wie nur er es kann.

Ich atme erleichtert aus. Er ist wieder ganz bei mir.

»Mein Vater hat einen alten Freund, Professor Schleicher. Der ist Entomologe. Mit dem werde ich mich morgen mal treffen«, erzählt er mir.

»Da würde ich gerne mitgehen«, sage ich.

»Das wollte ich dir auch gerade vorschlagen. Dann hole ich dich morgen um fünf Uhr ab, okay?«

»Okay. Du, Herr Meier?«

»Ja?«

»Was ist ein Entomologe?« Eigentlich hatte ich etwas ganz anders sagen wollen.

»Ein Insektenforscher.«

»Aha.«

Und dann sage ich es doch noch. »Ich bin froh, dass es dich gibt.«

Bevor er darauf antworten kann, drücke ich ihn weg. Mein Herz klopft wie verrückt, und ich weiß nicht, warum.

9.

Am nächsten Morgen schalte ich die Lampe neben meinem Bett aus. Ich habe sie die ganze Nacht brennen lassen und jetzt ein schlechtes Gewissen wegen der Energieverschwendung. Es ging aber nicht anders. Auf keinen Fall hätte ich irgendetwas anderes leuchten sehen wollen.

»Noch acht Tage«, flüstere ich gegen die Zimmerdecke.

Dann beginnen die Ferien. Und wir fahren an den Ozean. Ich kann es kaum erwarten. Weg von hier, wo mir alles zu viel wird. Mein Blick streift mein neues Surfbrett. Es kribbelt in meinem Bauch und in den Füßen. Ich springe aus dem Bett. Noch eine Woche. Dann packen wir den Bus und fahren der Sonne hinterher, um dabei zuzuschauen, wie sie in den Ozean fällt. Wir werden die Möwen im Wind schreien hören und silberne Fische unter unseren Surfbrettern blitzen sehen. Salz wird auf meiner Haut piksen und Sand zwischen meinen Zehen reiben. Ich werde mit dem neuen Board die grünen glatten Wellen reiten. Das Leben ist so schön.

In der ersten Pause sitzen wir wie sonst auf unserer Bank.

»Alles okay?«, fragt Herr Meier und schaut mich schon wieder so besorgt an. Plötzlich verschwindet die Vorfreude auf den Urlaub ein wenig hinter dem Jetzt. Im Jetzt gibt es viel zu viel Unverständliches. Ich seufze leise vor mich hin.

Da legt Herr Meier den Arm um mich. »Das Leben nimmt dich gerade ganz schön mit, stimmt's?« Seine Stimme klingt dunkel.

»Ich verstehe so vieles einfach nicht. Meine Unterwasserträume. Der sprechende Rochen. Der Flügel. Das Bild. Ich kann doch überhaupt nicht zeichnen. Das konnte ich noch nie. Und dann leuchtet das nachts auch noch.«

Rechtzeitig erinnere ich mich daran, dass ich ihm noch nicht erzählt habe, wo die kleine Glaskugel herkam. Das werde ich ihm auf alle Fälle weiterhin verschweigen. Es ist auch ohne diese Geschichte viel zu viel. Irgendwo tief in mir weiß ich, dass dieses Verschweigen mit Lea zu tun hat. Wenn es sie nicht gäbe, hätten Herr Meier und ich keine Geheimnisse. Warum musste sie ausgerechnet jetzt auftauchen, wo die unglaublichsten Dinge passieren?

»Du hast dich wahrscheinlich einige Stunden lang versenkt wie in eine Meditation. Dein Unterbewusstsein hat das Zepter übernommen und dir den Stift geführt. In solch einem Trancezustand kann man mehr, als man denkt«, erklärt Herr Meier.

Er klingt klug und weise. Ich will ihm so gerne glauben. Aber warum hängt dann auch bei Keanu so ein Bild? Überhaupt. Keanu.

»Am liebsten würde ich die letzten Tage mit einem megahellen Spot ausleuchten, sodass sich nichts Geheimnisvolles mehr darin verbergen kann«, sage ich.

»So einen megahellen Spot könnte ich auch gut gebrauchen«, murmelt Herr Meier. Kurz stocke ich, aber dann frage ich lieber doch nicht.

Das mulmige Gefühl, dass gerade irgendetwas ganz und gar Seltsames vor sich geht, löst sich einfach nicht auf. Auch nicht, wenn ich mit Herrn Meier über alles spreche. Denn so viele Zufälle kann es gar nicht geben. Oder bedingen sie sich? Führt ein Zufall zum nächsten? Ist das vielleicht sogar ein Geheimnis des Lebens?

»Glaubst du, wir sind nur willenlose Spielbälle, die von einem Zufall zum nächsten gepritscht werden, als würde irgendjemand Volleyball mit uns spielen?«

»Das wäre absolut schrecklich«, sagt Herr Meier. »Mo, das sind keine Zufälle, das ist deine Geschichte. Und die kannst du beeinflussen.«

»Aber wie? Ich hätte so gerne ein bisschen mehr Kontrolle darüber«, erwidere ich.

»Du musst dich einmischen. Das Leben passiert dir nicht einfach. Du lebst es.«

In dem Moment begreife ich ganz klar, was Herr Meier meint. Ich darf die Dinge nicht einfach nur geschehen lassen, ich muss darauf reagieren und etwas unternehmen. Zum Beispiel die richtigen Fragen stellen. Dem Menschen, der sie mir auch beantworten kann. Ich muss meine Schüchternheit überwinden und Keanu nach dem Bild an seiner Wand fragen. Ich muss unbedingt noch einmal ins Aquarium. Wir müssen herausfinden, was es mit diesem Flügel auf sich hat. Und ich muss die Glasperle aus dem Schächtelchen holen und Mam fragen, ob sie weiß, woher die kommt. Auf einmal scheint das alles total logisch. Warum habe ich so lange gebraucht, um das zu verstehen?

Herrn Meiers Arm liegt noch immer um meine Schultern. Ein paar Jungs aus der Fünften laufen vorbei.

»Ei, ei, ei, was seh ich da? Ein verliebtes Ehepaar!«, singen sie im Chor und rennen dann lachend weg.

Herr Meier zieht seinen Arm zurück und tut so, als brauchte er ihn, um seine Mütze zurechtzuschieben.

»Dass diese Sprüche nie aussterben«, brummt er vor sich hin. »Die haben schon unsere Eltern im Kindergarten gerufen.«

Er klingt so verlegen, wie ich mich fühle. Dabei haben uns die Sprüche der anderen noch nie interessiert.

Ich sehe Katha zusammen mit Klara bei den Jungs aus der Oberstufe und winke ihr zu, aber sie sieht mich nicht. Wahrscheinlich hat sie nur Augen für Torben, der vor ihr steht und grinst. Ich schaue zu Herrn Meier neben mir auf der Rücklehne unserer Bank und bin sehr froh, dass es ihn gibt.

Er wendet mir sein grinsendes Gesicht zu. »Na? Hatten die Knirpse recht? Bist du doch in mich verliebt?«, fragt er flapsig.

»So ein Quatsch«, murmle ich und rutsche von der Lehne.

»Zum Glück. Das wäre nämlich total blöd, wenn du dich in deinen besten Freund verlieben würdest. Mit wem könntest du denn dann über mich reden?« Er lacht.

Herr Meier sieht wirklich süß aus, wenn er lacht. Sonst aber auch.

Es klingelt. Als wir in die Schule gehen, sehe ich Lea am anderen Ende des Hofes. Herr Meier hebt den Arm, um ihr zu winken. Doch sie dreht sich weg.

Auf dem Nachhauseweg kommt mir der Obdachlose mit seiner Plastiktüte entgegen. Nicht einmal auf ihn kann man sich mehr verlassen. Die Sonne geht noch längst nicht unter, und er ist schon auf dem Rückweg. Ich sehne mich nach Normalität.

Weil ich keine Münze in der Tasche habe, will ich mit gesenktem Kopf an ihm vorbeihuschen. Als er noch ein ganzes Stück weg ist, kann ich ihn schon riechen. Da fällt mir ein, was Herr Meier letztens gesagt hat. Vielleicht ist es gar nicht so schlimm, dass ich gerade keinen Euro für ihn habe. Aber vielleicht ist es sehr schlimm, dass ich noch nie etwas zu dem alten Mann gesagt habe.

Ich hebe den Blick und schaue ihm direkt in die Augen.

»Guten Tag«, sage ich lächelnd.

»Hast du das Brett bekommen?«, raunt er da.

»Wie bitte?«, fahre ich ihn vor Überraschung schärfer als beabsichtigt an.

Hat er mich etwa gestern mit dem Surfbrett unterm Arm die Straße entlanglaufen sehen? Wieso spricht er plötzlich mit mir? Herr Meier behauptet, manchmal würde er auch mit ihm reden. Vielleicht hat der Obdachlose gerade einen redseligen Moment. Sogar seine sonst so trüben Augen strahlen. Ich habe nie gesehen, dass er blaue Augen hat. Ich habe ihm aber auch noch nie einen schönen Tag gewünscht.

»Ihr gehört zusammen«, sagt der alte Mann.

»Wer? Das Board und ich?«, frage ich perplex. Ich meine, das finde ich ja auch. Aber konnte er das etwa daran sehen, wie ich das Brett gestern nach Hause trug?

Der Obdachlose schüttelt den Kopf. Bevor er jedoch noch etwas sagt, verliert sich die Farbe seiner Iris und verschwimmt im Gelb seiner Augäpfel. Er schaut in die Ferne und scheint nichts mehr zu sehen. Mich auf jeden Fall nicht.

»Auf Wiedersehen und noch einen schönen Tag«, sage ich leise und laufe weiter.

Er sagt nichts dazu.

Eigentlich will ich nur meine Tasche abstellen und dann zu Keanu rübergehen. Ich muss unbedingt mit ihm sprechen. Und er war heute nicht in der Schule.

»Setz dich schon mal auf den Balkon, Karotte«, ruft Mam allerdings aus der Küche.

»Mam, ich habe gerade überhaupt keine Zeit.«

»Bitte, Moana.«

Wenn es ernst wird, erinnert meine Mutter sich sogar an meinen Namen. Es kommt nicht oft vor, ist aber ein sicheres Zeichen dafür, dass ich lieber tun sollte, um was sie mich bittet. Ich kann auch danach noch bei Keanu klingeln. Vielleicht können wir später zusammen ins Aquarium gehen. Da wollte er doch gerne hin, und ich muss unbedingt noch einmal zum Berührbecken und nach dem kleinen Rochen Ausschau halten. Ich bin mir ganz sicher, dass Keanu nicht krank ist, sondern andere Gründe für sein Fehlen hatte.

Auf dem Balkon hat Mam den Tisch mit Blüten und Muscheln dekoriert.

»Nanu, was ist denn hier los?«, rufe ich.

Vielleicht hat sie ja eine tolle Sache zu verkünden. Was könnte es noch Tolleres geben, als dass wir schon bald in den Urlaub fahren? Freudig gespannt setze ich mich. Aus dem Wohnzimmer klingt die Gitarre eines Straßenmusikers, den wir in einem Sommer an der Küste in Frankreich kennengelernt haben. Der Song versetzt mich sofort an den Strand. Nur noch eine winzig kleine Woche, dann sind wir wirklich dort.

Mam bringt eine Platte mit gebratenem Fisch heraus. Der leckere Duft kitzelt meine Nase. Obwohl Fische meine Lieblingstiere sind, esse ich sie trotzdem gerne.

»Köstlich«, sage ich erfreut und greife zu. »Was für eine supertolle Überraschung! Dabei kannst du doch gar nicht kochen.«

Das ist mir nur so herausgerutscht. Entschuldigend schlage ich mir die Hand vor den Mund. Aber Mam scheint mich gar nicht gehört zu haben. Und da weiß ich, dass hier irgendetwas nicht stimmt.

»Ist alles okay?«, frage ich.

Mam legt ihr Besteck beiseite und schaut mich an. Ihre Augen sind grau vor Traurigkeit. »Lottchen, ich habe kein Geld für unseren Urlaub. Die Werkstattrechnung für den Bus kam heute. Sie ist einfach zu hoch.«

Mit allen Fasern meines plötzlich stillstehenden Herzens hoffe ich, dass ich mich verhört habe. Ich schaue auf dem geschmückten Tisch herum, höre die Musik, rieche den Fisch. Was soll das alles? Wer kommt nur auf so eine fiese Horrorshow?

»Wir fahren nicht in den Urlaub«, flüstere ich entsetzt.

»Es tut mir so leid«, sagt Mam. »So unendlich leid.«

Eine Träne läuft ihre rechte Wange hinunter. Ich beobachte diese Träne, als wäre sie ein interessantes Naturphänomen.

Ich darf meiner Mutter nicht zeigen, wie traurig ich bin. Sie kann doch nichts dafür. Das kann sie doch nicht, oder? Aber warum soll sie eigentlich nichts dafür können? Wer denn sonst?

In meinem Bauch wächst ein riesengroßer Kloß aus Enttäuschung, Unglaube und Wut. Ich lasse meine Gabel fallen und schlucke schwer. Der Kloß wird größer und größer. Ich werde gleich daran ersticken.

»Mottchen?«

»Ist schon in Ordnung«, presse ich hervor.

Dann stehe ich auf, renne in mein Zimmer, knalle die Tür zu und schmeiße mich auf mein Bett.

Durch die geschlossene Tür höre ich meine Mutter. »Es tut mir so leid.«

Ich halte mir die Ohren zu. Mir auch, denke ich, mir tut es auch leid. Der Kloß füllt inzwischen mein ganzes Inneres, und er wächst immer weiter.

»Karottchen?«

»Geh weg!«, schreie ich.

So ein Mist! So ein verdammter Mist! Das kann doch alles nicht wahr sein! Ich habe eine solche Wut, dass ich am liebsten etwas zerstören würde. Mit beiden Fäusten schlage ich auf mein Kissen ein. Schlage und schlage, drücke mein Gesicht hinein und schreie, schreie, schreie.

Ewigkeiten.

Irgendwann ist die Wut weg, als hätte sie jemand ausgeschaltet. Doch die Traurigkeit bleibt. Ich bin so traurig, dass mein Körper sich ganz hohl anfühlt. Eine Hülle, in der nichts drin ist, absolut überhaupt gar nichts. Den Kloß und alle Organe habe ich mit der Wut hinausgewürgt. Aber Tränen gibt es noch einen ganzen Ozean voll.

Als ich mich völlig leer geweint habe, gehe ich ins Wohnzimmer. Dort läuft die CD noch immer, keine Ahnung zum wievielten Mal. Mam sitzt wie erstarrt auf dem Sofa. Ich setze mich zu ihr.

»So eine blöde Scheiße«, sage ich heiser. Ich habe meine Stimme weggeschrien.

»So eine blöde Scheiße«, sagt Mam.

In mir ist alles schwarz. Meine Mutter sieht auch nicht besser aus. *And the waves are rolling through me and sing the ocean song*, tönt es aus der Box. Das verstehe ich trotz der blöden Fünf in Englisch. Das Leben kann so verdammt gemein sein!

»Mach endlich diese bescheuerte Musik aus«, krächze ich und gehe zurück in mein Zimmer.

Ich lege mich auf den Boden, starre an die Decke und bin absolut leer. Als wäre nun auch noch alle Kraft aus mir herausgeflossen und sämtliche Körperflüssigkeiten ebenso – mein Blut, das Wasser, die Lymphe und die sonstigen Sekrete, die normalerweise im Körper ihre Kreise bilden. Ich fühle mich wie ein alter Wischlappen.

»Darf ich vorstellen? Moana Breme, ein alter Wischlappen, mit dem niemand mehr etwas anfangen kann, weil er sich schmierig anfühlt und beim Putzen quietscht«, sage ich in mein Zimmer hinein.

Von nun an brauche ich mich gar nicht mehr auf die Ferien zu freuen. Dieser ganze Sommer kann mir gestohlen bleiben. Soll es sechs Wochen lang regnen, mir doch egal. Dann kann ich wenigstens im Bett bleiben und mich irgendwo hinträumen. Auf gar keinen Fall werde ich ins Freibad gehen. Kommt überhaupt nicht in die Tüte!

Draußen dämmert es bereits, als es an der Wohnungstür klingelt.

»Ist Mo da? Darf ich bei euch übernachten? Morgen ist doch Samstag«, höre ich Katha. Sie scheint unheimlich wütend zu sein. Na toll, das passt ja.

Mühsam stehe ich auf und öffne meine Zimmertür. »Komm rein.«

»Ich fabriziere uns erst einmal drei bunte Teller. Die können wir wohl alle gut gebrauchen«, sagt Mam und verschwindet in der Küche.

Mam kauft oft eher seltsame Lebensmittel ein, die nicht zusammenpassen und mit denen wir eigentlich nichts anzufangen wissen. Diese Schachteln, Gläser und Dosen sammeln sich in den Küchenschränken. Ein, zwei Mal die Woche inspiziert Mam die Schränke und zaubert aus dem, was sie dort findet, bunte Teller. Die sehen toll aus, sind nicht sehr gesund, und manches schmeckt auch nicht. Aber sie machen gute Laune. Normalerweise. Heute kann meine Laune allerdings nichts verbessern. Auch kein bunter Teller. Aber ich merke, dass ich tatsächlich Hunger habe. Schade um den schönen Fisch von heute Mittag. Er roch wirklich gut.

»Lass uns ins Wohnzimmer gehen«, sage ich. »Mein Zimmer ist mir gerade zu eng.«

Wir setzen uns auf den Teppich. Katha sprudelt los. Sie ist so mit sich und ihrer Wut beschäftigt, dass ihr die traurige Atmosphäre in unserer Wohnung gar nicht auffällt. Sie empört sich über Klara, die eine Verräterin sei, über ihre Mutter, die gar nichts verstehe, und über Torben, der sie mal kreuzweise könne.

Als Mam die Teller vor uns stellt, als picknickten wir auf der Wiese im Park, schiebt Katha sich zwischen ihren Worten Bissen um Bissen in den Mund. Ich beobachte sie, als wäre sie ein seltsames Tierchen. Sie sitzt in unserem Wohnzimmer als Bollwerk zwischen mir und der Verzweiflung, die in allen Ecken lauert. Ich sehe Mams Hände zittern. Ich will gar nicht wissen, wie es in ihr aussieht. Vielleicht sogar noch schwärzer als in mir. Schwärzer als das schwärzeste Schwarz. Das ist pathetisch. Eines von Herrn Meiers Lieblingsworten. Jetzt machst du es dramatischer, als es ist, höre ich ihn sagen. Dabei geht das gar nicht. Dass wir nicht in den Urlaub fahren, ist das Allerdramatischste überhaupt. Was wohl Herr Meier dazu sagen wird? Wohin fährt er eigentlich? Komisch, er hat noch gar nichts erzählt.

»Stimmt doch, oder?« Katha guckt mich erwartungsvoll an.

»Äh, ja, finde ich auch«, sage ich, obwohl ich gar nicht weiß, wovon sie gerade spricht.

Mam muss grinsen. Da weiß ich, dass es gut ist, dass Katha hier sitzt und sich empört. Beinahe will ich der gemeinen Klara danken, weil sie sich heimlich mit Torben zum Eisessen verabredet hat, obwohl sie genau weiß, dass Katha in Torben verliebt ist. Irgendwie habe ich wohl doch mitgekriegt, worüber sie sich die ganze Zeit aufregt.

»Und meine Mutter ist natürlich megasauer, weil ich beim Friseur war.«

Erst jetzt sehe ich, dass Kathas Haare gar nicht zum Zopf zusammengebunden sind.

»Du hast deine Haare abgeschnitten«, sage ich verblüfft.

Katha schaut mich mal wieder an, als ob ich sie nicht mehr alle hätte. Immerhin sitzt sie seit etwa einer Stunde mit ihrem neuen Kurzhaarschnitt in unserem Wohnzimmer auf dem Teppich.

Mam steht auf und hat noch immer ein kleines Lächeln im Mundwinkel. »Das besprecht ihr mal lieber unter vier Augen.«

Wir verdrücken uns in mein Zimmer.

»Deine Mam ist so cool«, sagt Katha.

Sie schaut auf das Surfboard, das noch immer verheißungsvoll an der Wand lehnt.

»Wann fahrt ihr denn los?«

»Wir fahren gar nicht los«, antworte ich leise.

»Ach, echt? Also, ich wäre voll sauer, wenn meine Eltern plötzlich den Sommerurlaub absagen würden. Na, dann kannst du ja mit Klara und Torben ins Freibad gehen. Die bleiben diesen Sommer nämlich auch hier.«

Sie fährt sich durch ihr kurzes Haar und schaut verdutzt. Wahrscheinlich hat sie sich noch nicht an ihre neue Frisur gewöhnt. Dann lässt sie sich weiter böse über Klara aus, die heute in der ersten Pause noch ihre beste Freundin war. Erst als es draußen dunkel ist und wir im Bett liegen, hat sie sich endlich alles von der Seele geredet.

»Wie findest du eigentlich Keanu?«, fragt sie gähnend. »Der ist so süß, und er sieht echt gut aus.«

»Ging es nicht die ganze Zeit um Torben?«, frage ich.

»Pfff, der kann mir gestohlen bleiben«, sagt Katha. »Ist dir eigentlich schon aufgefallen, dass ihr euch ein bisschen ähnlich seht?«

»Torben und ich?«

»Quatsch.« Katha lacht leise. »Du und der schöne Keanu.«

Wenn sie wüsste, wie viel ich über Keanu nachdenke. Aber dass wir uns ähnlich sehen, ist mir nicht aufgefallen. Nur weil ich auch schwarze lockige Haare habe? Aber Katha erwartet sowieso keine Antwort von mir.

»Deine Mam ist echt cool«, sagt sie noch einmal.

Dann dreht sie sich auf die Seite und ist sofort eingeschlafen.

Erst in diesem Moment fällt mir ein, dass ich Herrn Meier heute Nachmittag schon wieder versetzt habe. Ein heißer Schreck lässt meine Füße kribbeln. Schnell schreibe ich ihm eine Not-Nachricht, schalte dann aber mein Handy sofort aus. Ich habe Angst, dass er nicht antwortet.

10.

Katha geht nach dem Frühstück in die Stadt. Sie fragt, ob ich mitkommen möchte. Aber ich habe keine Lust und auch kein Geld für einen Bummel durch die Geschäfte. Außerdem regnet es. Draußen und in meinem Inneren. Und alleraußerdem muss ich mir überlegen, was ich tun soll. Was jetzt wirklich wichtig ist. Doch ich fühle noch immer nichts als Leere in mir. Ein Wunder, dass mein Körper nicht wie ein schlaffer Hautsack in irgendeiner Ecke liegt. Ich traue mich nicht, mein Handy anzuschalten oder gar Herrn Meier anzurufen. Stattdessen warte ich auf ihn. Ich weiß, dass er vorbeikommen wird, wenn er nichts von mir hört. So war es immer.

Allerdings gab es in diesem Immer noch keine Lea. Kaum schießt mir dieser Gedanke durch den Kopf, werde ich ganz unruhig. Erschrocken wähle ich doch seine Nummer.

»Ich bin schon auf dem Weg«, sagt er, und im selben Moment klingelt es an der Haustür.

Er steht noch mit einem Hallo auf den Lippen auf der Fußmatte, aber ich kann keine Sekunde länger warten. »Herr Meier, wir fahren nicht in den Urlaub! Darum habe ich auch unsere Verabredung gestern vergessen. Bitte verzeih mir.«

Ich schmeiße mich so heftig in seine Arme, dass wir fast vom Treppenabsatz kippen.

»Das ist ein Witz«, sagt er verblüfft, als wir uns wieder ausbalanciert haben.

»Es ist leider wahr«, erwidert Mam. Sie hängt sich die große Tasche über die Schulter und schlüpft in ihre Chucks. »Herr Meier, könnten Sie bitte die Motte-Karotte trösten, während ich einkaufen gehe?« Sie streicht ihm ganz zart über die Wange.

»Tröstet dich auch jemand?«, fragt er leise.

Mam lächelt ihn traurig an. »Manchmal sind Sie mir geradezu etwas unheimlich. Wie alt sind Sie noch einmal?«

»Fünfzehn Jahre, vier Monate und elf Tage«, antwortet er und grinst.

»Das war wirklich sehr genau«, sagt Mam und muss lachen.

Sie kann das, denke ich. Sich trotzdem über Sachen freuen. Auch wenn gerade die Welt um sie herum versinkt. Schade, dass ich diese Fähigkeit nicht von ihr geerbt habe. Aber vielleicht bricht sie ja erst später durch. Hoffentlich.

Herr Meier und ich gehen ins Wohnzimmer und lassen uns auf das Sofa fallen.

»So eine blöde Scheiße«, sagt Herr Meier.

»So eine blöde Scheiße«, sage ich.

Der Regen prasselt gegen die Fensterscheiben. Wie passend. Der Himmel weint mit mir. Ich höre die Tropfen traurig flüstern, als sie an den Fensterscheiben hinunterfließen.

Herr Meier legt den Arm um meine Schultern. Er riecht gut. Das will ich eigentlich nur denken. Aber aus Versehen sage ich es laut. Er schaut mich an, und ich schaue zurück. Fast stoßen unsere Nasen aneinander. Es kribbelt in meinem Bauch.

»Warst du gestern trotzdem bei diesem Insektenforscher? Auch ohne mich?«, frage ich schnell dazwischen.

Dabei rücke ich ein Stück von ihm weg. Weil es so nahe bei ihm gerade nicht genug Luft für zwei zu geben scheint.

»Ähm … ja. Ja, ich war da.« Herr Meier räuspert einen Frosch aus seinem Hals. »Er hat sich den Flügel angeschaut. Ihm ist dazu aber kein Insekt eingefallen. Wir haben bestimmt zwei Stunden lang Bücher gewälzt.«

»Das ist sehr schade«, sage ich und weiß eigentlich gar nicht, was ich meine.

Herr Meier schaut mich an. »Geht's?«, fragt er.

»Nein«, sage ich. »Aber ich will auf keinen Fall wieder anfangen zu heulen, okay?«

»Okay.«

»Lass uns also über Insekten reden«, sage ich.

Herr Meier atmet tief ein. »Ich bin mir ziemlich sicher, dass das gar kein Insektenflügel ist.«

»Vielleicht ist es ja nicht mal ein Flügel«, murmle ich.

Das blaue Ding stört mich. Weil ich nicht weiß, ob der Rochen es mir wirklich gegeben hat. Oder ob es einfach im Fühlbecken herumtrieb und sich in meinen Finger verhakte. Ob es etwas bedeutet und wenn ja, was.

Herr Meier holt eine kleine Schachtel aus der Tasche und holt vorsichtig den Flügel heraus. Das Blau leuchtet strahlend hell. Er blickt mich nicht an und atmet schwer. Das kenne ich schon. Er hat etwas zu sagen, aber keine Ahnung, ob und wie er das tun soll. Dabei weiß ich sowieso, was er denkt.

»Ich habe mir den sprechenden Rochen nicht eingebildet. Er hat mir das da gegeben. Ich bin weder durchgeknallt noch hormonell durcheinander oder überspannt«, erlöse ich ihn.

»Danke. So etwas in die Richtung wollte ich gerade sagen. War aber nur so ein flüchtiger Gedanke.«

Ich boxe ihm auf den Arm. Das hat er verdient. »Sind ziemlich viele Worte für einen flüchtigen Gedanken«, schnappe ich.

Herr Meier grinst mich an. Dann kramt er eine kleine Kamera aus der Hosentasche, öffnet die Bildergalerie und gibt sie mir.

»Also, nachdem wir uns gestern durch die verschiedensten Werke der Insektenkunde geblättert haben, holte Professor Schleicher ein echt dubioses Buch hervor. Ein Bestiarium.«

»Ein was?«

»Ein Bestiarium. Das ist ein uraltes Buch voller Geschichten und Abbildungen der seltsamsten Wesen. Vor allem von Chimären und Tieren aus Mythologien. Wir hatten leider keine Zeit mehr, darum habe ich nur schnell Fotos von den ersten Seiten gemacht.«

Ich schaue flüchtig die verschiedenen Fotos an. »Glaubt dieser Professor Schleicher etwa, das Ding ist der Flügel einer winzig kleinen Bestie oder irgendeiner Elfe?«

Während Herr Meier das blaue Etwas in seiner Hand nachdenklich studiert, beäuge ich es nur kurz aus sicherer Entfernung.

»Nein, sicher nicht. Er sagte, dass ihm das Betrachten des Bestiariums manchmal hilft, über seine Grenzen hinaus zu denken, um auf den richtigen Weg zu kommen. Dabei hatte ich ihm nicht mal genau erzählt, wo du den Flügel herhast.«

Ich gebe ihm die Kamera zurück. »Weil du es nicht glaubst, stimmt's?«

Herr Meier legt den Flügel vorsichtig wieder in die kleine Schachtel zurück. »Ich finde noch heraus, was das ist.«

Ich schaue ihn an. Wie großartig, dass ich so einen tollen Freund habe. Er schaut zurück. Plötzlich nicken wir beide mit den Köpfen. Das ist so albern, dass wir lachen müssen.

Und ich werde endlich herausfinden, was hier gerade los ist in diesem meinem total verrückten Leben, denke ich nach dem Lachen. Die Leere in mir beginnt sich wieder zu füllen.

Herr Meier hat noch eine Verabredung, zu der er mir nichts erklärt und von der ich auch gar nichts wissen will. Jedenfalls versuche ich mir das einzureden. Außerdem habe ich Dringendes zu erledigen.

Als er gegangen ist, ziehe ich meine gelbe Regenjacke über und flitze die Treppe hinunter. Im Haus gegenüber will ich bei Keanu klingeln. Es gibt ein nigelnagelneues Namensschild. Das muss seines sein. *Zimmer* steht darauf. Ich lache auf. Keanu Zimmer? Das klingt ganz verkehrt. Aber warum nicht. Zimmer scheint ein häufiger Name zu sein. In unserem Haus wohnt auch eine Frau Zimmer.

Es macht niemand auf. Ich bin ziemlich enttäuscht, aber dann laufe ich direkt ins Aquarium weiter. Was ich dort herausfinden möchte, kann ich auch allein tun.

Samstags, zumal wenn es regnet, ist natürlich sehr viel los. Normalerweise bin ich lieber allein dort und habe das Meerbecken für mich. Doch heute fühlt es sich beruhigend an, dass so viele kleine Kinder um mich herumtoben oder staunend die großen Fische betrachten. Nur die Schwämme und Seegurken tun mir leid. Und vor allem die Babyrochen. Das Berührbecken ist so stark umlagert, dass ich keinen Platz mehr am Rand finde. Die kleinen Rochen werden gerade gefüttert, und die Frau vom Aquarium macht eine ziemliche Show daraus. Unzählige kleine Händchen patschen ins Wasser, und die Luft ist von Geschrei erfüllt. Ich stehe an der Seite und erwarte, jederzeit einen mehrstimmigen Hilferuf aus dem Becken zu hören. Als er nicht kommt, bin ich ziemlich erleichtert. Einerseits. Keiner der kleinen Rochen möchte mit mir sprechen. Schon gar nicht mit vollem Mund. Aber bedeutet das auch, dass noch nie ein kleiner Rochen mit mir gesprochen hat? Das

Gefühl, das mich bei dem Gedanken überkommt, ist das Andererseits.

Ich gehe rüber zum großen Ozeanzylinder und sehe ihn schon von Weitem. Keanu steht inmitten einer Horde Kinder, die ihn ehrfürchtig anstarren. Denn Keanu hat seine Hand an das Glas gelegt, während Koa von innen seinen Nasenhöcker dagegen drückt. Ich sehe, dass sie miteinander kommunizieren.

Plötzlich hebt Keanu den Blick, als hätte er mich gespürt. Seine Ozeanaugen leuchten strahlend hell. Es sieht sogar so aus, als seien die blauen Ringe breiter geworden.

»Hallo, Moana«, sagt er lächelnd.

»Woher kennst du meinen richtigen Namen?«, frage ich perplex.

»Der Mola mola hat ihn mir verraten.«

»Na klar, wer sonst«, stammele ich.

Keanu grinst. Wahrscheinlich hat er nur einen Witz gemacht. Er lässt vom Glas ab und kommt auf mich zu.

»Ich glaube, wir müssen sehr dringend miteinander sprechen.«

Ich nicke. Ja, das glaube ich auch.

»Hast du Lust, eine Limonade mit mir zu trinken?«, fragt er.

»Gerne. Aber es regnet in Strömen.«

»Man muss dabei nicht im Park sitzen. Wir können auch woanders hingehen.« Keanu lächelt noch stärker. Er ist so schön.

»Stimmt«, krächze ich.

Da sehe ich aus den Augenwinkeln ein kleines blaues Leuchten. Es verschwindet gerade in einer der Höhlen des künstlichen Riffs.

Aber ich muss mich jetzt um mein Herz kümmern. Es schlägt wie verrückt. Vor allem im Hals. Und in den Füßen. Im Bauch auch. Mir ist richtig schlecht davon.

Wir kaufen uns am Kiosk eine Limo. Es hat aufgehört zu regnen.

»Laufen wir ein bisschen?«, fragt Keanu.

Ich nicke. Im Laufen kann man sowieso besser denken. Und reden.

Doch die ersten Schritte schweigen wir noch. Wir spüren, dass wir uns viel zu sagen haben und einige Dinge klären müssen. Also, ich spüre das. Und Keanu macht auf mich den Eindruck, als ginge es ihm wie mir. Aber der Anfang fällt schwer. Die Limoflaschen sind bald leer, und wir stellen sie für die Pfandsammler neben einen Mülleimer.

»Ich habe das sehr seltsame Gefühl, dass wir uns kennen«, sagt Keanu endlich.

»Ich auch«, flüstere ich.

Er bleibt stehen und schaut mir ins Gesicht.

»Weißt du, woher? Warst du vielleicht mal in San Diego?«

Ich schüttele den Kopf. Zweimal hintereinander. Zweimal nein.

»Ich war noch nie in Kalifornien«, sage ich.

Keanu nickt, als hätte er sich das schon gedacht. »Warst du schon einmal verliebt?«, fragt er dann.

Ich habe genug Filme gesehen und Bücher gelesen, um zu wissen, was über das Verliebtsein gesagt wird. Zum Beispiel, dass man das Gefühl hat, den anderen schon immer zu kennen. Es ist nur sehr verwirrend, dass er mich ohne Scheu ganz direkt danach fragt.

»Nein«, sage ich leise.

Dann hole ich tief Luft. Es fällt mir schwer, in Keanus Ozeanaugen zu sagen, was ich sagen möchte. Darum schaue ich ein bisschen an ihm vorbei und sprudele einfach los.

»Da ist auch noch mehr. Nicht nur das Gefühl, dass ich dich kenne. In deinem Zimmer hängt ein Bild. Sorry, ich habe mit meinem Fernglas zu dir rübergeschaut. Ich weiß, das ist voll stalkermäßig und dass man so was nicht macht. Aber auf dem Bild hast du die Unterwasserlandschaft aus meinen Träumen gezeichnet! Ich habe ein ganz ähnliches Bild gemalt. Obwohl ich gar nicht malen kann, auch wenn das jetzt echt egal ist. Außerdem kannst du auch mit Fischen reden. Genauso wie ich.«

Keanu hört meinem Wortschwall zu. Ich spüre, dass er mich die ganze Zeit intensiv anschaut. Als ich fertig bin, erwidere ich endlich seinen Blick.

»Du hast sehr schöne Augen«, sagt er. »Wie Ozeane.«

Da muss ich laut lachen. »Wie bitte? Meine Augen sind dunkelbraun. Welcher Ozean soll das denn bitte sein?«

Er schüttelt lächelnd den Kopf, sagt aber nichts mehr dazu. Stattdessen läuft er langsam weiter. Beinahe nehmen wir uns an die Hand. Ich bekomme kaum Luft. Weil er so nahe bei mir ist. Weil ich mir wünsche, er wäre noch näher. Und natürlich wegen all der Sachen, die ich gerade gesagt habe.

»Das ist wirklich alles sehr merkwürdig. Aber nicht, dass wir mit Fischen reden. Ich kenne einige, die das tun. Andere sprechen mit ihren Hunden.«

»Aber die antworten nicht«, sage ich.

»Bist du dir sicher?« Er dreht sich zu mir und lächelt.

Wir stehen uns gegenüber. Schauen uns an. Es ist gut, mit ihm zu reden. Er hat keine Zweifel in den Augen. Im Gegenteil. Ich habe den Eindruck, dass er noch viel verrückter ist als ich. Wenn wir denn verrückt sind.

»Dieses Bild in meinem Zimmer habe ich vor zwei Jahren gezeichnet. Es ist der Ort, an den ich mich sehne. Ich träume von ihm. Wieder und immer wieder. Mit jedem Traum lerne ich ihn besser kennen und meine Sehnsucht, dort hinzugehen, wird größer. Inzwischen kann ich es gar nicht mehr erwarten, abends einzuschlafen«, erzählt er mit leiser Stimme.

»Wie alt bist du?«, frage ich.

»Ich werde bald sechzehn.«

Also war er so alt wie ich, als er das Bild gemalt hat. Noch so ein unheimlicher Zufall. Aber ist es wirklich ein Zufall? Und ist er unheimlich? Eigentlich fühle ich mich gerade total wohl. Geborgen und verstanden. Keanu ist mir ähnlich. Er hält mich nicht für überspannt. Er weiß, was ich fühle, weil er es auch fühlt. Sogar schon zwei Jahre länger als ich. Warum haben wir so eine enge Verbundenheit?

»Ich bin jetzt bei meiner Großtante zum Torte-Essen eingeladen, ich weiß nicht, wie lange das dauert. Aber möchtest du morgen zu mir kommen? Dann können wir über alles reden. Du könntest dein Bild mitbringen. Es würde mich sehr interessieren.«

Keanus Stimme klingt ruhig. Als wäre er total entspannt. Vielleicht liegt das an seinem Akzent und der etwas steifen Art, in der er spricht. Denn die Ringe in seinen Augen strahlen. Sie ziehen mich, ziehen mich zu ihm hin und viel weiter. Dorthin, wo die unfassbare Tiefe ist. Nach der wir uns beide so sehr sehnen.

»Als könnte ich in deinen Augen ertrinken«, flüstert er.

Beinahe bekomme ich meinen ersten Kuss. Ich weiß nicht, was mich einen Schritt zurücktreten lässt.

»Ich komme gerne morgen bei dir vorbei«, sage ich heiser. »Und ich bringe mein Bild mit.«

Wir haben ausgemacht, dass Herr Meier wieder bei mir schläft. Sonst hätte mich seine Nachmittagsverabredung ziemlich beunruhigt. Obwohl ich nun zufälligerweise auch eine hatte. Eine, die noch immer mein Herz schneller schlagen lässt und mir Bauchkribbeln macht, wenn ich an sie zurückdenke.

Mam ist im Bad, um sich hübsch zu machen, wie sie es nennt. Sie hat auch eine Verabredung. Als sie sich von uns verabschiedet, fragt sie dreimal, ob es wirklich in Ordnung sei, dass sie heute, ausgerechnet heute, am Tag nach der schlimmen Verkündung, ausgehe. Da erst merke ich, dass ich die schlimme Verkündung beinahe vergessen habe. Jedenfalls für den Moment.

»Jetzt geh schon. Herr Meier ist doch bei mir«, antworte ich Mam dreimal.

Trotzdem schaut sie mich an, als wollte sie mich um Entschuldigung bitten. »Und was ist mit Abendbrot?«

»Keine Sorge, Anna, ich bin hier und passe auf, dass das Mottchen ordentlich isst«, sagt Herr Meier. »Ein bisschen Ablenkung tut dir sicher auch gut.«

Mam lächelt ihn dankbar an.

Herr Meier baut sich sein übliches Nachtlager neben meinem Bett. Wir kochen uns einen marokkanischen Pfefferminztee aus grünem Tee, frischer Minze, Orangenblütenöl und Unmengen von Zucker. Die Kanne, eine Packung Kekse und unsere Tassen tragen wir in mein Zimmer, machen es uns vor dem Rechner gemütlich und schauen eine Serie.

Mir ist klar, dass ich mich ablenke und Herrn Meier nichts von meinem Treffen mit Keanu erzähle. Das will ich nicht, und das kann ich auch nicht. Mir fehlen nicht nur die Worte dafür, sondern auch die Antworten auf meine Fragen. Eigentlich fehlen mir sogar die. Ich muss erst noch einmal über alles nachdenken. Vorher haben Herr Meier und ich so etwas gemeinsam gemacht. Aber seit einigen Tagen gibt es eben dieses Vorher, das alles anders sein lässt.

Als es dunkel wird, ist die Traurigkeit über die ausfallende Reise wieder da. Herr Meier nimmt meine Hand, weil er sie in meinem Gesicht lesen kann.

»Ach Herr Meier, schön, dass es dich gibt«, seufze ich.

»Finde ich auch«, meint Herr Meier grinsend. »Das sagst du in letzter Zeit übrigens ziemlich oft.«

»Weil es stimmt.«

Er lässt meine Hand wieder los und beendet so den Moment.

»Warst du gestern eigentlich allein bei diesem Professor oder in Begleitung?«, frage ich.

»Allein«, antwortet er schlicht.

Ich ärgere mich über meine Erleichterung.

Dann verschwinde ich im Bad, um mich für die Nacht fertig zu machen. Vor dem Spiegel putze ich meine Zähne. Keanu hat gesagt, ich hätte Ozeanaugen. So ein Quatsch. Die hat er doch, während meine dunkle Murmeln sind. Ich beuge mich vor und spucke den Schaum aus. Dann hebe ich den Kopf, schaue noch einmal von Nahem in den Spiegel und erschrecke.

»Das kann doch gar nicht sein«, flüstere ich.

Der äußerste Rand meiner Iris ist nicht mehr dunkel. Stattdessen leuchtet er in einem tiefen Blau. Es ist nur ein schmaler Ring. Aber der war bis vor Kurzem noch nicht da. Ich wusste nicht, dass so etwas möglich ist. Dass sich die Augenfarbe noch einmal verändern kann. Keanu muss vorhin diese blauen Ringe gemeint haben.

»Verrückt«, flüstere ich meinem Spiegelbild zu.

In meinem Zimmer richte ich die Lampe auf mein Gesicht.

»Herr Meier, guck mich an. Fällt dir etwas Ungewöhnliches auf?«

»Deine Schönheit«, platzt es aus Herrn Meier heraus.

»Sehr witzig«, sage ich schnell. »Ich meine aber etwas anderes.«

Herr Meier schaut mich an. Nickt. »Ja, Mo, mir ist etwas Ungewöhnliches aufgefallen. Seit deinem vierzehnten Geburtstag verändert sich deine Augenfarbe. Es geht ganz langsam, aber der Unterschied wird riesig sein.«

»Warum hast du mir das nicht gesagt?«, frage ich verwundert.

Herr Meier guckt verdutzt aus der Wäsche. »Mir war nicht klar, dass du das nicht selbst gesehen hast.«

»Ich wusste gar nicht, dass so etwas möglich ist«, sage ich.

Herr Meier zuckt die Schultern. »Warum sollte es bei siebeneinhalb Milliarden menschlichen Körpern auf diesem Planeten irgendetwas geben, was es nicht gibt. Das würde überhaupt keinen Sinn ergeben.«

»Es ist verrückt«, murmle ich.

»Ja«, sagt Herr Meier. »Und genau das ist das Faszinierende am Leben.«

Ich krieche unter meine Decke und Herr Meier in seinen Schlafsack. Dort heraus dringen schon bald leise Schnarchgeräusche zu mir herüber. Wie schnell er immer einschlafen kann. Im Gegensatz zu mir. Denn trotz großer Müdigkeit liege ich wach.

Ich schleiche zum Fenster und öffne es einen Spalt. Kühle Nachtluft dringt herein. Sie riecht nach Regen auf Pflastersteinen. Ich schaue in die Sterne. Dann hinüber. In Keanus Zimmer brennt kein Licht. Auch die anderen Fenster sind dunkel. Seine Eltern scheinen ebenfalls nicht da zu sein. Vielleicht dauert das Torte-Essen bei seiner Großtante länger.

Bis vor einigen Tagen lag hinter den Butzenscheiben das gruselige Dachgeschoss. Ich muss leise lachen. Das scheint so lange her zu sein. Dabei wäre es schon schön gewesen, zusammen mit Herrn Meier ein superspannendes Abenteuer zu erleben. Darauf hofften wir insgeheim, wenn wir im Dachgeschoss gegenüber nach dem gruseligen Umriss Ausschau hielten. Aber nun bin ich allein in dieser mysteriösen Geschichte. Obwohl das nicht stimmt. Herr Meier ist trotzdem an meiner Seite. Und er wäre es noch mehr, wenn ich ihm nichts verschweigen würde.

Und dann ist da natürlich Keanu. Von dem ich nun weiß, dass wir stärker miteinander verbunden sind, als ich es mir jemals hätte vorstellen können.

Was mich allerdings echt verunsichert, ist, dass ich mich momentan nicht auf mich verlassen kann. Alles läuft verquer und durcheinander. Was ist Realität? Was sind meine Wünsche und Träume? Was meine Ängste? Ich kann das alles gar nicht mehr auseinanderhalten. Vielleicht fühle ich mich deshalb trotzdem allein.

Da sehe ich aus dem Augenwinkel das blaue Leuchten hinter mir im Zimmer. Das Leuchten, das mich in meinen Unterwasserträumen in die Tiefe lockt. Das ich zweimal im Aquarium gesehen habe und in Keanus Augen.

Von einer Sekunde zur anderen bin ich hellwach. Mein Herz klopft wie irre. Kurz schaue ich auf meine Brust, ob man das sehen kann. Dann drehe ich endlich den Kopf. Und erschrecke. An der Wand neben dem Bett hängt meine Zeichnung! Wie kommt die denn da hin? Warum habe ich sie vorhin nicht bemerkt? Mam muss sie gerahmt und aufgehängt haben. Vielleicht dachte sie, ich müsse unglaublich stolz auf mein Werk sein, und wollte mir eine Freude machen.

Ich starre die gezeichnete Landschaft wie gebannt an. Das Leuchten kommt aus dem Eingang der Höhle. Langsam schleiche ich zu meinem Bett zurück und setze mich auf die Matratze. Die Höhle lasse ich nicht aus den Augen. Ich beuge mich ganz nahe heran und kann sogar die löchrigen roten Felswände in ihrem Inneren erkennen.

Für einen Moment hoffe ich, Mam hätte einen ihrer Bastelanfälle gehabt und ein kleines LED-Licht auf die Rückseite montiert. Ich will den Rahmen von der Wand nehmen. Aber sie scheint ihn da festgeklebt zu haben. Er bewegt sich kein Stück.

»Herr Meier, wach auf!«, raune ich.

Am liebsten würde ich das schreien, doch meine Kehle ist wie zugeschnürt. Irgendetwas hält mich davon ab, ihn tatsächlich zu wecken. Als wüsste etwas in mir, dass dieser Moment sehr wichtig und nur für mich allein ist. Geheimnisse. Es werden immer mehr zwischen uns. Dabei will ich das gar nicht.

Gerade hole ich Luft, um laut nach Herrn Meier zu rufen, da höre ich den Gesang. Es ist kein Engelschor, der da singt. Keine Meerjungfrau und auch nicht die Königin der Nacht. Stattdessen dringt ein vielstimmiges Muhen, Brüllen, Knarzen, Puckern, Quietschen und Pfeifen an mein Ohr. Walgesänge. Die habe ich zwar noch nie in echt gehört, aber schon oft in *YouTube*-Videos. Es sind ganz besondere Geräusche, die mir das Herz überquellen lassen. Ich erkenne die Herde der großen Tiere. Sie ziehen an meinem inneren Auge vorbei. Wie eine vage Erinnerung, die ich niemals wirklich hatte.

»Ach Herr Meier, du schläfst wie ein Stein«, flüstere ich vor mich hin. Viel zu leise, als dass er es hätte hören können. Als wollte ich mich mit meinen Worten nur ein wenig in der Wirklichkeit verankern, bevor mich die Strömungen mitnehmen würden. Herr Meier ist da, hier bei mir. Wenn auch schlafend. Aber das muss genügen, um mich zu halten.

Dann ist die Herde vorbeigeschwommen. Die Gesänge verklingen in weiter Ferne.

Herr Meier schnauft leise und beweist, dass er kein Stein ist. Am liebsten würde ich mich zu ihm in den Schlafsack zwängen. Doch weil er vorhin gesagt hat, dass wir inzwischen für so manches zu alt sind, ist mir das zu peinlich.

Ich atme tief durch und betrachte meine Zeichnung an der Wand noch einmal genauer. Im blauen Leuchten erkenne ich viele Einzelheiten. Niemals habe ich die alle gezeichnet. Auch nicht in Trance. Das kann ich einfach nicht glauben.

»So, jetzt ist Schluss«, wispere ich.

Ich leide ganz eindeutig unter Halluzinationen, und das mit all meinen Sinnen. Denn plötzlich rieche ich den Ozean. So stark, dass ich die Sehnsucht kaum kontrollieren kann und beinahe anfange zu weinen.

In dem Moment erlischt das blaue Leuchten in der Höhle, und ich merke, wie kalt mir ist. Ich schlüpfe zurück unter meine Bettdecke und ziehe sie bis zur Nasenspitze hoch. Müdigkeit schnappt nach mir und nimmt mich mit sich fort. Dorthin, wo sich Kelpwälder in Wasserströmen wiegen und riesige Wale singen.

11.

Als ich am nächsten Morgen erwache, sind die Ereignisse und Gefühle der Nacht wie unter einem Seidentuch verborgen. Ich erahne zwar noch die Konturen, erkenne aber nichts Genaues. Im hellen Tageslicht ist der Höhleneingang auf der Zeichnung das, was er ist – Stiftgekritzel. Aber ich werde nachher mit Keanu reden. Die Aufregung deswegen versuche ich runterzuschlucken.

»Vielleicht bin ich tatsächlich etwas überspannt«, murmle ich.

»Sag ich doch«, brummt es aus Herrn Meiers Schlafsack.

»Du sollst nicht zuhören, wenn ich mit mir selbst spreche. Und schon gar nicht darauf antworten«, schnappe ich.

Ich werde Herrn Meier auch nichts von letzter Nacht erzählen. Man soll kein Öl ins Feuer gießen. Schon gar nicht, wenn sich eine Lea daran wärmen möchte.

Die Sonne scheint zum Fenster herein und kitzelt ihn an der Nase. Ich warte, ob er niesen muss. Muss er.

»Hatschi!«

»Guten Morgen, Herr Meier«, sage ich fröhlich.

»Wie schön, es geht dem lieben Lottchen besser«, brummt er schlaftrunken.

Unter der Tür kriecht der Duft nach Kaffee und frisch gebackenen Brötchen in das Zimmer und lockt uns hinaus.

Der Frühstückstisch ist im Wohnzimmer gedeckt. Vier Teller, vier Saftgläser, vier gekochte Eier. Außerdem sitzt da jemand, den ich nicht kenne. Er blinzelt uns aus verschlafenen Augen an.

»Morgen, Kinder.«

Ich mag ihn nicht.

Mam hantiert in der Küche und kommt mit Wurstaufschnitt, Käsescheiben und verschiedenen Marmeladen heraus, die sie auf den Tisch stellt. Wo hat sie das denn alles her?

»Ach, ihr habt euch schon bekannt gemacht. Das ist ja schön. Guten Morgen, ihr zwei«, flötet sie.

»Bekannt gemacht ist etwas übertrieben«, sagt Herr Meier.

Er lässt sich auf einen Stuhl fallen. Über den Tisch hinweg reicht er dem Fremden seine Hand entgegen.

»Guten Morgen. Meier mein Name.«

Der Mann schaut ihn verblüfft an und versäumt es, Herrn Meiers Hand zu nehmen. »Ich bin Max«, sagt er.

Herr Meier lässt seine ungeschüttelte Hand in den Brotkorb sinken und nimmt sich ein Brötchen. Während ich das Schauspiel beobachte, vergesse ich, mich hinzusetzen.

»Und das ist meine Motte«, sagt Mam.

Sie tritt neben mich und legt den Arm um meine Hüften. Ich komme mir vor wie das viel zu groß geratene Werk neben der stolzen Künstlerin. Der Mann, der Max heißt, lächelt und köpft sein Ei. Ich mag ihn immer noch nicht. Doch meine Mutter mag ihn ganz offensichtlich, sonst dürfte er nicht mit am Frühstückstisch sitzen. Außerdem grinst sie wie ein Honigkuchenpferd, hält sich an ihrer Kaffeetasse fest, guckt strahlend in die Runde und isst gar nichts. Ganz klar, sie ist verknallt. Dabei sieht sie so glücklich aus, dass ich mir diesen Max noch einmal genauer anschaue.

Er hat ganz kurzes Haar. Herr Meier sagt, Männer, die sich den Kopf rasieren, versuchen von einer beginnenden Glatze abzulenken. Das finde ich aber nicht schlimm. Max sieht sportlich aus und eigentlich gar nicht so schlecht. Vielleicht ist er einfach nur ein Morgenmuffel. Hoffentlich wird er Mam nicht wehtun.

Ohne es zu wollen, muss ich seufzen. Herr Meier blickt mich fragend an. Aber ich schüttele den Kopf.

Keiner sagt etwas. Mir ist das unangenehm, weil ich mein Schlucken hören kann. Meine Mutter merkt von all dem nichts, sondern strahlt vor sich hin und uns alle an.

Als ich endlich meine zweite Scheibe Knäcke mit tropfendem Honig verdrückt habe, springe ich auf.

»Wir haben keine Zeit, Mam. Tschüs, Herr Max«, rufe ich und ziehe Herrn Meier mit mir.

Der greift schnell nach einem weiteren Brötchen, denn er hat noch nicht fertig gefrühstückt. Das ist mir jetzt aber egal.

»Was für ein doofer Typ«, sage ich, als wir meine Zimmertür hinter uns geschlossen haben.

»Wieso? Sieht doch ganz nett aus. So schnell kannst du dir gar keine Meinung über jemanden bilden.«

Wie so oft hat Herr Meier recht. Trotzdem.

»Ich habe Angst, dass er meiner Mutter wehtun wird. Sie hat mir noch gar nicht erzählt, dass sie jemanden kennengelernt hat.«

»Weil sie genau weiß, dass du dir nur Sorgen und viel zu viele Gedanken machst. Und dann wird doch nichts draus«, sagt Herr Meier.

»Eben«, sage ich.

»Warte mal ab. Vielleicht wird's dieses Mal ja doch was. Immerhin darf er mit am Frühstückstisch sitzen.«

Herr Meier kennt die Vereinbarung zwischen Mam und mir. Ich nicke.

Dann fällt mir etwas anderes ein. »Wohin fahrt ihr eigentlich in den Urlaub? Du hast mir noch gar nichts gesagt.«

Herr Meier schließt die Augen und verzieht den Mund, als hätte er in etwas Saures gebissen. »Ich weiß es auch erst seit gestern. Ist eine Überraschung meiner Eltern. Aber dann wusste ich nicht, wie ich es dir sagen sollte.«

»Na los, sag es einfach. So schlimm wird es schon nicht sein.«

»Wir fliegen nach Hawaii.«

Ich starre ihn an. Das kann doch nicht wahr sein. Ausgerechnet Hawaii!

»Musst dich nicht für mich freuen«, brummt er.

»Da kann ich auch gar nicht. Heute ganz bestimmt nicht und morgen auch noch nicht. Mensch, Herr Meier! Ausgerechnet Hawaii!«

Mir ist so sehr zum Heulen zumute, dass mir ganz schlecht wird.

»Komm Mottchen-Popottchen«, sagt Herr Meier und legt die Arme um mich. »Sei nicht wütend auf mich. Ich kann doch nichts dafür.«

»Wenn du jetzt noch sagst, dass du mir auch 'ne Karte schreibst und 'ne Kokosnuss mitbringst, dann haue ich dich«, flüstere ich.

Ein trockenes Schluchzen bricht aus meinem Mund, ohne dass ich es aufhalten kann. Ich weiß, dass ich ungerecht bin. Trotzdem. Warum die Inseln meiner Träume mit den tollsten Wellen? Ausgerechnet in dem Jahr, in dem wir gar nicht wegfahren. Warum macht seine Familie denn nicht wie sonst eine Kulturreise nach Athen, badet im Balaton oder kraxelt auf den Tiroler Berggipfeln herum? Das wäre alles nicht so schlimm gewesen. Da wollte ich sowieso noch nie hin.

Ich winde mich aus seinen Armen.

»Ich bin ja gar nicht wütend. Nicht auf dich jedenfalls«, jammere ich und benehme mich doch genau so. »Das ist so mies ... von ... vom Schicksal. Erst bekomme ich mein absolutes Traumboard geschenkt. Dabei fahren Mam und ich nicht an die Atlantikküste, noch nicht einmal für einen einzigen Tag! Und jetzt fliegst du auch noch nach Hawaii.«

Auf einmal ist alles egal. Ich bin das Land hinterm Damm, der das drückende Wasser nicht mehr halten kann. Der Damm bricht, und eine riesige Flutwelle spült mich fort.

»Ich will allein sein. Los, geh weg!«

Ich schubse Herrn Meier von mir und schmeiße mich auf mein Bett.

»Bist du sicher? Wollen wir nicht lieber irgendetwas unternehmen?«, fragt er leise.

»Ja. Nein«, presse ich hervor.

Dann drücke ich meinen Kopf tief in das Kissen und lasse mich von meinen Schluchzern schütteln.

»Soll ich dich wirklich allein lassen?«, fragt Herr Meier noch einmal. »Soll ich tatsächlich gehen?«

Nein! Nein, geh nicht! Bleib bei mir!

Aber statt zu antworten, vergrabe ich meinen Kopf noch tiefer ins Kissen.

Als ich meine Zimmertür zuklappen höre, erfriert etwas in mir. Hat er denn nicht gespürt, dass ich ihn brauche? Dass er bei mir bleiben soll? Aber vielleicht kann er das nicht mehr. Denn da gibt es ja etwas Neues, etwas, das mir wahrscheinlich sehr bald sehr wehtun wird. Ich sehe ihr hübsches Gesicht mit dem Lächeln vor mir. Die langen roten Haare. Lea aus der 9D. Wahrscheinlich ist Herr Meier sogar froh, dass er nun Zeit für sie hat. Lange musste ich ihn ja nicht bitten zu gehen.

Ich springe aus dem Bett und reiße meine Zimmertür wieder auf.

»Du kannst das Surfbrett nach Hawaii mitnehmen. Ich brauche es nicht«, schreie ich Herrn Meier an, der sich im Flur die Sneaker anzieht.

Er schüttelt den Kopf. »Das ist dein Board, Mo. Niemand ist bisher damit gesurft. Du wirst eines Tages die Erste sein. Und bis dahin wird es in deinem Zimmer stehen und auf dich warten.«

Er sieht traurig aus. Aber ich bin auch traurig. Und er fliegt nach Hawaii.

»Ich will nicht, dass dieses blöde Brett auf mich wartet. Es gibt bestimmt einen guten Grund, warum es auf dem Sperrmüll gelandet ist. Wahrscheinlich gleitet es immer in eine ganz andere Richtung, als man will.«

Ich renne zurück in mein Zimmer und lasse die Tür offen. Aber Herr Meier kommt mir nicht nach. Als die Wohnungstür ins Schloss fällt, springe ich noch einmal auf und schließe meine Zimmertür ab. Dann bin ich ganz allein mit meiner Wut.

Auf einmal weiß ich, auf wen ich wütend sein sollte. Warum muss meine Mutter unbedingt freie Journalistin und unentdeckte Autorin spielen? Wieso kann sie denn nicht etwas Vernünftiges arbeiten? Immerhin hat sie doch irgendwann einmal studiert. Wieso musste sie sich unbedingt von meinem Vater trennen? Wo ist der überhaupt? Warum will der mich denn gar nicht kennenlernen?

Es klopft leise.

»Lottchen? Alles in Ordnung?«, fragt Mam.

»Klar! Was soll denn nicht in Ordnung sein? Kannst ruhig deinem Herrn Max noch einen Kaffee kochen und ihn verliebt angrinsen«, schreie ich durch die geschlossene Tür.

Ich weiß, wie das klingt, und das soll es auch. Ich bin wütend. Ich bin traurig. Ich bin ganz allein.

»Max ist gegangen«, sagt Mam. »Darf ich reinkommen?«

»Nein, ich will allein sein«, schnaube ich.

»Ist es wegen Max? Wollen wir darüber reden?«, fragt sie trotzdem.

»Lass mich in Ruhe! Dein Max interessiert mich gar nicht. Es ist, weil wir nicht in den Urlaub fahren, weil wir nie genug Geld haben, weil du unbedingt Bücher schreiben musst, die sowieso niemand lesen will, anstatt –«

Den Satz beende ich nicht, aber auch unvollendet ist er durch die Tür in das Herz meiner Mutter gedrungen. Ich weiß, dass die Worte sie sehr traurig machen. Aber ich bin auch traurig. Sie könnte etwas ändern. Im Gegensatz zu mir. Ich strample mit den Beinen, als könnte ich so alles aus mir heraus und von mir weg treten. Zumindest bin ich nach einer Weile völlig erschöpft.

Irgendwann öffne ich die Tür. Ich lausche in den Flur. Es ist kein Laut zu hören. Jetzt bin ich wirklich ganz allein.

Ich sage es laut in die Stille hinein. »Jetzt bin ich wirklich ganz allein.«

Die Zeit tropft dahin. Tropfen für Tropfen. Ein Meer voller Sekunden ist noch übrig von diesem furchtbaren Tag. Ich will nichts sehen und nichts hören und nichts tun. Der Sommer kann mir sowieso gestohlen bleiben. Ich liege auf dem Bett und zähle das Ticken der Uhr, das quälende Tropfen der Zeit. Wie lang ist ein Leben?

Ich muss eingeschlafen sein. Denn ich wache auf, als etwas durch den Schlitz unter der Tür geschoben wird. Ein gelber Umschlag. Als ich ihn öffne, finde ich darin Fotos von Mam und mir unterwegs am Atlantik mit unserem hellblauen Bus. Seit Jahren fahren wir die Küstenstraße entlang von Biarritz bis so weit wir kommen. Wir bleiben, wo es schön ist, surfen und liegen im Sand, machen Feuer und schlafen nachts im Bus. Am ersten Tag der Ferien fahren wir los, und erst am letzten kommen wir wieder nach Hause. Im vorigen Sommer haben wir es bis nach Lissabon geschafft.

»Ganz billiger Trick«, raune ich.

Ich weiß, warum meine Mutter mir die Bilder durch den Türschlitz geschoben hat. Nicht viele Eltern haben sechs Sommerwochen Zeit, um unterwegs zu sein, oder hausen gerne im VW-Bus. Aber so leicht lasse ich mich nicht manipulieren. Denn in diesem Jahr fällt unsere Reise aus. Während Herr Meier auf einer hawaiianischen Insel sitzt und Kokosnüsse leer trinkt, kann ich höchstens vom Startblock im Freibad hopsen. Vorausgesetzt, es regnet nicht.

Ich will mich noch nicht vertragen.

Da fällt mir siedend heiß ein, dass ich mit Keanu verabredet bin. Wie konnte ich das vergessen? Wieder einmal hat mich das

Leben mit all seinen Gemeinheiten von den wahrhaft wichtigen Dingen abgelenkt. Ich schicke ihm schnell eine Nachricht. *Komm einfach rüber*, antwortet er.

Mam hat den Rahmen mit der Zeichnung tatsächlich an der Wand festgeklebt. Ich brauche das lange Brotmesser, um ihn wieder abzuschneiden. Dabei reiße ich die halbe Tapete weg. Aber das ist nun wirklich nicht meine Schuld.

Keanu erwartet mich an der Wohnungstür. Als er mich anlächelt, schlägt mein Herz sofort viel zu schnell. Plötzlich ist auch nichts mehr so schlimm wie gerade noch. Ich lächle sogar. Und zwar so sehr, dass es mir wahrscheinlich peinlich wäre, wenn ich es sehen könnte. Das kann ich aber nicht. Nicht einmal in Keanus Augen. Denn die spiegeln mich nicht, sondern ziehen mich in sich hinein.

»Schön, dass du da bist«, sagt er.

Die Wohnung ist nur spärlich möbliert. Ein altes Sofa und ein Schrank. Es sieht nicht aus, als würde hier jemand wohnen.

»Deine Eltern mögen es wohl nicht so gerne gemütlich?« Ich versuche meine Verblüffung hinter einem Scherz zu verbergen.

Aber Keanu lacht nicht. Stattdessen verzieht er den Mund ein wenig. Als hätte er Schmerzen. »Meine Eltern sind gar nicht hier«, sagt er leise.

»Wie bitte? Du bist doch noch nicht mal sechzehn. Warum lassen sie dich allein?«

»Mein Vater ist vor einem halben Jahr gestorben –«

»Um Himmel willen! Das tut mir leid.«

»Du kannst ja nichts dafür. Ich musste einfach weg von zu Hause. Alle waren so traurig, vor allem meine Mutter. Und sie kann mich in ihrer Trauer nicht um sich haben. Nun mache ich hier also ein Austauschjahr. Machen ja viele. Meine Tante kümmert sich um mich. Wir stehen uns sehr nahe. Sie hat mich meine ersten Lebensjahre mit aufgezogen. Trotzdem bin ich sehr froh, dass sie mir eine eigene Wohnung gemietet hat.«

»Das ist alles so dolle traurig«, flüstere ich erschüttert.

Keanu lächelt. Er ist einfach großartig. Obwohl er diese traurigen Dinge erlebt hat, versucht er, mich mit seinem Lächeln zu trösten.

»Er war mein Stiefvater«, fährt Keanu fort. »Aber er war mir sehr wichtig.«

»Was ist mit deinem richtigen Vater?«

»Den kenne ich nicht«, sagt Keanu.

»Ich kenne meinen Vater auch nicht.«

»Noch etwas, das uns verbindet.«

Er öffnet die Tür zu seinem Zimmer, das zwar auch nicht besonders gemütlich ist, aber zumindest sieht man, dass hier jemand wohnt. Und an der Wand hängt das Bild. Wie ferngesteuert laufe ich darauf zu und erkenne alles, alles wieder.

»Ja«, flüstere ich.

Dann noch einmal. »Ja.«

Ich halte mein Bild neben das seine. Das ist viel größer. Darum stimmen die Maßstäbe nicht überein. Aber ansonsten sind sie eins. Oder besser gesagt zwei Teile desselben Ganzen.

Keanu tritt neben mich.

»Siehst du? Siehst du?«, frage ich, und er nickt. »Das ist doch total verrückt, oder?«

»Ich weiß nicht, ob es das ist. Ich verstehe es nicht«, sagt Keanu.

»Wenn du dort bist, was bist du dann? Wie siehst du aus?«

»Meine Haut ist blau und schimmert silbern. Ich atme Wasser, sehe scharf und höre anders. Eher ortend.«

»Wie ein Wal?«, flüstere ich.

»Ja, wie ein Wal«, sagt Keanu. Er schaut mich an. »Bei dir ist es genauso, nicht wahr?«

Ich nicke. »Und dann sind da diese Sehnsucht, die aus der Tiefe nach mir ruft, und das Leuchten, das mich mitnehmen will.«

»Du kannst dem Leuchten folgen. Hab keine Angst. Es ist der Bote und zeigt dir die Welt da unten. Auf der anderen Seite der Höhle –«

»Du warst da!« Ich schreie ihn beinahe an und greife nach seiner Hand.

»Ja. Wenn man heraustritt, schaut man über ein tief liegendes Tal. Es ist wunderschön. Kelpwälder. Fischschwärme. Und Korallen, geformt wie Gebäude.«

»Gibt es dort … jemanden?«, frage ich mit wegbrechender Stimme.

»Ja. Jemand wartet dort. Er drängt nicht, sondern lässt mich jeden Schritt selbst bestimmen. Manchmal redet er mit mir.«

»Wie weit warst du?«, flüstere ich.

»Nur aus der Höhle heraus und bis vor an die Kante. Die Sehnsucht wird immer stärker und stärker«, sagt Keanu leise. »Bis man sie kaum noch aushält. Ich weiß, wenn ich noch einen Schritt weitergehen würde, käme ich nicht mehr zurück. Ich war fast so weit. Aber dann habe ich dich getroffen.«

Ich höre ihm beinahe atemlos zu. Mein Herz schlägt bis zum Hals. Wovon reden wir hier eigentlich?

Keanu streicht mir die Locken aus dem Gesicht. »Deine Augen. Du hast es gestern noch nicht gewusst, stimmt's?«

Ich schüttele den Kopf.

»Du bist vor ein paar Wochen vierzehn geworden.« Er formuliert das nicht als Frage. Denn er kennt, wovon er spricht. »So ist es bei mir auch gewesen. Irgendwann werden sie ganz blau sein.«

Ich sehe, dass er nur noch einen hauchdünnen dunklen Rand um die Pupillen hat. Sie sind weit geöffnet. Als stünden wir im Dunkeln. Dabei scheint draußen die Sonne. Keanu hat Augen, mit denen man in der dunkelsten Tiefe sehen kann.

»Gestern Nacht hat mein Bild geleuchtet. In der Höhle«, erzähle ich ihm.

»Es beginnt, dir den Weg zu weisen.« Er klingt, als sei er sehr weit weg.

»Weißt du noch mehr darüber?«, frage ich und greife nach seiner Hand.

»Wirklich wissen tue ich noch nichts. Aber es gibt eine Wahrheit, die ich fühle. Und ich werde diesen Weg gehen. Bis ganz nach unten.«

»Aber um was geht es denn hier eigentlich?«, fahre ich auf und ihn an. Weil das alles so unfassbar ist. Weil er meine Fragen nicht beantworten kann.

Keanu streicht mir über die Wange. Legt einen Finger unter mein Kinn. Mein Herz klopft, als wollte es zerspringen. Ich hebe meinen Kopf … und lasse seine Hand los. Wieder trete ich einen Schritt zurück, obwohl ich das eigentlich gar nicht will.

»Ich … ich muss jetzt gehen«, stammele ich. Obwohl das nicht stimmt. Obwohl ich auch das nicht will.

Doch ich renne die Stufen hinunter, als wäre der Teufel hinter mir her. Ich weiß, dass ich fliehe. Ich weiß allerdings nicht, warum. Oder vor wem.

12.

Ein Geräusch weckt mich mitten in der Nacht. Jemand ist in meinem Zimmer. Leider ist es nicht Herr Meier. Mein Herz überschlägt sich, und plötzlich habe ich den metallischen Geschmack der Angst im Mund. Ich reiße meine Augen auf.

Der Mond scheint direkt zum Fenster herein. In seinem kalten Licht kann ich alles ganz genau erkennen, aber nichts Ungewöhnliches entdecken.

»Hier ist keiner, du Angsthase«, flüstere ich.

Trotzdem richte ich mich auf und knipse die Lampe neben meinem Bett an. Dabei fällt mein Blick auf die Zeichnung, die auf dem Nachttisch liegt. Und da sehe ich sie: Auf dem flaschengrünen Glasweg hat jemand nasse Spuren hinterlassen!

»Es gibt keine nassen Spuren unter Wasser«, murmle ich.

Aber sie sind dort. Und eben hat mich ein seltsames Geräusch aus dem Schlaf gerissen. Auf gar keinen Fall bleibe ich hier!

Gerade will ich aufspringen, als ich eine Bewegung sehe. In meiner Zeichnung! Ich gefriere und starre das Bild an. Da erscheint plötzlich etwas vor der gezeichneten Landschaft. Wie Nebel erst. Dann immer deutlicher. Ein Gesicht. Keanu! Er schaut mich aus den gezeichneten Augen heraus an. Und lächelt!

Ich schreie auf und laufe aus meinem Zimmer. Ganz klar, ich werde verrückt.

Schon lange habe ich das nicht mehr getan, und es ist mir auch völlig egal, was sie davon hält. Heute Nacht werde ich bei Mam im Bett schlafen.

Der Lichtstrahl, der unter ihrer Schlafzimmertür hervorkommt, verspricht Geborgenheit. Aber die Geräusche dahinter sagen mir, dass dieser Max schon da ist. Ich höre Lachen und Gläserklingen. Sie sitzen auf dem Balkon und trinken Wein. So was Blödes! Sie waren doch schon zusammen im Kino. Wird er sich jetzt etwa hier einnisten?

Wer ist dieser Max eigentlich? Ist etwas in meinem Zimmer? Wer hat die Spuren hinterlassen? Wie kam Keanu in mein Bild? Bin ich in ihn verliebt? Warum kann ich mich nicht von ihm küssen lassen? Was passiert mit uns? Was, verdammt noch mal, ist hier eigentlich los? Oder drehe ich einfach nur durch?

In meinem Kopf geht alles drunter und drüber. Ich gehe zum Sofa im Wohnzimmer und lege mich dort hin. Obwohl es mir ganz unmöglich erscheint, schlafe ich sofort ein.

»Was machst du denn hier?«, fragt Mam am nächsten Morgen.

Sie sieht aus, als hätte sie ein schlechtes Gewissen.

»Mam, ich muss dir superdringend etwas erzählen. Bitte!«, flehe ich.

Eigentlich müsste ich mich für die Schule fertig machen.

Sie schaut mich ernst an. »Einen kleinen Moment, Mottchen. Bin gleich bei dir.«

Sie geht in ihr Zimmer zurück. Von dort höre ich sie mit diesem Max reden. Kurz darauf verschwindet er mit einem Gruß in meine Richtung durch die Wohnungstür.

Mam setzt sich zu mir auf das Sofa. Sie nimmt meine Hand und schaut mich erwartungsvoll an. Ich hole noch einmal tief Luft und beginne zu erzählen. Von Anfang an. Der Anfang waren die Unterwasserträume.

»Warum lächelst du?«, unterbreche ich mich.

»Oh Lottchen. Diese Träume hast du schon als kleines Mädchen gehabt.«

Daran kann ich mich überhaupt nicht erinnern. Sind kleine Mädchen in ihren Träumen nicht eher auf Einhörnern reitende Räuberprinzessinnen? Was bin ich denn für eine? Ich meine, wer ist denn gern nackt und silberblau und schwimmt durch kalte Dunkelheit?

»Du warst ganz verrückt nach dieser Unterwasserwelt mit ihren Kelpwäldern. Du hast mir ganz beseelt davon erzählt.«

»Was war ich doch für ein seltsames Kind.«

Mam lacht. »Wieso war?«

Ich grinse müde, und sie versteht. »Entschuldige. Auf dem Dachboden müsste eigentlich noch irgendwo deine Sammlung liegen.«

»Was für eine Sammlung?«

»Fische, Meeresgetier, Muscheln aller Art. Du hast es geliebt, Meeresaquarien zu besuchen und im Souvenirshop zuzuschlagen.«

»Ich hatte eine Meerestiersammlung?«, frage ich überrascht. »Daran kann ich mich absolut nicht mehr erinnern. Diese Sets waren doch immer zu teuer, und du hast mir gar nicht erlaubt, sie zu kaufen.«

»Doch, früher, bevor –« Mam sieht plötzlich aus, als schlüge sie sich am liebsten die Hand vor den Mund, um die Worte dort einzuschließen. »Da fällt mir ein, ich habe die Sammlung längst entsorgt.«

»Entsorgt?« Ich starre Mam entrüstet an. »Du hast die Lieblingssammlung deiner kleinen Tochter *entsorgt*?«

»Nein, nein, entschuldige. Das ist das falsche Wort«, versucht Mam sich aus der unangenehmen Situation herauszulavieren. »Ehrlich gesagt ist sie verloren gegangen. Immerhin sind wir zweimal umgezogen.«

»Wieso zweimal?«, wundere ich mich. »Ich dachte, wir wären nur einmal vor fünf Jahren vom Stadtrand hierher gezogen.«

»Oje, habe ich zweimal gesagt?« Mam lacht seltsam künstlich auf. »Das ist natürlich albern. Wir sind nur einmal umgezogen.«

Irgendetwas stimmt nicht mit ihr, das ist ganz offensichtlich. Aber eigentlich will ich mir gerade alles von der Seele reden und Ordnung in meine Gedanken bringen. Da kann ich eine völlig verwirrte Mutter nicht gebrauchen. Darum bohre ich nicht weiter nach, sondern erzähle von der Glaskugel.

»Weißt du, wie die in meinen Körper kam? Hatte ich mal einen Unfall mit Glas?«

Mam schüttelt den Kopf und schaut mich ziemlich betroffen an. Ich flitze in mein Zimmer und hole die kleine Schachtel mit der Kugel. Mam legt sie sich auf die Handfläche und betrachtet sie.

»Sie ist wunderschön. Aber bist du dir denn sicher, dass –«

»Ja, bin ich«, erwidere ich heftig und lege die Kugel zurück in die Schachtel.

Ich kann auch Mams Zweifel überhaupt nicht gebrauchen. Aber sie kennt mich schon immer. Wenn es irgendetwas Besonderes in meinem Leben gab, dann müsste sie eigentlich davon wissen.

Ich will ihr von dem blauen Flügel erzählen. Doch als ich den sprechenden Rochen erwähne, lächelt sie kurz und streicht mir durch die Locken. Ich weiß, dass sie an Koa denkt, und wehre ihre Hand ab. Hier geht es um etwas ganz anderes. Kapiert sie das denn nicht?

»Und dann ist da Keanu von gegenüber«, wechsle ich das Thema. »Ihn hast du selbst schon durch das Fernglas gesehen, und irgendetwas hat sein Anblick auch bei dir ausgelöst.«

»Ach Mottchen«, seufzt Mam. Ich sehe, dass ihre Unterlippe zittert. Sie weiß irgendetwas. Aber dann lächelt sie plötzlich. »Hast du dich in ihn verliebt?«

»Ich weiß doch gar nicht, wie sich Verliebtsein anfühlt. Außerdem gibt es irgendeine seltsame Verbindung zwischen uns.«

»Na ja«, sagt Mam, und ihr Lächeln wird ganz warm. »So in etwa fühlt sich Verliebtsein an. Plus ganz unglaublich dollem Herzklopfen. Und einer sehr großen Sehnsucht, wenn der andere nicht da ist.«

Es wäre so superschön, wenn es genau darum ginge. Oder nur darum. Aber da sind eben auch die anderen Dinge. Unerklärliche Dinge. Ich erzähle Mam von den beiden Bildern der seltsamen Unterwasserlandschaft aus meinen Träumen. Von der auch Keanu träumt.

»Vorgestern Nacht hat mein Bild geleuchtet. Und gestern Nacht waren Fußspuren auf dem Weg. Vielleicht ist etwas herausgekommen und hockt jetzt irgendwo in meinem Zimmer? Keanu hat mich aus den gezeichneten Augen angeschaut, vielleicht ist er in sein Bild hinein und –«

»Aha«, unterbricht Mam mich.

Unglaube und Sorgen wechseln sich in ihren Augen ab. Sie hält noch immer meine Hand, obwohl die schon ganz schwitzig ist. Während mein Mund sich vom Reden völlig ausgetrocknet anfühlt.

Mam steht auf und holt mir ein Glas Saft.

Als sie sich wieder zu mir auf das Sofa setzt, kann ich auf ihrem Gesicht ein ziemliches Gefühlschaos ablesen. Da wird mir klar, dass ich sie mit meiner Geschichte völlig überfordere.

Na toll, jetzt macht sie sich Sorgen um mich und denkt womöglich, ich drehe irgendwie durch und muss zum Psychologen.

Sie nimmt mich in den Arm und seufzt ganz tief.

»Du glaubst mir nicht, oder?«, frage ich, obwohl ich es weiß.

»So einfach ist das nicht, Karotte«, sagt meine Mutter. »Ich glaube dir, dass du das alles gesehen und auch gefühlt hast. Aber es fällt mir schwer zu glauben, dass es wirklich passiert ist.«

»Du denkst also, ich habe mir das alles nur eingebildet?«, frage ich heftig.

Mam schaut mich unglücklich an.

»Glaubst du etwa, dass ich verrückt werde? Weil wir nicht in den Urlaub fahren oder weil es jetzt einen Max gibt? Das fing doch alles schon viel früher an!«

Auf einmal bin ich richtig sauer. Warum suchen Erwachsene immer nach einer gewöhnlichen und möglichst einfachen Erklärung, wenn sie etwas nicht verstehen? Das nennen sie Logik. Die kommt nach oben. Darunter dann die Gefühle. Zwei Schubladen, um das ganze Leben einzuordnen. Wenn das alles ist, was bleibt, will ich gar nicht erwachsen werden, sondern bleibe lieber für immer ein Kind. Obwohl ich das ja schon längst nicht mehr bin.

Warum habe ich Mam nur alles erzählt? Jetzt ärgere ich mich darüber.

»Es ist nicht nur wegen des ausgefallenen Urlaubs, das weiß ich«, sagt sie leise. »Da sind auch so viele andere Sachen. Ja, zum Beispiel Max, und überhaupt, dass wir zwei allein sind und du deinen Vater nicht kennst, dass ich nicht genug verdiene und öfter traurig bin. Außerdem wirst du erwachsen. Da ist eine ganz neue Welt, die auf dich wartet. So viele Gefühle, die auf dich einstürmen, die ganzen Veränderungen deines Körpers. All das.« Mam seufzt.

»Du denkst also, ich bin ein bisschen durcheinander, weil ich seit einigen Monaten einen BH trage?« Dazu fällt mir nun wirklich nichts mehr ein.

Aber plötzlich weiß ich selbst nicht mehr, was ich besser fände. Wegen nicht gegessener Frühstücksbrote und akuter Pubertät unter Halluzinationen zu leiden – oder wenn Keanu in sein Bild hineingegangen wäre und aus meinem herausgeschaut hätte.

Sind unsere Zeichnungen womöglich Portale in die Welt unserer Träume? Und da erst kommt wirklich bei mir an, was ich gesehen habe. Ein heißer Schreck fährt mir durch die Beine. Ist Keanu letzte Nacht seiner Sehnsucht gefolgt? Weil ich ihn gestern nicht geküsst habe?

Ich springe auf und hole mein Handy.

Alles okay?, tippe ich.

Ja, kommt es sofort zurück.

Zum Glück. Nur mit Mühe kann ich meine aufsteigenden Tränen der Erleichterung hinunterschlucken. Portale. So ein

Quatsch. Wahrscheinlich habe ich doch zu viele Fantasybücher gelesen.

Da merke ich, dass ich vor lauter Aufregung völlig kaputt bin.

»Ich will heute nicht in die Schule«, bettele ich mit kleiner Stimme.

»Dann bleibst du ganz einfach zu Hause. Die Schule ist ja sowieso nicht mehr wichtig, so kurz vor den Ferien.«

»Mam, so etwas darfst du doch nicht laut sagen.«

Ich lache und bin froh, dass sie es laut gesagt hat und ich darüber lachen kann.

Sie lächelt und gibt sich einen Ruck. »Dann mache ich heute eben auch blau.«

Wir frühstücken zusammen, und dann spielen wir Backgammon und Scrabble. Mam gibt sich große Mühe. Wahrscheinlich hofft sie, dass ich mich durch den gemeinsamen Vormittag beruhige und alles wieder gut wird. Diese Illusion möchte ich ihr nicht nehmen.

Heimlich rufe ich jedoch Herrn Meier an. Er verspricht, nach der Schule vorbeizukommen. Dass ich ihn gestern rausgeschmissen habe, erwähnt er mit keiner Silbe.

Als Herr Meier vor der Tür steht, verschwindet Mam hinter ihrem Rechner.

Wir machen es uns auf meinem Bett gemütlich. Ich möchte ihm nahe sein. Aber ich erzähle ihm nicht, dass ich bei Keanu war.

Doch plötzlich herrscht eine seltsame Stille im Zimmer. Sie wird immer dicker und füllt den Raum zwischen uns. Ich werde traurig und weiß nicht, warum.

»Was hast du denn gestern noch gemacht?«, frage ich.

»Nichts Besonderes«, sagt er.

Ich weiß, dass das nicht stimmt. Er hat gestern noch etwas sehr Besonderes gemacht. Ich kann mein trockenes Schlucken hören.

Herr Meier räuspert sich. »Ich war mit Lea –«

Ein Blutschwall rauscht durch meine Ohren. Ich kann nichts mehr verstehen. Das möchte ich auch gar nicht. Wo auch immer er mit Lea war, es ist mir egal. Völlig egal.

Er schaut mich an, und ich merke, dass er schon längst mit dem Reden fertig ist. Hat er mich etwas gefragt?

Plötzlich will ich nur noch allein sein.

»Mir geht es nicht so gut«, flüstere ich. »Ich glaube, ich werde mich etwas hinlegen. Lass uns morgen irgendetwas Schönes machen, okay?«

»Mo, wir sind morgen schon weg. Es gab Probleme mit unserem Flug, und die Airline hat uns einen Ersatz angeboten. Ich habe Sonderferien bekommen. Wir fliegen heute Nacht.«

»Ach so«, piepse ich.

Bittere Enttäuschung sitzt in meinem Hals fest und lässt kein weiteres Wort vorbei. Schon heute Nacht also. Dabei sollte er doch hier sein, hier bei mir, wo die merkwürdigen Dinge passieren. Er ist mein Freund. Freunde sind füreinander da. Haben wir die fantastischen Abenteuer, die spannenden Geschichten nicht die ganze Zeit zusammen gesucht? Und jetzt, wo wir in einer drinstecken, will er einfach nach Hawaii fliegen. Weil es deine Geschichte ist, höre ich Herrn Meier sagen, obwohl er gar nicht spricht.

Zur Enttäuschung in meinem Hals mischen sich Angst und Traurigkeit und auch ein Hauch gelber Neid. Das Ganze schmeckt nicht gut. Wir sitzen auf meinem Bett. Zwischen uns ist ein Abstand. Die blöde Stimmung hockt da drinnen wie ein fettes graues Tier. Wir wissen nicht, was wir sagen sollen. Ich hoffe, dass es bald so weit ist, dass Herr Meier endlich geht, und ich nicht länger Bauchschmerzen haben muss, weil er gleich gehen wird.

Als die Kirchenglocken läuten, zähle ich mit. Viermal dunkel für die volle Stunde und fünfmal heller für die fünfte.

Herr Meier springt auf. »Ich gehe jetzt«, sagt er und klingt erleichtert.

Wir stehen einander gegenüber, und ich strecke ihm die Hand hin.

»Na dann, schöne Ferien«, sage ich steif.

»Danke, dir auch. Trotzdem«, sagt er genauso steif.

Er nimmt meine Hand und schüttelt sie.

»Na dann«, sage ich noch einmal.

Da lässt Herr Meier meine Hand los und zieht mich in seine Arme. Ganz fest. Ich drücke meine Nase gegen seine Wange. Er riecht so gut. Ich werde ihn schrecklich vermissen.

»Ich habe meinen Laptop dabei. Lass uns jeden Tag skypen, okay?«

»Okay«, murmle ich.

Klar, wir sind die Digital Natives. Wir kommunizieren über das Internet. Noch nie hat sich das so hohl angefühlt, und plötzlich kapiere ich, warum Herr Meier sich freiwillig den Smartphones und sozialen Netzwerken verweigert. Das ist doch alles gar nicht echt.

Dann geht er. Den Kloß in meinem Hals schlucke ich zusammen mit den aufsteigenden Tränen runter.

Bitte, bleib bei mir. Ich habe solche Angst.

Die Wohnungstür fällt ins Schloss.

13.

Als mein Handy klingelt, will ich erst gar nicht rangehen. Doch dann nehme ich trotzdem ab.

»Mo, du warst heute nicht in der Schule. Bist du krank?«, fragt Keanu. Er klingt besorgt.

»Nein. Aber ich habe mich nicht gut gefühlt.«

»Das kann ich verstehen. Es ist alles ganz schön verkorkst, oder?«

Da muss ich grinsen, obwohl er das ja gar nicht sehen kann. »Du kennst das Wort *verkorkst*?«

»Ja, meine Oma hat es benutzt. Sie kam ursprünglich aus Deutschland.«

»Ach, darum«, murmle ich. Ich hatte mich sowieso schon gewundert, warum Keanu so gut Deutsch spricht.

»Möchtest du es trotzdem herausfinden? Um was es wirklich geht?«, fragt er leise.

Ja, das möchte ich. Das möchte ich unbedingt! Herr Meier ist auf dem Weg nach Hawaii. Aber ist Keanu nicht sowieso der, mit dem sich alles viel richtiger anfühlt? Weil er mir einfach glaubt und mich ernst nimmt, versteht, wie es mir geht. Weil er die gleichen Dinge erlebt. Weil das hier unsere gemeinsame Geschichte ist.

»Das möchte ich«, sage ich ebenso leise.

»Das ist gut«, antwortet er.

»Vielleicht sollten wir niemandem mehr von allem erzählen. Wir haben doch jetzt uns«, schlage ich vor. Ich habe zwei Menschen davon erzählt. Den beiden wichtigsten meines Lebens. Herr Meier fährt trotzdem weg, Mam macht sich Sorgen. Beide glauben mir nicht.

»Ich habe noch niemandem davon erzählt«, sagt Keanu.

»Ach so.«

Dann weiß ich kurz nicht mehr, was ich sagen soll. Keanu schweigt ebenfalls. Er kann sich bestimmt denken, dass ich Herrn Meier ins Vertrauen gezogen habe. Immerhin ist er mein bester Freund.

»Möchtest du, dass Herr Meier zusammen mit uns –«

»Nein«, unterbreche ich ihn. »Vielleicht ist das tatsächlich nur unsere Sache.«

Wir verabreden uns für später.

Es fühlt sich an wie Verrat. Wie ein doppelter Verrat. An Herrn Meier *und* an Keanu.

Vor dem Fenster wird das Licht goldorange und der Tag zum Abend. Mam ist unterwegs. Wahrscheinlich mit Max.

Da bemerke ich aus dem Augenwinkel eine Bewegung auf meinem Bild. Blitzschnell drehe ich den Kopf. Nichts. Ich nehme den Rahmen in die Hand und richte starr meinen Blick darauf. Hoch konzentriert. Was auch immer sich dort bewegt, ich werde es nicht entwischen lassen. Dieses Mal nicht.

Der Geruch nach Tang und Algen steigt mir in die Nase. Nach Fisch, Schlick und nassem Sand, nach Freiheit und Heimat, nach Salz und etwas Würzigem, das ich nicht kenne. Mein Herz klopft zum Zerspringen. Sehnsucht rumort in meinem Bauch, und plötzlich bricht sich ein lautes Schluchzen Bahn. Es kommt von ganz, ganz unten. Denn tief in mir bin ich unendlich traurig. Es ist eine allumfassende Traurigkeit, die überhaupt nichts damit zu tun hat, dass wir nicht in den Urlaub fahren, dass Herr Meier fort ist und ich Keanu nicht küssen kann. Als würde mir etwas ganz und gar Elementares fehlen. Etwas, das ich schon mein Leben lang vermisse. Oder jemand.

Die Stängel des Kelpwaldes wiegen sich in einer leichten Strömung. Hin und wieder verlassen Luftblasen die Knoten und Knollen des Tangs und steigen schillernd nach oben. Das Bild ist lebendig. Als würde ich durch ein Fenster in eine andere Welt schauen. Das blaue Leuchten bleibt dieses Mal nicht im Höhleneingang. Es verlässt ihn und wandert an den rechten Rand. Dann verschwindet es.

Ich greife noch einmal zum Telefon.

»Ist das blaue Leuchten gerade in deiner Zeichnung aufgetaucht?«, schreie ich beinahe, als Keanu endlich rangeht.

»Ich kann im Moment nicht nachschauen. Ich bin im Park«, sagt er.

»Im Park? Was machst du denn im Park?« So eine blöde Frage.

Aber vor meinem inneren Auge sehe ich plötzlich etwas, das mir überhaupt nicht gefällt. Keanu, der mit Katha Biolimonade auf der Wiese trinkt. Katha hat doch sogar angekündigt, dass sie versuchen würde, Keanu näherzukommen. Wenn doch Torben mit Klara Eis und Gunnar im fernen Schweden noch ohne sie Törtchen isst.

»Ich mache einen Abendspaziergang«, dringt Keanus Stimme in meine eifersüchtigen Gedanken. Dann lacht er leise. Es klingt so schön wie Herrn Meiers Glucksen. »Ich laufe jetzt nach Hause. Komm in zehn Minuten rüber, okay?«

Von Weitem sehe ich den Obdachlosen aus dem Sonnenuntergang kommen. Ich winke ihm zu. Doch er reagiert nicht. Beinahe bin ich enttäuscht.

Die Tür des gegenüberliegenden Hauses steht offen, als ich dagegen drücke. Auch die Wohnungstür hat Keanu einen Spalt auf gelassen. Mir strömt ein Geruch entgegen, der mir unglaublich vertraut ist. Es fühlt sich dennoch irgendwie falsch an, einfach reinzugehen.

»Keanu?«, rufe ich.

Niemand antwortet. Behutsam gebe ich der Tür einen Schubs und trete einige Schritte hinein.

»Keanu?«

»Da bist du ja«, sagt er da plötzlich neben mir.

Erschrocken fahre ich zusammen. Seine Augen strahlen in einem Blau, wie sie es noch nie vorher getan haben. Um seine Pupillen gibt es nur noch einen hauchdünnen schwarzen Ring.

»Entschuldige bitte, ich wollte dich nicht erschrecken«, sagt er mit einem breiten Lächeln. »Komm herein, Mo.«

Er deutet auf seine Zimmertür. Ich laufe hinter ihm her. Für einen Moment weiß ich nicht, ob ich noch immer vom Schreck oder wegen seines Lächelns keine Luft bekomme.

Wir stellen uns vor seine Zeichnung.

»Siehst du?«, flüstere ich.

Zwischen den sich wiegenden Tangstängeln flirrt das blaue Leuchten.

»Der Bote«, murmelt Keanu.

Als ich mich ihm zuwende, ist dasselbe Blau in seinen Augen.

»Wir werden sehr bald wissen, was das alles bedeutet. Sehr, sehr bald. Und es wird unser Leben für immer verändern«, raunt er.

Ich greife nach seiner Hand. Er nimmt die meine und hält sie fest.

»Ich habe Angst«, murmle ich.

»Das brauchst du nicht. Was auch passiert, es wird etwas Gutes sein«, sagt er. Und beinahe glaube ich ihm das.

Dann ist das Leuchten verschwunden, und die lebendige Unterwasserwelt wird wieder zu einer Buntstiftzeichnung.

»Was passiert gerade auf deinem Bild?«, fragt Keanu.

Als wir darauf schauen, sehen wir das Leuchten im Höhleneingang verschwinden. Danach ist auch dieses Bild wieder völlig unbelebt.

»Sie sind also tatsächlich miteinander verbunden«, sage ich.

Keanu nickt.

»Warst du gestern Nacht da drin?«, frage ich.

»Ich träumte wie jede Nacht –«

»Nein, ich meine, richtig, in echt.«

Keanu zuckt die Schultern. »Es hat sich genauso angefühlt wie immer. Warum fragst du mich das?«

»Ich dachte, ich hätte dich gesehen«, murmle ich. »In meiner Zeichnung.«

»Du meinst, sie sind Portale. Hinüber in die Welt unserer Träume. Das habe ich mir auch überlegt.«

Wir schauen noch immer auf unsere Zeichnungen. Obwohl es da gerade nichts Neues zu entdecken gibt.

»Sie sind ein bisschen klein, oder? Da passen wir nicht durch«, überlege ich. Mein Bild ist nur so groß wie ein Heft.

»Vielleicht bleiben unsere Körper hier. Für Geist und Seele sind sie groß genug«, sagt Keanu.

Ich starre ihn an. »Das würde bedeuten, dass unsere Körper hier wie tot rumliegen würden, wenn einer von uns …«, raune ich. Ich wage mir das gar nicht vorzustellen.

Jetzt schauen wir uns an. Erschrocken, neugierig und mit wild klopfenden Herzen. So fühle ich mich zumindest. Keanu hingegen lächelt.

»Ich finde sehr interessant, dass du unsere Augen gezeichnet hast.«

Als er es ausspricht, steht es plötzlich ganz klar vor mir. Denn es ist die Wahrheit. Keanu und ich haben die gleichen Augen. Auch wenn der Farbwechsel in meinen erst begonnen hat.

»Vielleicht gehören wir derselben mystischen Unterwasser-Art an, in die wir uns mit sechzehn verwandeln werden«, sage ich mit Grabesstimme. Beinahe klinge ich wie der Babyrochen im Aquarium.

Keanu lacht. »Wir sind hier nicht in einer dieser typischen Fantasygeschichten. Ich werde nicht plötzlich eine Meerjungfrau sein.«

»Eine Meerjungfrau eher nicht«, erwidere ich.

Aber wahrscheinlich wäre Keanu sogar als Meerjungfrau wahnsinnig hübsch.

»Wann ist dein Geburtstag?«, frage ich. »Nur für alle Fälle.«

»Nächste Woche.«

Fantasygeschichte hin oder her, wir wissen beide, dass etwas passieren wird. Spätestens nächste Woche.

»Keine Angst, okay«, murmelt Keanu und zieht mich etwas näher zu sich.

»Versprochen«, wispere ich.

Wir schauen uns in die Augen. Versinken darin. Er in meinen, ich in seinen. Er kommt mir noch ein Stückchen näher. Mein Herz will zerspringen. Ich bekomme keine Luft.

»Weißt du eigentlich, was das hier ist?«, frage ich und trete einen Schritt von ihm weg.

Ich weiß nicht, warum ich jedes Mal zurückzucke, wenn Keanu mich küssen möchte. Denn dass er das möchte, wissen wir beide. Und ich möchte es doch auch.

Er fährt sich verwirrt durch die Locken und räuspert sich. »Was meinst du?«

Ich greife in meine Hosentasche und hole die kleine Glaskugel hervor, die ich vorhin noch schnell eingesteckt habe. Keanu nimmt sie vorsichtig und legt sie auf seine Handfläche. Voller Staunen betrachten wir sie. Der winzige Ozean hinter dem Glas schäumt und brodelt.

»Was ist das?«

Ich erzähle ihm, woher ich die Kugel habe.

Plötzlich beginnt sie zu leuchten. Wir erschrecken beide, und das kleine Glasgebilde fällt auf den Boden.

»Das tut mir leid«, flüstert Keanu.

»Macht doch nichts«, erwidere ich, obwohl ich anderes befürchte.

Wir hören uns sowieso nicht zu. Stattdessen starren wir auf die winzigen Hälften, in die die Kugel zerbrochen ist.

Aus ihnen ergießt sich der Ozean.

»So etwas habe ich noch nie gesehen«, raunt Keanu.

»Dabei haben wir schon so viel gesehen«, flüstere ich.

Innerhalb kürzester Zeit stehen wir bis zu den Knien im Wasser.

»Was sollen wir jetzt tun?«, wispere ich.

Panik greift nach mir, aber ich kann mich nicht bewegen. Wie festgefroren stehe ich da und starre auf das steigende Wasser.

»Ruhig bleiben«, sagt Keanu und nimmt meine Hände. Er schaut mich an. »Einfach ruhig bleiben.«

Das Wasser steigt und steigt. Fische schwimmen darin. Quallen leuchten. Kelp entrollt seine langen Stängel. Einige Luftblasen lösen sich von Keanus Lippen. Vor meinem Mund sieht es dagegen aus wie in einem Sprudelbecken.

Atme ganz ruhig, Mo. Keine Angst, wir können das. Ich bin da, höre ich Keanu, während er den Druck seiner Hände verstärkt.

Aber nur in unseren Träumen, will ich sagen. Doch unter Wasser kann man nicht sprechen. Trotzdem habe ich Keanu gerade deutlich gehört.

Schau mich an. Atme.

Es funktioniert. Ich schaue ihn an und atme. Ich atme unter Wasser. Die Angst fällt von mir. Ich konzentriere mich auf Keanus Augen und erwidere sein Lächeln, während wir am Boden des Ozeans stehen, der nun Keanus Zimmer füllt, und uns an den Händen halten.

Dann ist die Sehnsucht da, so stark, als wollte sie mir das Herz zerreißen.

Kommt!

Ich fühle Tränen in mir. Sie drängen herauf von ganz tief unten, wo sie seit Ewigkeiten zurückgehalten wurden. Auch jetzt versuche ich, sie zu schlucken. Doch da sehe ich sie auch aus Keanus strahlend blauen Augen quellen und lasse sie laufen. Ich wusste nicht, dass man Tränen im Ozean sehen kann.

Wir nehmen uns fest in die Arme, stehen eng umschlungen. Blaues Leuchten umgibt uns. Ich bemerke es nur schemenhaft. Die Tränen machen mich halb blind. Den Rest übernimmt das Salzwasser. Ich habe noch keine Ozeanaugen.

Lass uns nach Hause gehen, höre ich Keanus Stimme.

Er löst die Umarmung und greift nach meiner Hand. Unsere Füße bewegen sich frei im Wasser, wir schweben. Keanu wendet sich um, macht mit den Beinen eine kräftige Schwimmbewegung. Zieht mich mit sich. Zum Höhleneingang am Ende des grünen Glasweges. Dorthin, wo ich sein möchte.

Nein! Bitte! Bleib hier!, schreie ich jedoch innerlich.

Keanu zögert. Hält inne. Lässt die Beine sinken. Dreht sich zurück zu mir. Nimmt mich in die Arme. Ich spüre wieder Boden unter den Füßen.

Plötzlich fällt das Wasser. Als hätte jemand einen Stöpsel gezogen. Innerhalb weniger Minuten ist es abgeflossen, wohin auch immer.

»Ich hätte die kleine Kugel nicht fallen lassen dürfen«, sagt Keanu, als wir wieder in seinem jetzt tropfnassen Zimmer stehen.

»Wahrscheinlich nicht«, sage ich.

Und plötzlich müssen wir wie verrückt lachen. In unseren triefenden Kleidern und mit nassen Haaren, die Hände des anderen noch immer haltend, stehen wir uns gegenüber und lachen, bis sich Tränen mit den letzten Ozeantropfen auf unseren Wangen mischen. Eine absolute Überreaktion, um das Unfassbare zu ertragen. Und die Sehnsucht zu überwinden, die noch immer in unserem Inneren herumreißt. Beinahe wären wir gegangen.

Zum Glück sind im letzten Moment zwei Bilder in meinem Inneren aufgestiegen. Eines von Mam. Und eines von Herrn Meier. Ich kann sie nicht verlassen. Niemals.

»Es wird eine ganz schöne Arbeit, das alles wieder zu trocknen«, sagt Keanu und schaut sich verzweifelt in seinem Zimmer um.

»Auweia, schau, deine Zeichnung!«, rufe ich.

Das Wasser hat sie völlig zerstört. Die Farben laufen das nasse Papier hinunter, bis es beinahe wieder weiß ist. Dann zerreißt es plötzlich. Die nassen Fetzen fallen von der Wand. Erschrocken beobachten wir das Schauspiel. Wir wissen beide, dass das überhaupt nicht gut ist.

»Ich hätte die kleine Kugel nicht fallen lassen dürfen«, wiederholt Keanu dumpf.

»Sie scheint auf alle Fälle ein Portal zwischen den beiden Welten gewesen zu sein«, flüstere ich. »Ein Portal, das ich in mir trug, mit dem ich wahrscheinlich geboren wurde. Das ist doch total verrückt.«

Wir schauen uns an. Unglaube, Verwirrung, beginnendes Verstehen und plötzliche Panik in den Augen. Wenn sie es denn wirklich waren, haben wir gerade gleich zwei Portale zerstört.

»Was ist mit deiner Zeichnung?«, fragt Keanu heiser.

Er ist ganz blass geworden, seine Haut wirkt beinahe weiß. Er wird bald sechzehn. Was, wenn die Sehnsucht dann nicht mehr zu ertragen wäre und es keine andere Möglichkeit mehr für ihn gäbe, als hinüberzugehen? Was, wenn er dann kein Portal mehr hätte?

Das Bild liegt neben uns auf dem Schreibtisch. Und es ist gerahmt. Ich nehme es auf und betrachte es von allen Seiten. Mam hat ganze Arbeit geleistet. Der Klebstoff hat den Rahmen komplett versiegelt. Meine Zeichnung ist unversehrt. Die Erleichterung, die mich packt, lässt mich beinahe auf die Knie sinken.

»Zum Glück«, flüstert Keanu. »Jetzt haben wir nur noch eins. Wir müssen gut darauf aufpassen.«

»Stell dir vor, wenn wir uns nicht –«

Er schaut mich an. »Das kann ich nicht mehr.«

Wir brauchen zwei Stunden, bis wir das Zimmer so weit gewischt haben, dass es nicht mehr ganz so schlimm tropft.

Irgendwann sitze ich erschöpft auf dem Boden.

Keanu hockt sich neben mich. »Mo, wir werden davon niemandem erzählen, okay?«

»Das glaubt uns doch sowieso keiner«, sage ich.

Keanu nickt.

»Hast du so etwas schon einmal erlebt?«, frage ich ihn.

Er schüttelt den Kopf. »Nein. Nach sehr intensiven Träumen ist manchmal alles um mich herum in Salzwasser getränkt, aber so viel war es noch nie. Ich habe auch keine dieser Kugeln. Man darf sie jedenfalls nicht zerbrechen. Es sei denn, man braucht einen Ozean.«

Plötzlich kommt mir ein Gedanke. Ich nehme Keanus Hand, drehe die Innenfläche nach oben und fahre mit leichtem Druck darüber. Da ist sie.

»Du hast sie auch. Sie ist hier in deiner Hand«, flüstere ich.

Keanu tastet nun seinerseits die Innenfläche ab, spürt die Kugel und nickt. »Ein Ozean, wenn man ihn braucht.«

Es hört sich gleichzeitig so logisch und doch völlig verkehrt an.

Dann richtet er sich auf. »Ich glaube, du solltest mal nach Hause gehen. Deine Mutter vermisst dich bestimmt schon.«

Ich schaue aus dem Fenster und hinüber. Mam und Herr Max stehen in unserem erleuchteten Wohnzimmer und küssen sich.

»Sieht nicht so aus«, knurre ich.

»Jeder Mensch verdient die Liebe, Mo«, sagt Keanu da leise, und mein Herz bekommt einen Riss.

Beinahe drehe ich mich zu ihm und werfe mich in seine Arme. Er hat recht, und ich schäme mich. Wie konnte ich Mam die Liebe nicht gönnen?

Schuldbewusst schaue ich Keanu an. »Es tut mir leid.«

Doch er lächelt. »Es ist alles gut.«

Ich habe nicht nur befürchtet, dass Max Mam wehtun würde. Ich hatte auch Angst, Mam mit ihm teilen zu müssen. Darum habe ich ihn von der ersten Sekunde an blöd gefunden. Ich werde ihm eine Chance geben. Eine echte. Mam gibt sie ihm ja auch. Also scheint er okay zu sein. Er muss nur irgendwie durch den neuen Riss in meinem Herzen passen.

»Was machen wir mit dem Bild?«, frage ich.

»Es ist deines. Du nimmst es mit und passt sehr gut darauf auf.«

»Aber du brauchst es doch vor mir«, widerspreche ich. »Also, wegen dem Übertritt und so. Ich bin doch erst vierzehn.«

»Nimm es erst mal mit«, bestimmt Keanu jedoch. »Es gibt da jemanden, den ich um Rat fragen kann. Heute Nacht in meinen Träumen.«

»Das Wesen, das da unten in der Tiefe wohnt.«

Keanu lacht. »So wie du es sagst, hört es sich sehr gruselig an. Dabei ist es das gar nicht. Wenn ich mit ihm rede, erfüllt mich ein großer Friede.«

»Wie sieht er aus?«

Keanu zuckt mit den Schultern. »Vermutlich wie wir in unseren Träumen. Aber klar und deutlich habe ich ihn noch nicht gesehen. Er ist irgendwie unscharf.«

Ich nicke, als wüsste ich genau, wovon er spricht.

»Hier kannst du aber nicht schlafen. Deine Matratze ist ein vollgesogener Schwamm«, wechsle ich das Thema.

»Ich gehe zu meiner Großtante«, antwortet Keanu. »Sie wohnt drüben, bei euch im Haus.«

»Frau Zimmer!«, rufe ich überrascht.

Keanu nickt lächelnd.

Es gibt eben doch nicht so viele verschiedene Zimmers. Schon gar nicht in San Diego.

14.

Ein Flugzeug malt einen weißen Streifen an den Sommerhimmel. Ich schicke ihm einen Kuss hinterher. Vielleicht ist es ja auf dem Weg an den Pazifik und nimmt ihn mit zu Herrn Meier. Dann schaue ich mich blitzschnell nach allen Seiten um, ob mir jemand bei dieser peinlichen Aktion zugesehen hat.

»Ich wollte dich eigentlich nur zur Schule abholen und dich nicht bei seltsamen Ritualen beobachten«, ruft Katha lachend und kommt auf mich zu.

Sie begrüßt mich, wie es ihre Art ist. Angetäuschte Umarmung und ein auf die Wange gehauchter Kuss. Vielleicht sollte sie das zukünftig irgendwie anders gestalten. Es passt nicht so richtig zu ihrem neuen Style.

»Herr Meier ist gestern nach Hawaii geflogen«, sage ich.

»Echt? Es sind doch noch gar keine Ferien«, wundert sie sich.

Wir laufen los, und Katha hängt sich bei mir ein.

»Ausgerechnet Hawaii«, rutscht es mir heraus.

Katha schaut mich von der Seite an. Dann nickt sie. »Heute Nachmittag komme ich mit zu dir. Etwas nette Gesellschaft können wir beide gut gebrauchen«, bestimmt sie.

Als wir ins Klassenzimmer treten, sehe ich sofort, dass Keanu nicht da ist. Vielleicht hat er bei seiner Großtante verschlafen. Vielleicht war ihm das gestern einfach zu viel. In dem Moment fällt auch mir dieses Gestern tonnenschwer in den Magen. Ich habe über Nacht versucht, es zu verdrängen. Damit ich den Tag irgendwie normal beginnen kann. Aber wer Hand in Hand und Wasser atmend mit einem süßen Jungen in einem Zimmerozean schwimmt und beinahe in seiner Tiefe verschwindet, kann keine normalen Tage mehr erleben. Zumindest nicht, bis er weiß, was es damit auf sich hat.

Plötzlich kann ich überhaupt nicht verstehen, was ich hier mache. In der Schule, und auch noch im Physikunterricht, der mir eine Welt erklären will, die so für mich nicht mehr existiert. Am liebsten würde ich sofort wieder verschwinden. Aber ich habe schon gestern geschwänzt. Heimlich schicke ich Keanu eine Nachricht. Er antwortet nicht.

In der großen Pause hocke ich allein auf unserer Bank und fühle mich total einsam. Ich rufe Keanu an. Aber er geht nicht ran. Wahrscheinlich ist sein Telefon gestern im Wasser zerstört worden. Nachher werde ich gleich bei ihm klingeln. Oder bei Frau Zimmer.

Auf der Treppe in den Klassenraum steht mir dann auch noch plötzlich Lea gegenüber.

»Herr Meier ist schon auf dem Weg nach Hawaii«, sage ich schnell, damit es keine peinliche Stille zwischen uns gibt.

Dabei müsste ich gar nichts sagen. Wir haben noch nie miteinander geredet. Lea wollte einfach nur an mir vorbeieilen. Doch nun schaut sie mich an, als hätte ich irgendwas Chinesisches zu ihr gesagt.

»Horst«, verbessere ich mich. »Er ist schon auf dem Weg nach Hawaii.«

»Ja, das weiß ich«, sagt sie und lächelt. »Horst hat mich gestern Nachmittag noch angerufen.«

Es kommt mir so vor, als wären Horst und Herr Meier nicht dieselbe Person.

Als auch die letzte Stunde endlich vorbei ist, renne ich nach Hause. Zuerst klingle ich gegenüber. Aber Keanu ist nicht da. Auch bei Frau Zimmer meldet sich niemand. Verdammt, wo ist er? Nachdenklich steige ich die Treppen zu uns hoch. Plötzlich mache ich mir große Sorgen um Keanu.

In dem Moment klingelt Katha, und ich fasse einen Entschluss.

»Ich komme runter. Lass uns in die Stadt gehen«, sage ich durch die Sprechanlage.

»Super«, sagt sie freudig.

In den Genuss kommt sie nicht oft. Aber ich muss ganz dringend irgendetwas tun, was normale Mädchen machen. Sonst drehe ich noch durch. Also stürme ich die Treppen wieder hinunter. Aus Versehen nehme ich meine Schultasche mit.

Katha hängt sich wie heute Morgen bei mir ein und zieht mich mit sich. Wir schlendern durch verschiedene Klamottenläden, obwohl ich nicht weiß, was ich da soll. Ich shoppe nicht gerne und interessiere mich auch nicht für die neueste Mode.

»Der Mantel hier würde dir total gut stehen«, sagt Katha und schwenkt ein fluffiges Teil mit Blumendruck und Glitzer.

»Hast du je gesehen, dass ich so etwas trage? Wenn sich da der Wind drin verfängt, fliegt man wie ein Gardinenballon einfach davon«, sage ich und muss lachen.

»Du hast echt keine Ahnung«, schnaubt Katha. »Das ist der krass coole Urban Romance Look.«

»Urban Romance. Pffft!«, mache ich.

Doch plötzlich überkommt mich so etwas wie Übermut. Wahrscheinlich aus dem sehnlichen Wunsch heraus, noch ein paar Minuten länger einfach nur ein ganz normales Mädchen zu sein.

»Okay, dann zeige ich dir mal, was wirklich angesagt ist.«

Aus den Regalen nehme ich wahllos einen Armvoll Kleidung: silberne Leggins, neonfarbene Shirts, Röcke wie mit Kugelschreiber bekritzelt und ein paar blumige Kleider.

»Modeshooting in der Kabine!«, ruft Katha und greift ebenfalls in die Regale.

In der Umkleidekabine ziehen wir alles wild übereinander und machen mit Kathas iPhone ziemlich übertriebene Fotos. Irgendwann kommt eine Verkäuferin und verlangt, dass wir den Laden verlassen.

»Oh, das tut mir leid. Ich habe heute leider kein Foto für dich«, antwortet Katha.

Die Verkäuferin guckt uns so erschrocken an, als müsste sie gleich weinen.

»Stimmt gar nicht! Tada!«, ruft Katha und macht ein Bild von ihr. »Aber Germanys Next Topmodel werde ich.«

Sie streckt ihre Zunge weit heraus und macht noch ein Selfie.

»Seit wann hast du ein Zungenpiercing?«, frage ich verblüfft.

»Seit drei Tagen«, sagt Katha und klappert damit gegen ihre Zähne.

»Verschwindet jetzt«, knurrt uns die Verkäuferin an.

Wir schlüpfen in unsere Klamotten und werfen die anderen Teile auf einen großen Haufen am Eingang der Kabinen.

»Sollten wir die nicht wieder aufhängen?«, frage ich.

»Unsinn, dafür haben die doch hier Angestellte.«

Ich habe ein schlechtes Gewissen, aber Katha zieht schon wieder Fratzen und knipst sich dabei. Lachend laufen wir zum Ausgang.

»Und jetzt nichts wie weg!«, zischt sie mir zu und sprintet los.

»Ähm … Katha?«, rufe ich ihr hinterher und habe nichts verstanden.

Mein Ruf geht im Diebstahlalarm unter. Verdammt! Hat sie etwa gerade was geklaut?

Sie dreht sich noch mal zu mir um. »Los! Renn!«

Der Alarm neben mir schrillt und schrillt. Während Katha längst über alle Berge ist, bleibe ich einfach stehen.

Plötzlich legt sich eine Hand schwer auf meine Schulter und greift viel zu fest zu.

»Mein Fräulein, da haben wir wohl vergessen zu bezahlen.«

Ich starre einem ekligen Typen ins Gesicht. Wieso ich? Ich reiße mich abrupt los und laufe Katha hinterher.

»Hey! Hiergeblieben!«, schreit der Typ.

Doch ich achte nicht auf ihn, sondern renne, so schnell ich kann.

Plötzlich sehe ich das blaue Leuchten. Ganz klar, panikbedingte Halluzination. Ich versuche, sie im Laufen wegzublinzeln. Doch das Leuchten verschwindet nicht, sondern huscht blitzschnell vor mir her. Ohne nachzudenken, folge ich ihm. Am Marktplatz verschwindet es im Springbrunnen. Blindlings springe ich ihm mit einem lauten Klatschen nach und tauche unter. Das Leuchten schwebt vor mir im Dunkeln. Ich wusste gar nicht, dass dieser Brunnen so tief ist.

»Na, das ist ja mal was ganz Neues!«, höre ich da jemanden über Wasser schreien.

Entschuldige, Moana, dringt gleichzeitig die tiefe Stimme des kleinen Rochens von unten zu mir.

Doch bevor ich mich darüber oder über die ganze äußerst verrückte Situation wundern kann, werde ich am Nacken gepackt und hochgerissen. Atemlos schnappe ich nach Luft.

»Erst was klauen und dann versuchen, sich im Stadtbrunnen zu ertränken. Was ist nur mit dieser Jugend heutzutage los?!«

Der Ladendetektiv steht neben mir im knietiefen Wasser und schubst mich aus dem Brunnen. Ich lasse mich erschöpft auf das Pflaster sinken. Eine neugierige Menschentraube hat sich um uns gesammelt. Na großartig! Immer bei Fuß, wenn es etwas zu glotzen gibt. Aber wenn mal jemand Hilfe braucht, hört und sieht das keiner. Der Typ reißt mir die Schultasche von der Schulter. Er schüttet den Inhalt mit einem Schwall Wasser auf den Boden. Meine Bücher kann ich entweder vergessen, oder ich muss jede Seite einzeln trocken föhnen. Wieso bin ich nur in diesen Brunnen gehüpft?

»Ha!«, macht der Typ.

Er hält einige Ketten und ein Portemonnaie hoch. Preisschilder baumeln nass und irgendwie traurig davon herab. Triumphierend dreht er sich einmal im Kreis. Die Leute applaudieren wie bei einer Fernsehshow. Ich verstehe im ersten Moment gar nicht, was hier los ist.

»Hat die geklaut, Mama?«, fragt ein kleines Mädchen seine Mutter und guckt mich mit großen Augen an.

Die Frau nimmt ihr Kind und zieht es weiter.

»Die Sachen sind nicht von mir«, sage ich leise.

»Sehr seltsam, dass du sie dann in deiner Tasche hattest«, zischt der Detektiv mich an. »Aber deine Ausreden interessieren mich sowieso nicht. Die kannst du mit der Polizei besprechen.«

Oh nein, das darf doch nicht wahr sein! Der Typ hat die Polizei gerufen. Hat die denn nichts Wichtiges zu tun? Es ist doch ganz bestimmt irgendwo etwas wirklich Kriminelles passiert.

Der Kreis der neugierigen Glotzer wird immer größer. Da entdecke ich Katha in der Menschenmenge. Sie wirft mir einen verschwörerischen Blick zu und hält einen Finger an ihre Lippen. In dem Moment begreife ich endlich. Im Ernst? Sie hat die Sachen in meine Tasche gesteckt, und nun soll ich die Schuld auf mich nehmen?

Da hat der Detektiv sie auch entdeckt. Bevor sie sich umdrehen und abhauen kann, schnappt er sie und hält sie mit hartem Griff fest. Er drückt sie neben mich auf den Boden. Ich sehe, dass Katha vor Schmerz die Zähne zusammenbeißt.

»Entschuldigen Sie mal, haben Sie es wirklich nötig, Ihre Stärke an einem wehrlosen Mädchen demonstrieren zu müssen?«, schnauze ich ihn an. »Sie tun ihr weh.«

Die Menschenmenge teilt sich. Die Polizei kommt. Im Auto und mit Blaulicht.

Eine Beamtin an einem Computer löchert mich mit Fragen. Die Antworten lässt sie mich aber nicht geben, denn die hat sie schon selbst im Kopf fix und fertig formuliert. Leider entsprechen die nicht der Wahrheit. Sie tippt sie trotzdem in die Tastatur.

Eine ganze Stunde lang versuche ich, der Frau zu erklären, dass nicht ich die Sachen in meine Tasche gesteckt habe. Ich will aber auch Katha nicht verraten. Darum sage ich zuerst, dass ich nicht wüsste, wie die Sachen in meine Tasche gekommen sind. Mir ist klar, wie unglaubwürdig und bescheuert das klingt.

»Ich war das«, sagt Katha schließlich mit einem kleinen Stimmchen.

Sie sitzt in ihrem süßen Sommerkleid neben mir. Hatte sie das eigentlich vorhin auch schon an? Der Urban Romance Look scheint jedenfalls großen Eindruck auf die Beamtin zu machen, denn obwohl Katha mehrfach beteuert, dass sie die Sachen genommen und in meine Tasche gesteckt hat, will die Beamtin nichts davon wissen. Katha bekommt sogar eine Tasse heiße Schokolade aus dem Automaten. Dabei trage ich die nassen Klamotten und klappere mit den Zähnen.

»Ach, da sind Sie ja«, sagt die Beamtin, als Mam endlich hereinkommt. »Wir haben Ihre Tochter aufgegriffen, als sie in der Filiale einer Modekette verschiedene Schmuckstücke und ein Portemonnaie gestohlen hat. Das Ganze wird zur Anzeige gebracht.«

»Moment mal«, sagt meine Mutter. Dann wendet sie sich an mich. »Stimmt das? Hast du etwas gestohlen?«

Ich schüttele stumm den Kopf. Jedes Wort ist überflüssig. Mam vertraut mir.

»Haben Sie die Aussage meiner Tochter aufgenommen?«

»Natürlich, dazu bin ich verpflichtet. Aber diese Lügen und Ausflüchte sind wir hier gewohnt«, antwortet die Frau schnippisch.

Mam schnaubt wütend. Ich sehe sie Luft zu einer lauten Ansprache holen. Hoffentlich sagt sie jetzt nichts Unüberlegtes, das uns in noch größere Schwierigkeiten bringt.

»Ich war es, Anna«, sagt Katha. »Ich habe die Sachen in Mos Tasche geschmuggelt.«

»Ach Kleine«, sagt die Beamtin. »Das hatten wir doch schon. Du musst deine sogenannte Freundin nicht länger verteidigen. Das ist ein ganz typisches Vorgehen. Du bist erst dreizehn Jahre alt und noch nicht strafmündig. Darum hat Moana Breme dich auf ihre sogenannte Shoppingtour mitgenommen. Damit du im Falle einer Ergreifung die Schuld auf dich nehmen kannst.«

Ich spüre, dass sich ein Gewitter zusammenbraut. Neben mir schnappt Mam hörbar nach Luft, und ich warte auf den Donner. Doch der kommt überraschenderweise von Katha. Denn die springt plötzlich auf und haut auf den Tisch.

»Es kotzt mich einfach an, mit welcher Voreingenommenheit Sie hier sitzen«, schreit sie die Beamtin an. »Ich sehe vielleicht aus wie ein Engel, aber ich bin keiner. Ich bin noch nie einer gewesen. Auch wenn meine Mutter garantiert das Gegenteil behaupten würde. Außerdem werde ich in zwei Wochen auch vierzehn Jahre alt. Und jetzt lassen Sie meine Freundin und ihre Mutter endlich gehen und rufen Sie meine

Mutter an. Bis die kommt, können wir dann das richtige Protokoll aufnehmen. Ich habe diese Ketten und das Portemonnaie geklaut. Ich bin die Diebin. Mo würde so etwas niemals tun.«

Sprachlos blickt die Frau zwischen uns hin und her. Dann macht sie den Rücken gerade und richtet ihre Frisur, als wäre die von Kathas Worten durcheinandergeweht worden.

»Gut. Dann können Sie jetzt gehen«, wendet sie sich steif an uns.

Mam und ich stehen auf und verlassen das kleine Zimmer. Als ich mich noch einmal umdrehe, grinst Katha mich fröhlich an und klackert dabei mit dem Zungenpiercing gegen ihre Zähne. Sie sieht äußerst zufrieden aus. Die Revolte gegen ihre Eltern hat die nächsthöhere Stufe erreicht.

Mich fröstelt in meinen nassen Sachen, und ich stürme Mams wütenden Schritten hinterher.

»Warum bist du so nass?«, fragt meine Mutter auf dem Nachhauseweg.

»Ich bin in den Brunnen am Marktplatz gesprungen.«

»Etwa auf der Flucht, weil du Angst vor dem Detektiv hattest?«, ruft Mam aufgeregt.

»Sozusagen auf der Flucht«, murmle ich. Jede andere Erklärung würde nur weitere Verwirrung stiften.

»Es ist unglaublich, was in dieser Stadt los ist«, schimpft meine Mutter.

Ich kann förmlich hören, wie sie in Gedanken einen Leserbrief an die Tageszeitung über die rauen Methoden von Kaufhausdetektiven und der Polizei formuliert.

Als wir in unsere Straße einbiegen, kommt uns der Obdachlose entgegen. Wieder zu einer ganz ungewöhnlichen Zeit. Langsam sollte ich mich daran gewöhnen. Auch daran, dass wir uns im Moment wirklich oft über den Weg laufen. Und sogar schon miteinander gesprochen haben. In meiner Hosentasche finde ich einen Euro. Erwartungsvoll blicke ich ihm entgegen. Wird er etwas sagen? Mich womöglich erkennen?

Aber als er so nah ist, dass mir sein saurer Geruch in die Nase sticht und ich in seine Augen schauen kann, sind diese nur ein wässriges Blau im ungesunden Gelb seiner Augäpfel.

»Guten Tag«, sage ich und lächle ihn an. Ich wünschte, ich wüsste seinen Namen.

Fast grob reißt er mir die Münze aus der Hand. Dann schlurft er weiter. Seltsam erschrocken schaue ich ihm nach.

»Wie schön, du grüßt ihn«, sagt Mam. »Eigentlich sollte ich das auch tun.«

In dem Moment kommt Keanu aus unserem Hauseingang.

»Keanu!«, rufe ich erleichtert. Wieder einmal würde ich mich am liebsten in seine Arme stürzen.

»Guten Abend, Mo, guten Abend, liebe Frau –« Er unterbricht sich und versucht zu erraten, welcher Name auf den Klingelschildern der unsere ist. »Schöne Mutter von Mo«, beendet er dann mit einem Grinsen seinen Satz.

Ich sehe, dass Mam lächeln muss. Er ist aber auch echt charmant.

»Guten Abend, Keanu«, sagt Mam und hält ihm die Hand hin. Er schüttelt sie auf diese etwas steife Weise, die ich schon kenne. Ich muss kichern.

»Dürfen wir dich zum Abendbrot einladen?«, fragt Mam.

»Oh, das ist sehr freundlich. Ich esse aber kein Brot.«

»Wir auch nicht«, sagt meine Mutter und lacht. »Es gibt Salat und gebratenes Gemüse. Man nennt die letzte Mahlzeit des Tages trotzdem Abendbrot.«

»Oder Abendmahl«, sage ich heiser.

»Ich verstehe«, sagt Keanu. »Unter diesen Umständen nehme ich die Einladung an.«

Ich möchte so gerne mit ihm über gestern reden. Aber jetzt und hier vor Mam geht das nicht. Er berührt kurz meine Hand. Ich bin sofort ruhig, verstehe und nicke. Wir sprechen später miteinander.

»Warum isst du kein Brot?«, frage ich ihn stattdessen.

»Das vertrage ich nicht«, sagt Keanu. »Mein Magen fängt dann an zu rumoren, und ich bekomme Bauchschmerzen.«

»So geht es Mo auch«, ruft Mam, als wäre das eine große Freude.

Oben ziehe ich mir schnell etwas Trockenes an. Dann decken Keanu und ich den Tisch. Mam wirft das klein geschnittene Gemüse in die Pfanne. Wir setzen uns und essen schon mal den Salat. Wir haben nie alle Speisen und Beilagen zusammen auf dem Teller. Frau Blum würde so etwas sicher nicht passieren.

Ich schaue zu Mam. Irgendetwas stimmt nicht mit ihr. Sie plaudert angeregt mit Keanu, aber ihr Lächeln sieht aus wie eine Grimasse, und ihre Stimme klingt wie die eines Roboters. Hat sie etwa Ärger mit Max? Ist sie wegen der Diebstahlgeschichte sauer auf mich? Ich schaue sie fragend an, aber sie weicht meinem Blick aus.

Ich versuche, nicht allzu oft zu Keanu zu schauen. Alles an mir kribbelt. Meine Haut, meine Füße, meine Finger. Ich möchte mit ihm allein sein. Nicht nur zum Reden.

»Wo sind eigentlich deine Eltern?«, fragt Mam. Es ist ihr also auch aufgefallen, dass Keanu allein wohnt. Ob sie ihn heimlich beobachtet?

»Meine Mutter lebt in San Diego, und mein Stiefvater ist vor einem halben Jahr gestorben«, antwortet er leise.

»Das tut mir sehr leid«, ruft Mam erschrocken.

Dann blickt sie auf die Pfanne in ihrer Hand, als wüsste sie selbst nicht, wie die da hingekommen ist. Obwohl sie sie gerade geholt hat. »Möchtest du trotzdem etwas gebratenes Gemüse?«

Keanu lächelt. »Ich bin deswegen zwar sehr traurig, aber ich esse gerne.«

Da muss ich losprusten, obwohl ich das gar nicht will. »Entschuldigung«, murmle ich beschämt.

Keanu lächelt mich an.

»Ich musste einfach von zu Hause weg, weil meine Mutter so verzweifelt war und ich nicht mehr wusste, wo ich hingehöre«, erzählt er leise weiter.

Obwohl ich das schon weiß, finde ich es wieder furchtbar traurig.

»Meine Großtante lebt in dieser Stadt. Darum bin ich hierhergekommen. Sie kocht auch für mich und leistet mir Gesellschaft.« Letzteres sagt er mit so einem komischen Gesichtsausdruck, dass ich trotz allem wieder lachen muss. Er scheint es mit seiner Großtante nicht besonders spaßig zu finden.

»Es ist die alte Frau Zimmer von unten«, erkläre ich Mam.

»Sie ist die Schwester meiner Großmutter«, erzählt Keanu. »Mein Stiefvater war Fischer und Lifeguard. Er ist ertrunken. Keiner weiß, wie das passieren konnte. Er war ein sehr guter Schwimmer. Aber der Ozean hat seine eigenen Regeln.« Seine Stimme klingt wieder dunkel vor Traurigkeit, und ich möchte ihn so gerne trösten.

Keanu stößt mich von einem Gefühlsextrem ins andere. Dabei vergesse ich buchstäblich zu atmen.

Plötzlich springt Mam auf, reißt Keanu vom Stuhl und nimmt ihn ganz fest in den Arm. Es sieht ziemlich lustig aus, weil sie viel kleiner ist als er.

Nach der Umarmung setzen sich die beiden wieder hin. Wir starren stumm auf unsere Teller. Keiner isst etwas. Ich komme mir vor wie in einem dieser Theaterstücke, bei denen man nicht weiß, ob man lachen darf oder ernst bleiben muss.

»Surfst du?«, frage ich Keanu, weil ich das Schweigen zerschlagen will.

»Na klar.« Plötzlich hat er ein Lächeln im Gesicht, so schön, dass mein Herz einen Satz macht. »Ich bin am Ozean groß geworden, und das Wasser ist mein Element.« Dann senkt er ein wenig die Stimme. »Das weißt du doch.«

Ich nicke. Das weiß ich sehr genau.

»Wie bei meiner Motte«, ruft Mam, erfreut darüber, dass wir wieder fröhlich sein dürfen.

Keanu erzählt von San Diego, von den Stränden und den Wellen dort. Wie gebannt hören Mam und ich zu und denken an einen Sommer, den wir in diesem Jahr nicht haben werden.

»San Diego«, seufzt sie träumerisch. »Wisst ihr eigentlich, dass eure Namen wunderbar zusammenpassen? Moana der Ozean und Keanu die Welle.«

Keanu und ich schauen uns an. Der Ozean und die Welle. Mein Herz ist so unendlich groß und weit und offen, dass es in meiner Brust keinen Platz für Atem gibt.

»Meine Eltern haben eine Zeit lang auf O'ahu zusammengelebt. Darum trage ich einen hawaiianischen Namen. Weil mein leiblicher Vater aus unserem Leben verschwand, als ich noch ein Baby war, kenne ich ihn aber leider nicht«, erzählt Keanu.

»Ach, Hawaii«, flüstert Mam.

Ich blicke zu ihr rüber. Sie hat das mit Keanus leiblichem Vater sehr genau gehört und ist extra nicht darauf eingegangen. Aber ich möchte keinen Schatten über den Moment fallen lassen.

»Hört mir bloß auf mit Hawaii«, stöhne ich gespielt verzweifelt. »Da ist jetzt Herr Meier und juchzt in der Brandung.«

Mam schaut erschrocken zu mir rüber. »Ach Mottchen, entschuldige.«

Ich lächele sie beruhigend an. In mir ist kein Ärger mehr. Die Vorstellung, den Sommer hier zu verbringen, hat jeden Schrecken verloren. Denn hier ist Keanu. Mit dem ich den Ozean herholen kann.

Erst jetzt fällt mir auf, wie erschreckend das eigentlich ist. Wir können den Ozean herholen! Das ist so unfassbar mächtig, unglaublich, beängstigend. Und ich kann es nicht in irgendein Traumreich schieben, denn Keanu und ich waren zusammen. Wir haben das wirklich erlebt. Mein Magen verknotet sich, und das Schlucken fällt mir auf einmal so schwer, dass ich die Gabel zur Seite lege. Hilfe suchend blicke ich zu Keanu. Er lächelt mich an. Ich spüre, dass er mir mit seinem Lächeln Mut geben will. Und noch etwas, das ich in dem Moment nicht verstehe.

Später verabschieden wir uns an der Tür.

»Was machen wir denn jetzt? Wie geht es weiter?«, flüstere ich drängend.

Keanu schaut mich ernst an. »Ich habe in den letzten zwei Jahren gelernt, dass alle Fragen eine Antwort bekommen. Wenn ihre Zeit gekommen ist. Man muss nur Geduld haben.«

»Die habe ich aber nicht«, fahre ich leise auf. »Mich macht das alles ganz kribbelig. Wir müssen doch herausfinden, was los ist.«

»Das werden wir, Mo.« Er greift nach meinen Händen. »Alles zu seiner Zeit. Bitte.«

»Gibt es da mehr? Etwas, von dem ich noch nichts weiß?«

Er nickt. »Aber ich kann es selbst noch nicht in Worte fassen. Nicht so in der Tür eingeklemmt.«

»Man sagt zwischen Tür und Angel«, erkläre ich abgelenkt. Mir genügen Keanus Worte gerade nicht. Aber er hält meine Hände und zwingt mich, seinen Blick zu erwidern. Ich versinke in seinen Augen. Obwohl es in unserem Flur relativ dunkel ist, weil der kein eigenes Fenster hat, leuchten sie wie das Meer, auf das die Sonne scheint.

»Du bist so schön«, rutscht es mir heraus.

Keanus Lächeln wird noch breiter. »Du auch.«

Plötzlich sind wir beide schrecklich verlegen.

»Wollen wir morgen einfach mal alles vergessen? Nur für einen Nachmittag?«, fragt er.

»Das funktioniert sowieso nicht. Nicht einmal ein Abendbrot lang«, sage ich.

»Wir könnten es versuchen und ins Schwimmbad gehen.

Bitte, ich möchte dich nämlich gerne kennenlernen. Richtig kennenlernen.«

»Nicht ins Schwimmbad!«, rufe ich.

Keanu runzelt die Stirn. Zu Recht. Denn es gibt eigentlich gar keinen Grund, nicht dorthin zu gehen. Ich habe akzeptiert, dass wir nicht an den Ozean fahren und dass Herr Meier auf Hawaii ist. Es regnet auch nicht mehr. Trotzdem.

»Vielleicht lieber ins Kino? Ich wäre gerne allein mit dir. Und im Kino ist doch bei schönem Wetter niemand«, stammle ich.

Keanus Lächeln wird noch breiter. Da kapiere ich erst so richtig, was ich gerade gesagt habe.

15.

Keine Ahnung, warum wir überhaupt noch Schule haben. Wir gucken sowieso nur noch irgendwelche Filme. Eigentlich warten alle ungeduldig oder total verpennt darauf, dass endlich die Ferien beginnen. Auch die Lehrer. Ich warte einfach darauf, schnell wieder nach Hause zu kommen. Keanu ist mal wieder nicht da. Er macht das richtig.

Alles gut. Ich komme nachher rüber und hole dich ab, antwortet er auf meine Nachricht.

Nachdem er sich gestern Abend verabschiedet hatte, haben Mam und ich die Küche aufgeräumt, dann wünschte ich ihr eine gute Nacht. Ich wollte nur noch ins Bett. Aber nicht, um zu schlafen. Stattdessen nahm ich meine Zeichnung in die Hände und starrte darauf. Bis mir die Augen tränten.

»Komm raus, zeig dich.« Ich flüsterte es tausendmal.

Doch nichts passierte. Das blaue Leuchten, das unsere Bilder lebendig werden lässt, tauchte nicht auf. Und sonst auch nichts. Meine Beine kribbelten vor Ungeduld. Am liebsten wäre ich ins Aquarium gerannt. Vielleicht hätte Koa etwas gewusst. Oder der kleine Rochen. Doch das Aquarium hatte längst geschlossen. Ich versuchte es mit Telepathie. Angestrengt rief ich in Gedanken nach irgendjemandem da draußen. Niemand antwortete. Es war zum Verzweifeln. Schließlich gab ich auf. Anscheinend wollte die andere Welt gerade keinen Kontakt zu mir aufnehmen. Oder nur zu Keanu und mir gemeinsam. Vielleicht hatten wir durch den Zimmerozean irgendetwas verschoben. Vielleicht war es viel schlimmer, als wir ahnten, dass Keanus Zeichnung zerstört worden war. Andererseits hatte das blaue Leuchten mich danach in den Brunnen gelockt. Als ob es mich retten wollte. Es hat sich sogar entschuldigt, weil das nicht klappte. Wir waren also noch in Kontakt, trotz der zerbrochenen Kugel und der zerstörten Zeichnung. Schließlich legte ich mich hin und bettelte um einen Unterwassertraum. Als ich heute Morgen aufwachte, konnte ich mich jedoch an keinen Traum erinnern.

Endlich zu Hause angekommen, stelle ich fest, dass sich Herr Meier wieder nicht gemeldet hat. Als ich ihn anskype, erreiche ich ihn nicht. Auf meine Nachrichten reagiert er auch nicht. Dabei hatte er versprochen, sich jeden Tag zu melden. In der Pause hätte ich beinahe Lea gefragt, ob sie schon etwas von ihm gehört hat. Ich konnte mich gerade noch zurückhalten. Vielleicht ist sie ja der Grund, warum ich nichts von ihm höre. Der Gedanke tut weh.

Mam verbringt den Tag mit Max. Sie scheint wirklich heiß verliebt zu sein und findet es ganz offensichtlich auch nicht mehr besonders tragisch, dass wir den Sommer über hierbleiben werden. Ich gönne ihr das. Und als ich genauer in mich hineinhorche, merke ich, dass das wirklich stimmt.

Ich setze mich auf mein Bett und starre wieder auf meine Zeichnung. Sie ist das Fenster. Das Portal in die andere Welt. Eine Welt, der Keanu und ich auf irgendeine Weise angehören. Ich warte auf das blaue Leuchten.

Keanu sagte, dass es nichts bringt zu drängen. Selbst wenn es einen total verrückt macht, weil man nicht weiß, was eigentlich los ist. Er ist eben schon seit zwei Jahren dabei. Vielleicht gehört so eine lange innere Vorbereitungszeit einfach dazu. Weil man sonst das Unermessliche nicht erträgt, wenn es sich einem endlich enthüllt. Seitdem wir gemeinsam im Ozean standen und fast in den Höhleneingang geschwommen wären, scheint mir jede verstreichende Minute wie die Ruhe vor einem alles verändernden Sturm. Etwas wird passieren. Etwas ganz und gar Gewaltiges. Das spüren wir nicht nur, das wissen wir. Vielleicht ist es tatsächlich eine gute Idee, vorher noch mal ins Kino zu gehen. Obwohl ich mir gerade keinen Film vorstellen kann, der aufregender wäre als mein eigenes Leben.

Ich schlage einen Nagel in die Wand neben meinem Bett und hänge das Bild daran auf. Wir haben nur noch dieses. Ich muss gut darauf aufpassen.

Plötzlich verspüre ich eine unglaubliche Gier nach Wasser. Ich flitze in die Küche und schenke mir ein großes Glas ein. Das stürze ich in einem Zug hinunter. Obwohl ich weiß, dass ich gar keinen Durst habe. Darum ist die Gier auch nicht gestillt, als das Glas leer ist. Trotzdem trinke ich noch eines. Der einzige Effekt ist, dass ich dringend zur Toilette muss.

Ich lasse mir ein Bad ein und tauche ganz unter. Danach geht es mir etwas besser, und ich schnappe mir Mams kleinen Kosmetikspiegel, um in der Wanne sitzend meine Augen genauer zu untersuchen. Es wird noch dauern, bis sie so blau wie Keanus sind. Komisch, dass Mam noch gar nichts zu der Veränderung gesagt hat.

Plötzlich packt mich eine Idee. Ich werde auf den Dachboden kriechen, um da oben ein bisschen herumwühlen, bis Keanu endlich kommt. Vielleicht finde ich diese Meerestiersammlung, von der Mam gesprochen hat. Ich kann nicht glauben, dass die tatsächlich verschwunden ist, denn eigentlich heben Eltern doch alles auf, was ihren Kindern einmal wichtig war. Ganz besonders meine Mutter. Der Inhalt unzähliger Kisten und Kästen dokumentiert mein gesamtes Leben, seitdem ich vier bin. Allerdings erinnert kaum etwas an meine ersten drei Lebensjahre. Es gibt beispielsweise keine Fotos, bis auf eine Handvoll verwackelter Schwarz-Weiß-Abzüge, die irgendjemand irgendwo von Mam und mir als Baby machte. Alle anderen Bilder wurden vernichtet. Ein riesiger und schrecklicher Zufall sorgte vor zehn Jahren dafür, dass erst Mams Festplatte mit allen digitalen Fotos unrettbar durchbrannte und dann die Kiste mit den analogen Abzügen verloren ging. Aber was soll mit meinen Spielsachen und Erinnerungsstücken passiert sein?

Der Dachboden ist eine einzige Rumpelbutze. Meine Mutter stellt hier alles hoch, was sie nicht wegwerfen will, von dem sie aber auch nicht weiß, wohin damit. Wer soll das jemals wieder aufräumen? Der Raum ist kaum eins dreißig hoch und zehn Meter lang. Ich krieche an unzähligen Kisten, Kästen, Tüten und Dingen vorbei, bis ich in den hinteren Bereich komme. Hier scheint eine gewisse Ordnung zu herrschen. Ich bin umgeben von durchsichtigen mit meiner Vergangenheit gefüllten Plastikkisten.

In einer großen Box kann ich die Kunstwerke erkennen, die ich jeden Tag stolz wie Bolle aus dem Kindergarten und der Grundschule mit nach Hause brachte. Es ist alles da, jede Zeichnung, jeder Farbabdruck meiner kleinen Hände, jedes gebastelte Wattewürmchen. Warum sollte die Sammlung, die ich bis zu meinem vierten Lebensjahr heiß und innig liebte, verschwunden sein? Irgendetwas scheint damit nicht zu stimmen.

Auf einmal halte ich einen Schuhkarton in meinen Händen, der komplett mit Paketband verklebt ist. Offenbar wollte meine Mutter nie mehr hineinschauen. Oder zumindest nicht so bald wieder, denn immerhin hat sie ihn aufgehoben und nicht weggeworfen. Ob da die Liebesbriefe einer unglücklichen Liebe drin sind? Mein Herz klopft bis zum

Hals. Die unglücklichste Liebe ihres Lebens war die zu meinem Vater.

Meine Finger zittern, und ich brauche ewig, bis ich das Klebeband abgezogen habe. Vorsichtig nehme ich den Deckel ab. Mir bleibt die Luft weg.

Im Karton ist eine Holzkiste. Ich nehme sie heraus und versuche gleichzeitig, das irre Schlagen meines Herzens unter Kontrolle zu bekommen.

An der Kiste ist nichts gewöhnlich. Ihr rabenschwarzes Holz scheint die Nacht selbst zu sein und wird von den unglaublichsten Schnitzereien verziert. Als wären sie lebendig, tummeln sich leuchtende Fische und andere bunte Ozeanbewohner an den Seiten und auf dem Deckel. Es wirkt, als könnten sie jeden Moment in alle Richtungen davonschwimmen und die Kiste in meinen Händen würde sich einfach in ein tiefes Nichts verwandeln.

Vorsichtig schüttle ich sie. Es klingt, als wäre sie mit lauter kleinen Dingen gefüllt.

»Los, mach sie auf!«, sage ich zu mir selbst, denn plötzlich habe ich Angst. Mam muss einen Grund gehabt haben, warum sie sie dermaßen verklebt und versteckt hat.

Doch ich öffne den Deckel.

Die Kiste ist randvoll mit Fischen, Muscheln, Seepferdchen und Meereswesen. Sie sind wunderschön und ähneln in keinster Weise den billigen Plastiktieren, die man in Aquarien und Spielzeugläden kaufen kann. Stattdessen sind sie aus Korallen,

Perlmutt oder Lava geschnitzt und leuchten in den unglaublichsten Farben. Ich halte einen Fisch in der Hand, den ich wiedererkenne. Er schwamm in dem kleinen Ozean aus der Glaskugel. Etwas in mir öffnet sich. So weit, dass ich die Ränder nicht mehr fassen kann. Heraus quillt etwas tief Verborgenes. Ein Weh, ein Traum, eine Erinnerung, eine Vision. Ich kann es nicht in Worte fassen. Mir kommen die Tränen. Ich lasse sie einfach laufen.

»Hallo, ihr verschwunden geglaubten Meeresbewohner. Ich bin gekommen, euch aus eurem jahrelangen Gefängnis zu befreien. Euer Fluch ist hiermit von euch genommen.«

Mit zitternden Händen nehme ich alle Figuren aus der Kiste und betrachte jede einzelne ganz genau. Das ist also meine geliebte Sammlung.

Plötzlich muss ich über das kleine Mädchen lächeln, das ich einmal war.

»Wir beide lieben den Ozean, nicht wahr?«, sage ich, als säße ich neben mir selbst.

Die Sammlung ist ein echter Schatz und wunderschön. Warum hat Mam behauptet, sie hätte sie entsorgt? Und warum hat sie die Kiste stattdessen in einen Schuhkarton eingesperrt und über und über mit Paketband verklebt?

So etwas vergisst man nicht.

Mam hat mich angelogen.

In dem Moment entdecke ich das ausgeblichene Farbfoto. Es klebt am Boden der Holzkiste. Ein großer Teil des Bildes ist abgerissen. Vom übrig gebliebenen Rest lacht mir ein etwa zweijähriges Mädchen mit wilden schwarzen Locken entgegen. Bin das etwa ich?

Ich habe noch nie ein Foto von mir gesehen, auf dem ich jünger als vier Jahre alt bin. Bis eben auf die Handvoll verwackelter Schwarz-Weiß-Fotos, die mich als Baby zeigen. Das kleine Mädchen scheint auf dem Schoß eines Mannes zu sitzen. Den Mann selbst kann man nicht sehen. Er ist auf dem abgerissenen Teil. Nur ein Arm ist noch zu erkennen, ein Arm, der das kleine Mädchen hält.

»Ach du liebes Lottchen!«, entfährt es mir.

Ich starre gleichermaßen fasziniert wie entsetzt auf diesen Arm, der schützend um das Kind liegt. Er ist über und über tätowiert. Wenn man nicht genau hinschaut, sieht er aus, als wäre er blau.

»Der Typ muss ein totaler Freak gewesen sein. Vielleicht hat mir Mam darum nie von ihm erzählt«, murmle ich.

Erst da trifft mich ein Gedanke, der alles andere winzig klein und unwichtig erscheinen lässt. Vielleicht hat Mam noch viel schlimmer gelogen. Vielleicht hat mein Vater sie gar nicht verlassen, als sie im vierten Monat war. Vielleicht hat er nicht nur von mir gewusst. Vielleicht hat er mich sogar gekannt. Wirklich gekannt. Vielleicht haben wir zusammengelebt.

Ich könnte das Mädchen auf dem Foto sein. Der Arm, der es hält, könnte meinem Vater gehören.

Nun am ganzen Körper zitternd räume ich die kleinen

Figuren wieder in die Holzkiste. Einen Moment zögere ich, dann nehme ich sie mit hinunter.

»Was hast du denn da oben gemacht?«, fragt Mam, als ich die Leiter hinuntersteige.

Sie kommt gerade die Treppe rauf. Ich lunze schnell an ihr vorbei, aber Max ist nicht dabei.

»Ich habe meine alte Sammlung gefunden«, sage ich und halte meiner Mutter die Holzkiste vor die Nase.

Mam wird kreidebleich und setzt sich auf die Treppe. »Das ist ja interessant«, flüstert sie.

»Finde ich auch. Besonders interessant ist jedoch, wie sie verpackt war. Aber am allerinteressantesten ist das hier.«

Ich halte ihr den Bildschnipsel vor die Nase. »Mam, bin ich das? Zusammen mit meinem … Vater?«

Mam lacht völlig hysterisch los. »Ach Mo«, keucht sie irgendwann zwischen zwei Glucksern. »Nein, das bist du nicht. Das ist irgendein Mädchen. Du fandest ihre Haare so schön. Darum hast du das Bild aus einer Zeitschrift gerissen und in deine Kiste geklebt.«

Ich beobachte Mam, die auf der Treppe sitzt und sich scheinbar vor Lachen nicht mehr einkriegt. Sie lügt mich an. Und das ziemlich dusselig. Denn das Bild ist ganz offensichtlich nicht aus einer Zeitschrift.

Mam verschwindet in ihrem Zimmer, als würde sie vor mir fliehen. Es sind die Lügen, die sie abhauen und uns auseinandertreiben lassen. Warum wollte sie meine Erinnerungen unter unzähligen Lagen Paketband gefangen halten? Ich schütte die Figuren auf mein Bett und schaue sie mir noch einmal ganz genau an. Stück für Stück. Sie sind superbesonders.

Ich bin mir sicher, dass ich das kleine Mädchen auf dem Bild bin. Warum will Mam nicht, dass ich das weiß? Da ich ziemlich süß und sehr glücklich aussehe, muss es an dem tätowierten Arm liegen, der mich hält. Und wenn der so wichtig ist, dass ich nichts von ihm wissen soll, dann muss er meinem Vater gehören.

Ich bin wie betäubt vor Wut und Enttäuschung. Warum lügt mich meine Mutter an? Als gäbe es ein riesiges Geheimnis in unserer Vergangenheit.

Plötzlich lässt mich dieser Gedanke erstarren. Natürlich gibt es ein riesiges Geheimnis in unserer Vergangenheit! Eines, das diese absolut verrückte Gegenwart erklären würde. Weiß Mam etwa, was gerade mit mir passiert? Hat sie vorgestern nur so getan, als würde sie mir nicht glauben?

Ich schaue auf die Uhr und erschrecke. Auch wenn es wirklich ein denkbar ungünstiger Zeitpunkt ist – ich habe gleich ein Date mit dem süßesten Jungen der Welt.

Ich springe auf und suche mir etwas zum Anziehen aus meinem Kleiderschrank. Dann ziehe ich mich noch einmal um und dann noch einmal. Irgendwie habe ich überhaupt keine schönen Klamotten. Komisch, das ist mir bisher noch gar nicht aufgefallen.

Ich bändige meine wilden Locken mit einem Haarband und schnappe mir Mams Mascara aus dem Badezimmerschrank. Vorsichtig male ich mir damit die Wimpern an. Es sieht nicht so richtig toll aus, weil sie zusammenkleben und dicke Tuscheklumpen darin hängen bleiben. Mit meiner Zahnbürste kämme ich die Klumpen wieder heraus. Es sieht noch immer nicht so richtig toll aus.

In dem Moment klingelt es. Mit klopfendem Herzen stürme ich das Treppenhaus hinunter.

Das Kino ist nicht weit. Langsam laufen wir die Straße entlang. Irgendwann nimmt Keanu meine Hand in die seine. Mein Herz macht einen riesigen Satz, und ich bekomme mal wieder keine Luft.

»Möchtest du vor dem Film noch ein Eis essen?«, fragt er, als wir an der Eisdiele vorbeikommen.

»Au ja!«, rufe ich viel zu laut.

Ich suche mir zwei Sorten aus. Papaya und Mango.

»Das sind auch meine Lieblingssorten«, sagt Keanu und bestellt das Gleiche.

Wir laufen durch die Sonne, lecken an unserem Eis und halten uns an den Händen. Es ist ein ganz anderes Händehalten als sonst, und irgendwie berühren meine Füße den Boden nicht mehr. Keine Ahnung, wie das möglich sein soll, doch dieser Augenblick könnte von mir aus ewig dauern. Zum ersten Mal seitdem Mam mir eröffnet hat, dass wir nicht in den

Urlaub fahren, bin ich richtig glücklich. Und alles, alles andere ist Millionen Meilen weit fort.

Der Film ist schrecklich. Doch das ist egal. Wichtig ist Keanu, der neben mir sitzt und seinen Arm um meine Schultern gelegt hat. Er riecht nach Deo und Sommer. Ich spüre seine Haare, die mich an der Wange kitzeln, und wenn ich die Luft anhalte, dann höre ich sein Herz klopfen. Er ist mir unheimlich nahe. Auf eine neue Art. Sie macht mich atemlos und schwindelig. Gestern hingegen verspürte ich eine Nähe zu ihm, die sich vertraut und selbstverständlich anfühlte. Keanu bringt mich wirklich ganz und gar durcheinander.

Als das Licht wieder angeht, habe ich Angst aufzuwachen, obwohl ich gar nicht träume.

Hand in Hand laufen wir wieder nach Hause.

»Das war ein sehr dummer Film«, sagt Keanu.

»So richtig dumm«, bestätige ich.

»Das tut mir leid.«

»Du kannst doch gar nichts dafür. Du hast ihn doch nicht gedreht.«

»Aber ich habe dich verführt, ihn anzuschauen. Wir hätten auch einen anderen erwählen können.«

Ich muss lachen.

»Warum lachst du?«

»Es hört sich süß an, wie du manche Sachen sagst«, erkläre ich noch immer außer Atem.

Wir sind vor unserem Eingang angekommen und bleiben

mitten auf der Straße stehen. Keanu schaut mir von oben in die Augen.

»Schläfst du wieder bei deiner Großtante?«, frage ich.

»Ja. Eine Matratze trocknet sehr langsam.«

Ich nicke, als hätte ich damit Erfahrung. Keanus Augen strahlen so hell, dass ich fast wegschauen muss.

»Das war ein sehr schöner Abend. Obwohl der Film blöd war«, sagt er.

»Finde ich auch. Also Ersteres. Und Zweiteres auch.«

Ich halte es nicht mehr aus und senke den Kopf. Mein rechter Chuck hat ein Loch, und man kann meine große Fußzehe sehen. Ich wackle damit hin und her.

Keanu legt eine Hand unter mein Kinn und drückt mein Gesicht sanft wieder nach oben. »Darf ich dir endlich einen Kuss geben, Mo? Oder wirst du wieder zurücktreten?«

»Du darfst«, flüstere ich. Es hört sich an wie das heisere Krächzen einer Krähe.

Mein Magen hüpft, meine Füße kribbeln. Keanu beugt sich mir entgegen, und ich schließe erwartungsvoll die Augen.

Da werde ich zurückgerissen.

»Nein! Nein, das ist falsch«, schreit mich jemand an. Ein saurer Geruch steigt mir in die Nase.

Ich befreie mich aus dem Griff des Obdachlosen, der uns mit eisblauen Augen anblitzt und heftig den Kopf schüttelt.

»Entschuldigen Sie bitte mal!«, fahre ich ihn an. »Was fällt Ihnen denn ein?«

Aber Keanu tritt auf den Obdachlosen zu und nimmt vorsichtig seine Hand. »Es ist alles gut.«

Der alte Mann scheint äußerst erregt zu sein. »Es ist falsch, ganz falsch«, stammelt er.

»Bitte beruhige dich«, sagt Keanu mit einer sanften Stimme. »Komm, ich bringe dich nach Hause.«

Wie ein kleines Kind lässt sich der alte Mann von Keanu führen.

»Du weißt, wo er wohnt?«, frage ich überrascht.

»Ja, hier bei euch im Haus. Das ist mein Großonkel. Erwin Zimmer.«

Perplex starre ich die beiden an. »Das habe ich nicht gewusst.«

Keanu nickt. »Das wissen die wenigsten. Erwin ist nicht gerne in geschlossenen Räumen und deshalb meistens draußen unterwegs.«

»Was macht ihr denn hier zusammen?«, ruft in dem Moment Mam hinter uns.

»Guten Tag, Anna«, sagt Keanu freundlich. »Wir waren im Kino in einem sehr schlechten Film, und wir haben ein Eis gegessen. Mango und Papaya.«

»Das ist schön«, sagt Mam.

»Ich bringe jetzt meinen Großonkel nach Hause.«

Ich bin immer noch sprachlos.

»Dein Großonkel?«, ruft Mam verblüfft.

Im Treppenhaus verabschieden wir uns voneinander.

»Bis morgen, Mo.« Keanu hat tausend Fragen in den Augen.

»Bis morgen«, sage auch ich und hoffe, dass er zumindest eine Antwort darin lesen kann.

Morgen ist ein neuer Tag.

Mam und ich gehen weiter die Treppe hoch.

»Ihr hättet euch beinahe geküsst, wenn der Obdachlose, ähm, ich meine Herr Zimmer … das ist doch ganz und gar unglaublich … wenn also Herr Zimmer nicht dazwischengegangen wäre, oder?«, fragt sie und schließt die Wohnungstür hinter uns.

»Ich weiß nicht. Vielleicht«, murmele ich.

Mam kommt auf mich zu. Sie legt die Arme um mich und schaut mich aufmerksam an. »Was ist los?«

Ich winde mich aus ihren Armen. »Irgendwie ist gerade alles so überaus seltsam. Wusstest du, dass der Obdachlose Herr Zimmer ist?«

»Nein, das wusste ich nicht, obwohl wir nun schon seit fünf Jahren in diesem Haus wohnen«, sagt Mam.

Ich gehe ans Fenster und schaue in die Wohnung gegenüber.

»Ich mag Keanu wirklich gerne. Aber ich weiß nicht, ob ich mich von ihm küssen lassen möchte.« Dann drehe ich mich zu Mam. »Aber eigentlich geht dich das Ganze wirklich überhaupt gar nichts an.«

Mam lacht hell auf. Es klingt seltsam.

In dem Moment fällt mir erst wieder ein, dass ich enttäuscht und wütend auf sie bin. Mam ist eine Lügnerin.

Ich gehe in mein Zimmer und schlage die Tür hinter mir zu. Obwohl ich schon wieder ein unglaubliches Bedürfnis nach einem Bad habe, gehe ich in mein Bett und ziehe zur Sicherheit die Decke über meinen Kopf.

16.

Mir ist entsetzlich kalt, und irgendetwas ist ganz und gar verkehrt.

Nur wenige Sekunden zuvor schwebte ich noch zwischen den dicken Algenstängeln herum, schaute den Luftblasen nach und spürte die Sehnsucht nach der Tiefe in meinem Bauch rumoren. Ein Fischschwarm schwamm vorbei. Ich schaute ihm lange nach. Das hielt mich davon ab, dem blauen Leuchten zu folgen. Es war zwar gar nicht da, aber ich wusste ja, dass es im Höhleneingang auf mich wartete. Ich hatte Angst, dort hineinzuschwimmen. Aber ich wartete. Wartete auf Keanu. Mit ihm zusammen würde ich –

Dann wachte ich auf.

Und Wasser und die Fische waren immer noch da.

Wie gesagt, irgendetwas ist ganz und gar verkehrt.

»Was ist nun schon wieder los?«, flüstere ich mit bebenden Lippen. Obwohl ich mir ziemlich sicher bin, dass ich das gar nicht wissen möchte. Denn ich fühle mich absolut unwohl und würde gern noch einmal aufwachen. Dieses Mal wirklich und in meinem gemütlichen Bett.

Stattdessen fühle ich schlammigen Grund und stelle mich aufrecht hin. Das Wasser geht mir nur noch bis zu den Knien.

Ein kalter Windstoß streift mich, und ich bekomme eine Gänsehaut. Es ist mindestens die dritte. Meine Zähne klappern dermaßen, dass sich ein Nerv in meinem Kopf verkrampft und mich ein schlimmer Schmerz zusammenzucken lässt. Die Arme um meinen nackten Leib gepresst, versuche ich, irgendetwas zu erkennen. Aber es ist stockdunkel. Bin ich aus Versehen doch in die Höhle geschwommen? Ich weiß aber, dass ich nicht dort bin, wo ich dann wäre. Außerdem bin ich wirklich wach.

Weit über mir schält sich etwas Bekanntes aus der Dunkelheit. Der Sternenhimmel. Darunter unser Balkon.

Ich stehe in einer mondlosen Nacht nackt im Zierfischteich im Garten des Nachbarhauses.

Diese seltsame Gier nach Wasser, die mich seit dem Nachmittag begleitet, muss mich hierhergeführt haben. Dabei wusste ich gar nicht, dass die vom Nachbarhaus einen kleinen Fischteich angelegt haben. Ich muss schlafend und nackt herumgewandelt sein. Hoffentlich hat mich niemand dabei beobachtet.

Mams Schlafzimmerfenster ist plötzlich hell erleuchtet. Spürt ihr liebendes Mutterherz, dass ich hier draußen stehe und in allergrößter Not bin? Kommt sie, um mich zu retten? Vor Erleichterung vergesse ich sogar, dass ich sehr wütend auf sie bin und eigentlich nicht mit ihr reden möchte.

Da öffnet sich das Tor zur Straße, und jemand kommt in den Hof gelaufen. Bevor ich ihn erkenne, rieche ich, dass es der Obdachlose oder besser gesagt Herr Zimmer ist. Er läuft geradewegs auf mich zu. Ich versuche, mit meinen Händen meine Blöße zu bedecken. Sieht er denn nicht, dass ich nackt bin? Mal davon abgesehen, dass ich hier mitten in der Nacht im Fischteich in Nachbars Garten bade. Da gebietet es doch die Höflichkeit, dass er sich wegdreht und nicht direkt auf mich zuläuft. Doch genau das tut er. Halb empört und halb erwartungsvoll blicke ich ihm entgegen. Er bleibt vor mir stehen.

»Entschuldigen Sie bitte, ich bin nackt«, sage ich vorwurfsvoll. Doch das kümmert ihn nicht im Geringsten. »Ich habe Sie verstanden, Herr Zimmer. Sie wollen nicht, dass Ihr Großneffe und ich uns –« Ich unterbreche mich selbst. Wollte er das wirklich nicht? Ist er nicht viel zu verwirrt, um überhaupt zu verstehen, was andere Menschen tun?

Der alte Mann fährt sich durch die verfilzten Haare. »Er wacht nicht auf. Du musst ihn wecken«, nuschelt er. »Du musst ihn wieder aufwecken.« Er wirkt völlig aufgelöst.

»Klar, das mache ich gern«, beruhige ich ihn. »Sie müssten mir nur sagen, wen ich wecken soll.«

»Ich hole dich morgen ab«, sagt er und setzt abrupt seinen Weg bis zu unserem Grundstück fort.

Auch die Mauer davor kann ihn nicht aufhalten. Erstaunlich behände erklimmt er sie und lässt sich auf der anderen Seite wieder hinab.

»Es ist noch nicht deine Zeit für das Wasser, auch wenn der Wunsch stärker wird. Du könntest solange in einen Schwimmverein eintreten«, höre ich ihn von der anderen Seite raunen.

Ungläubig starre ich auf das Mauerstück, über das er eben verschwunden ist.

An den alten Backsteinen huscht etwas entlang. Ratten oder Mäuse, wahrscheinlich beides. Ich hoffe, dass die noch mehr Angst vor mir haben als ich vor ihnen, und taste mich barfuß durch das Gestrüpp zum Fuße der Mauer. Dann nehme ich denselben Weg wie Herr Zimmer und klettere in unseren Hof hinüber.

Blöderweise ist die Hintertür ins Treppenhaus hinter ihm wieder ins Schloss gefallen. Von außen kann man sie ohne Schlüssel nicht öffnen.

»Mam!«, rufe ich.

Zum ersten Mal bedaure ich, dass wir im Dachgeschoss wohnen. Meine Mutter hört mich nämlich nicht. Dafür schallt ihr Lachen zu mir hinunter.

»Mam, hier unten!«, rufe ich lauter.

Sie kommt auf den Balkon gelaufen. »Mottchen? Bist du da unten?«, schreit sie in die Dunkelheit hinaus.

»Bitte hol mich rauf«, jammere ich.

»Was machst du denn im Hof?«

»Bitte, Mam, mir ist echt kalt. Kannst du aufmachen? Die Tür ist zu, und ich habe nichts an.«

»Du bist nackt?« Sie klingt völlig entsetzt. Aber das ist ja auch kein Wunder. »Warte, ich komme.«

Endlich öffnet sich die Hintertür, und Mam hüllt mich in eine dicke Jacke.

»Mensch, Lottchen, was machst du denn nackt im Hinterhof? Und wieso bist du nass?«, fragt sie und rubbelt mir durch die Haare.

»Ich war baden.«

»Baden? Wo warst du denn baden?«

»Im Fischteich.«

»In welchem Fischteich?«

»Im Nachbarhof gibt es einen Fischteich.«

»Seit wann haben die denn einen Fischteich?«, fragt Mam völlig perplex.

Beinahe muss ich lachen.

»Warum gehst du in einem Fischteich baden? Mitten in der Nacht?« Sie schaut mich an, als hätten mich alle guten Geister verlassen.

»Mam, können wir bitte hochgehen. Mir ist so kalt.«

»Ja, na klar«, sagt sie und führt mich, als hätte sie mich gerade schwer verletzt aus höchster Gefahr geborgen.

Oben verschwinde ich erst einmal im Bad und stelle mich unter die warme Dusche. Herr Zimmer geht mir nicht aus dem Kopf. Er wusste von dem Board und von meiner Gier nach Wasser. Er will nicht, dass Keanu und ich uns küssen. Ist er wirklich völlig verwirrt? Oder haben seine Worte eine tiefere Bedeutung? Dann könnte es tatsächlich sein, dass irgendjemand nicht aufwacht. Jemand, den ich wecken könnte. Herr Zimmer will mich morgen abholen. Himmel, ich habe ein Date mit einem Obdachlosen. Obwohl, das ist er ja eigentlich gar nicht wirklich. Trotzdem. Mein Leben ist wirklich in jedem Bereich total verrückt.

Erst im Bett unter meiner Decke höre ich endlich auf, mit den Zähnen zu klappern. Mam setzt sich zu mir auf die Matratze. Sie hat die senkrechten Falten zwischen den Augenbrauen.

»Ich hatte ganz große Lust auf Wasser und muss schlafgewandelt sein«, sage ich.

»Ach, mein liebes Karottchen«, flüstert Mam und streicht über meinen Kopf. »Es wird alles gut, das verspreche ich dir.«

Ich nehme ihre Hand und drücke sie. *Bitte sag mir doch, warum du mich angelogen hast.* Aber sie kann oder will meine Gedanken nicht lesen und entzieht mir ihre Hand wieder.

»Gute Nacht, Lottchen!« Sie steht auf und schließt die Tür hinter sich.

»Dann eben nicht«, sage ich wütend und meine es fast so.

Vielleicht sollte ich meine Tür abschließen, falls ich heute Nacht noch einmal losziehe? Aber wenn ich dann versuche, aus dem Fenster zu klettern? Wir wohnen 89 Stufen hoch. Lieber nicht.

Auf einmal habe ich den Geruch des Kelpwaldes in der Nase. Langsam wende ich den Kopf. Blau schimmert der Glasweg, der in die Höhle hineinführt. Die Tangstängel wiegen sich in der Strömung. Sehnsuchtsvoll schaue ich ihnen dabei zu.

Plötzlich platscht es neben mir. Zu Tode erschrocken starre ich auf den kleinen Fisch, der auf meiner Bettdecke zappelt. Er schillert in allen Farben des Regenbogens wie die Flügel eines Schmetterlings.

»Was machst du denn hier, Kumpel?«, flüstere ich.

Er antwortet nicht, und für einen Moment bin ich ziemlich enttäuscht. Anscheinend bin ich doch keine so großartige Fischeversteherin.

Allerdings verstehe ich seine Not. Denn er schnappt hilflos nach Luft und glotzt mich panisch aus seinen großen Augen an. Wenn ich ihn nicht sofort ins Wasser zurückbringe, wird er sterben. Ich nehme ihn in beide Hände und husche ins Bad. Dann zögere ich. Soll ich ihn in die Badewanne oder in den Fischteich auf dem Nachbargrundstück setzen? Aber er kommt doch aus dem Ozean, er braucht Salzwasser. Ich stöpsele den Wannenabfluss zu, lege den Fisch hinein und lasse lauwarmes Wasser einlaufen. Dann renne ich in die Küche, um Salz zu holen. Immerhin benutzen wir Meersalz zum Würzen.

Als ich ins Bad zurückkomme, steht Max vor der Badewanne und schaut ungläubig hinein.

»Ein Fisch«, sage ich.

Max zuckt vor Schreck zusammen und dreht sich zu mir um. »Was macht er in der Badewanne?«, fragt er.

»Er schwimmt«, sage ich.

Max nickt. Dann dreht er sich wieder zur Wanne und schüttelt den Kopf. »Eigentlich nicht.«

Ich werfe einen Blick ins Wasser. Der Fisch dümpelt auf der Seite in den Wellen des Strahls aus dem Wasserhahn.

»Oh nein, er stirbt!«, rufe ich und gehe vor der Wanne auf die Knie. Schnell öffne ich den Salzstreuer und lasse das Salz hineinrieseln. »Er braucht Salz, er kommt doch aus dem Meer.«

»Er stirbt nicht, Mo. Er ist schon tot«, sagt Max leise. »Das tut mir leid.«

Er hat recht, und mir schießen Tränen in die Augen. Ich kann sie nicht halten, und zwei Sturzbächen gleich brechen sie sich ihren Weg über meine Wangen.

»Der arme Fisch. Es ist meine Schuld. Ich habe ihn umgebracht«, jammere ich.

»Es ist nicht deine Schuld«, sagt Max, »sondern die der Nachbarn.«

Er hockt sich neben mich und legt den Arm um meine Schultern. Obwohl ich ganz verzweifelt bin, merke ich, dass sich das nicht unangenehm anfühlt. Ich bin froh, gerade nicht allein zu sein.

»Wieso denn die der Nachbarn? Was haben die denn damit zu tun?«, schluchze ich.

»Immerhin haben sie einen Salzwasserfisch in ihren Teich gesetzt.«

»Was denn für ein Teich?«, frage ich und streichle den armen Fisch.

»Na, der Gartenteich, in dem du vorhin ein Bad genommen hast. Dort hast du doch auch den Fisch her, oder?«

Max' Stimme klingt seltsam gedrückt. Ich wende mich ihm zu. Er hat ein ganz verzerrtes Gesicht. Was ist denn mit ihm los? Verwundert schaue ich ihn an. Da merke ich, wie viel Mühe er hat, sich ein Grinsen zu verkneifen.

Auf einmal pruste ich los. Ich weiß, warum das passiert. Übersprung. Max fällt in mein Lachen ein. Wir beide lachen eine Zeit lang aus vollem Hals, bis Mam plötzlich in der Badezimmertür steht.

»Was macht ihr hier?«, fragt sie verwundert. Dann entdeckt sie den Fisch in der Wanne. »Oh Karotte, du hast einen Fisch aus dem Teich mit hochgebracht. Warum denn das?«

»Ich habe es gar nicht bemerkt«, murmle ich. »Vielleicht hat er sich in meinen Haaren verfangen.« Plötzlich schäme ich mich, wegen meines Lachanfalls. »Der arme Fisch.«

Auch Max versucht schnell, zerknirscht zu gucken. »Der arme, arme Fisch«, wiederholt er, und beinahe muss ich wieder lachen. Obwohl mir der Fisch wirklich sehr leidtut.

»So einen habe ich noch nie gesehen«, sagt Mam.

»Wir sollten ihn … ähm, bestatten«, schlägt Max vor.

Ich werfe ihm einen Blick zu. Ganz sicher hätte er ihn normalerweise einfach in den Müll geworfen. Aber uns zuliebe will er ihn bestatten. Das ist richtig nett.

»Er braucht eine Seebestattung«, sagt Mam. »Er ist ja ein Fisch.«

»Sollen wir alle zusammen mit dem toten Fisch über die Mauer klettern und ihn in den Fischteich legen?«, frage ich.

»Der Ententeich im Park ist größer, da hätte er mehr Platz«, sagt Max.

»Der Ententeich ist viel zu weit weg, und wozu braucht ein toter Fisch viel Platz?«, wirft Mam ein. Doch dann hat sie eine Idee. »Das Klo!«

»Wie bitte?«, frage ich entgeistert.

»Wir werfen ihn ins Klo.«

»Aber Mam!«, rufe ich. »Das ist doch voll würdelos.«

»Wir werden es sehr, sehr feierlich tun«, sagt Max.

Dann übergeben wir den Fisch tatsächlich seiner letzten Ruhestätte, indem ich ihn in die Toilette gleiten lassen.

Mam drückt den Spülknopf. »Will noch jemand etwas sagen?«

Max räuspert sich und hebt mit getragener Stimme an. »Fischers Fritze fischt frische Fische.«

»Frische Fische fischt Fischers Fritze«, wiederholen Mam und ich leise.

17.

Ich hebe den Kopf aus dem Wasser und sehe die Welle auf mich zukommen. Grün und gewaltig. Gleich wird sie brechen. Da erblicke ich ihn. Er paddelt etwa zwanzig Meter vor mir hilflos im Wasser. Warum hat er kein Brett dabei? Was macht er überhaupt hier? Hier draußen ist man ohne Surfboard verloren. Ich muss ihn retten!

Tief unter der Brandung ist das Wasser ganz ruhig. Ich tauche ab und lasse die Welle über mich wegrollen. Als ich wieder auftauche, ist er verschwunden. Wurde er von den Wassermassen mitgerissen? Da erblicke ich weit draußen ein Surfbrett. Er liegt darauf und scheint ohnmächtig zu sein. Dahinter taucht der Kopf eines rothaarigen Mädchens aus dem Wasser. Mit kräftigen Stößen schwimmt sie immer weiter hinaus. Dabei schiebt sie das Surfbrett vor sich her. Oh nein!

Obwohl es aussichtslos ist, schwimme ich den beiden nach. Die Wellen bauen sich vor mir auf und schlagen über meinem Kopf zusammen, ich tauche durch die Wassermassen hindurch, schieße dahinter aus den Wellenrücken heraus und schwimme, so schnell ich kann, weiter. Zwischen den hohen Wogen sehe ich das Mädchen mit dem Surfbrett nicht mehr.

Erst als das Wellenset vorbeigelaufen ist, erblicke ich sie weit vor mir. Gerade zerrt sie ihn vom Brett, und dann verschwinden die beiden unter der Wasseroberfläche.

»Lea!«, schreie ich verzweifelt. »Nein!«

Eine nächste Welle schlägt mir entgegen, und ich verschlucke mich.

Hustend schrecke ich hoch. In meinem Zimmer ist es heiß und stickig. Es dauert eine Weile, bis ich dem Traum die Macht über meinen Körper endgültig wieder abgerungen habe. Ächzend stehe ich auf und öffne das Fenster. Der Wecker zeigt 3.12 Uhr. Ich habe entsetzlichen Durst. In der Küche trinke ich ein großes Glas Leitungswasser. Dieses Mal hilft es.

Die Tür zum Schlafzimmer meiner Mutter steht einen Spaltbreit offen. Ein Lichtstrahl fällt heraus. Auf Zehenspitzen schleiche ich darauf zu und lausche. Max ist nicht mehr da. Ein leises Schniefen dringt hinter der angelehnten Tür hervor. Mam weint. Ist sie etwa immer noch traurig wegen des kleinen bunten Fischs?

Vorsichtig gebe ich ihrer Tür einen Schubs. Meine Mutter sitzt auf ihrem Bett. Vor ihr steht eine Schachtel, die sonst in der unteren Schublade in ihrer Kommode eingeschlossen ist. Sie hält ein Foto in der Hand. Tränen tropfen von ihrem Kinn, während ihre Lippen lautlos Worte formen.

Was ist los mit dir?, möchte ich rufen. Aber etwas hält

mich davon ab. Nicht nur meine wieder aufflammende Enttäuschung über ihre Lügen. Mam scheint unendlich weit weg zu sein. Irgendwo, wo es mich nicht gibt. Oder noch nicht gab.

Als ich ein drittes Mal erwache, strahlt draußen die Sonne. Eine leichte Brise weht durch das geöffnete Fenster herein, und ich höre mindestens drei Amseln jubilieren. Ich bleibe einen Moment lang liegen und lausche ihrem Gesang. Auch diese völlig verrückte Nacht beginnt wie jede andere im Morgen zu verblassen.

Im nächsten Moment werfe ich die Decke zurück. Heute ist der vorletzte Schultag. Ich werde mir aber keinen weiteren oberpeinlichen Film anschauen, den einige Witzbolde ausgesucht haben und der die Lehrer erröten lässt. Die Zeugnisse sind sowieso geschrieben, und irgendwelche Fehltage werden nirgendwo auftauchen. Ich schlüpfe in Shirt und Jogginghose und flitze die Treppe hinunter. Ich will zu Keanu.

Als ich auf die Straße trete, steht Herr Zimmer direkt neben unserem Hauseingang. Er sieht aus, als hätte er ein Bad genommen. Auch seine Hose ist gewaschen. Ich weiß nicht, ob mir das aufgefallen wäre, wenn ich nicht wüsste, dass er heute Nacht zu Hause war.

»Guten Tag«, begrüße ich ihn.

Er geht einfach weg.

»Herr Zimmer, warten Sie doch mal!«, rufe ich ihm nach.

Er bleibt tatsächlich stehen. Doch bevor ich bei ihm bin, läuft er weiter.

»Komm«, raunt er.

Er beschleunigt seine schlurfenden Schritte, dreht sich nicht um. Aber ich habe das Gefühl, er weiß, dass ich hinter ihm herlaufe.

Vor dem Krankenhaus bleibt er stehen, dreht sich zu mir um und ergreift meinen Arm.

»Herr Zimmer?«, schnaufe ich erschrocken.

»Du musst ihn aufwecken«, sagt er und schubst mich Richtung Krankenhauseingang.

Dann dreht er sich um und eilt davon. Verwirrt schaue ich ihm nach. Was soll das alles?

»Mo?«, höre ich jemanden hinter mir.

»Ulrike! Was machst du denn hier? Ich dachte, ihr seid auf Hawaii?«

Herrn Meiers Mutter reißt mich in ihre Arme. »Ach Mo, es ist so furchtbar«, schluchzt sie an meiner Schulter. »Entschuldige bitte, dass wir dich noch nicht angerufen haben, wir haben einfach nicht dran gedacht.«

Plötzlich wird mir schlecht. »Was ist los?«, frage ich und fürchte mich vor der Antwort.

»Horst«, schnieft sie. »Er liegt im Koma.«

Ich spüre, dass ich mich jeden Moment übergeben werde. Meine Knie geben nach. Ich halte mich an der weinenden kleinen Frau in meinen Armen fest.

»Was ist denn passiert?«, stammele ich.

Ulrike löst sich von mir und sucht nach einem Päckchen Taschentücher in ihrer Tasche. Sie gibt mir auch eines. »Er wurde überfallen. Vor drei Tagen. Gar nicht weit von deinem Haus. Jemand schlug ihn mit einem Brett nieder.«

Ich kann nicht glauben, was ich höre. Herr Meier liegt im Koma, und ich wusste nichts davon. Stattdessen war ich neidisch, weil ich ihn unter Palmen am Strand wähnte. Oh Himmel, was bin ich für eine furchtbare Freundin! Ich hätte spüren müssen, dass etwas nicht stimmt. Er hätte mich längst angeskypt, wenn er es gekonnt hätte. Herr Meier hat noch nie ein Versprechen gebrochen.

»Wer war das? Und warum?«

»Das wissen wir nicht«, antwortet sie und schnaubt ein weiteres Mal ihre Nase.

Fünf Minuten später sitze ich neben seinem Bett. Er sieht gar nicht so schlimm aus, wie ich befürchtet habe. Sein Kopf ist auf einer Seite geschoren, und dort ist eine schwarz verkrustete Narbe. Sie ist zum Glück nicht groß.

»Herr Meier«, sage ich und nehme seine Hand. Ich versuche, nicht auf die Schläuche zu achten, die in seinen Unterarm und in seine Nase führen. Ich will auch das Piepen der Geräte nicht hören. »Herr Meier, wie konnte das passieren? Wer war das? Und warum? Warum? Warum?«

Ich kann nicht mehr an mich halten, sondern lege den Kopf

auf seine Brust und weine. Am liebsten hätte ich mit beiden Fäusten auf ihm herumgetrommelt. Das muss doch ein Scherz sein! Allerdings ein ganz übler.

»Herr Meier, hör sofort auf mit dem Scheiß!«, sage ich zwar laut, aber nicht so laut, wie ich gern würde. Denn eigentlich will ich ihn anschreien.

In dem Moment wird mir etwas klar. »Herr Meier, der Obdachlose, der eigentlich Herr Zimmer ist, hat es gewusst! Er wusste es die ganze Zeit«, rufe ich unter Tränen. »Er sagte, ich muss dich wecken. Herr Meier, hörst du mich? Herr Zimmer sagte, ich muss dich wecken. Wenn der das sagt, dann kann ich das auch. Also los, wach auf! Es ist spät, Herr Meier. Du musst jetzt aufwachen.«

Vielleicht muss ich ihn küssen? Wie der Prinz das schlafende Dornröschen wach küsste, und das nach einhundert Jahren. Was sind dagegen schon drei Tage? Nichts weiter als ein Wimpernschlag der Zeit.

Ich beuge mich vor und nähere mich seinem Gesicht. Es riecht nach Bittermandeln und Desinfektionsmitteln. Mein Herz überschlägt sich, und ich habe das Gefühl, jeden Moment ohnmächtig zu werden. Meine Tränen tropfen von meinem Kinn auf seine Lippen.

»Willst … du mich … etwa küssen?«, flüstert Herr Meier da stockend und kratzig. Als hätte er seine Stimme erst verloren und dann in einem verwahrlosten Eck wiedergefunden.

Ich fahre vor Schreck zusammen. »Das würde mir im

Traum nicht einfallen!« Dann fange ich wieder an, haltlos zu schluchzen. »Herr Meier! Herr Meier! Was machst du denn nur für einen Scheiß.«

Ganz langsam hebt er die Hände, legt sie um mein Gesicht und drückt meinen Kopf sacht auf seine Brust zurück. Dort liege ich, schluchze und weine, während er schwerfällig über mein Haar streicht.

»Ich bin doch wieder da … Es ist alles gut … meine liebe Mo«, raunt er.

Aber ich kann nicht aufhören. Eine furchtbare Mischung aus unsäglichem Schreck, tiefster Erleichterung, völliger Hilflosigkeit und totaler Erschöpfung hat mich fest in ihrem Griff. Am liebsten würde ich stundenlang auf Herrn Meiers Brust liegen und einfach nur weinen, weinen, weinen. Tagelang.

Doch da wird die Tür aufgerissen. Eine Ärztin und zwei Pfleger stürzen herein.

»Guten Morgen, Horst!«, sagt die Ärztin. »Na, endlich ausgeschlafen?«

Sie schieben mich beiseite und beginnen, Verschiedenes an Herrn Meier zu messen und zu kontrollieren. Ich wische mir schnell über mein verheultes Gesicht.

»Hier ist gerade so viel los, ich komme besser später wieder«, murmele ich und wende mich zum Gehen.

»Okay«, sagt Herr Meier mühsam und versucht sein Grinsen. Es klappt noch nicht.

Er winkt mich zu sich, und ich beuge mich über ihn.

»Mo, es war der Obdachlose«, flüstert er mir ins Ohr »Er hat mich überfallen.«

»Warum hat er das getan?«, rufe ich verblüfft.

»Ich weiß es nicht.«

Dann schieben sie Herrn Meier weg.

Verloren stehe ich im plötzlich leeren Zimmer und verstehe überhaupt nichts mehr. Warum hat Herr Zimmer Herrn Meier mit einem Brett ins Koma geschlagen?

Ich rufe auf Keanus Handy an. Doch er geht nicht ran.

Als ich aus dem Krankenhaus trete, laufe ich Mam in die Arme.

»Mottchen, was ist denn mit dir los, du siehst ja aus wie der Tod.«

»Und das direkt vor dem Krankenhaus«, rutscht es mir heraus.

»Warum bist du nicht in der Schule?«

Bevor ich antworten kann, kommen mir wieder die Tränen, und Mam reißt mich in ihre Arme.

»Meine liebe Karotte«, flüstert sie in meine Locken. »Was ist los?«

»Können wir bitte zum Frühstück Torte essen gehen?«, frage ich.

»Auf alle Fälle. Sieht so aus, als brauchtest du die jetzt sehr dringend.«

»Du hast ja keine Ahnung, wie sehr«, murmle ich.

Mam hakt mich unter und führt mich zu dem kleinen Café,

in das wir manchmal gehen. Weil sie dort die beste Torte der Welt haben. Ich bestelle mir zur Sicherheit gleich zwei Stücke.

Zwischen den süßen Gabeln erzähle ich, was Herrn Meier passiert ist.

»Das kann doch nicht wahr sein!«, ruft Mam fassungslos. »Warum hat Herr Zimmer das getan?«

Ich weiß es doch auch nicht. Aber es muss ein Versehen gewesen sein. Sonst hätte er mich doch nicht zu Herrn Meier gebracht, damit ich ihn aufwecke. Woher wusste er nur, dass ich das konnte?

Zwischen Schreck, Erzählen und Torte bleibt kein Platz für meine Enttäuschung wegen Mams Lügen. Oder für meine Fragen an sie. Sie fallen einfach runter und bleiben irgendwo im Nichts liegen. Ich weiß nicht, wie lange sie da bleiben. Aber gerade habe ich das Bedürfnis, gemeinsam mit Mam im Café zu sitzen und Torte zu essen. Tief in mir rumort eine beklemmende Angst. Dass etwas endgültig zerbrechen könnte, wenn ich mich zu schnell bewegen oder zu laut sprechen würde. Es passiert gerade so unfassbar viel, dass ich es kaum aushalte. Noch etwas Zerbrochenes könnte ich auf keinen Fall ertragen.

Auf dem Heimweg bekomme ich eine Nachricht von Katha. Sie fragt, ob ich ihr wegen der Diebstahlsache böse sei. Da muss ich plötzlich wie verrückt lachen. In all dem Tohuwabohu, zu dem mein Leben gerade verkommt, habe ich den Ausflug zur Polizei mit Katha beinahe vergessen. Dabei war das nun wirklich nicht nichts.

18.

Keanu öffnet nicht, als ich bei ihm klingle, und er geht auch nicht ans Telefon. Randvoll mit Unruhe schreibe ich ihm, dass ich zu Hause auf ihn warte.

Ich sitze auf meinem Schreibtisch, blicke hinaus in den Himmel, ohne ihn und seine Zuckerwattewolken wirklich zu sehen, und denke nach.

Herr Zimmer wollte ganz sicher nicht, dass Herr Meier ins Koma fällt. Sonst hätte er mich ja nicht zu ihm gebracht, damit ich ihn wecke. Warum hat er ihn aber überhaupt niedergeschlagen? Auf alle Fälle werde ich Herrn Meier später noch mal im Krankenhaus besuchen. Ich habe ihn so sehr vermisst. Mir kommt es vor, als wären Jahre vergangen, seit wir uns das letzte Mal gesehen haben.

Außerdem muss ich mich unbedingt mit Keanu treffen. Ich möchte bei ihm sein. Ganz nahe. Wir sind verbunden, und ich muss mehr darüber wissen. Warum meldet er sich nicht? Warum will ich ihn nicht küssen? Warum will Herr Zimmer das nicht? Es ist alles so verwirrend.

Am liebsten würde ich einfach losrennen. Obwohl ich gar nicht weiß, wohin. Ins Aquarium zum sprechenden Rochen? Oder zu Koa? In den Sonnenaufgang oder bei Zimmers klingeln? Mein Verstand gibt sich wirklich große Mühe, einfach nicht zu glauben, was alles passiert. Aber seit Keanu und ich im Ozean standen, kann ich mir nicht mehr vormachen, dass ich unter Halluzinationen leide.

Ich nehme meine Zeichnung und starre darauf. Warum gibt sie mir ihr Geheimnis nicht endlich ganz preis? Ich würde so gerne wissen, nicht nur ahnen und vermuten. Die Buntstiftlinien bewegen sich nicht. Kein blaues Leuchten erhellt den Eingang der Höhle.

Ich hänge den Rahmen wieder an die Wand. Greife dann nach der fantastischen Holzbox, nehme die einzelnen Figuren heraus. Sie sind so wunderschön. Mein Herz beginnt zu schmerzen, Sehnsucht zerrt in meinem Bauch.

Warum lügt Mam mich an? Welches Geheimnis steckt hinter meiner Sammlung? Was ist mit meinem Vater? Ist er der Mann mit dem tätowierten Arm? Warum darf ich das nicht wissen? Und auch nicht, dass wir zweimal umgezogen sind? Was ist in der Schachtel aus Mams unterster Kommodenschublade?

Es ist, als würde ich unendlich viele verschiedene Fäden in Händen halten. Ich bin mir ganz sicher, dass sie miteinander verwoben einen einzigartigen Teppich mit einem unglaublichen Muster ergeben würden. Ich muss sie nur verknüpfen. Aber wie?

»Ich hab dich lieb«, flüstere ich auf einmal vor mich hin. Ich weiß selbst nicht, warum ich das tue oder wen ich damit eigentlich meine. Mam? Herrn Meier? Keanu? Oder jemanden, von dem ich nicht weiß, ob ich ihn kenne?

Ich dich auch, antwortet der kleine Rochen.

Ich schrecke zusammen. Die Stimme war ganz deutlich zu hören.

»Aber nur in dir drin, du Dummchen«, schimpfe ich mit mir selbst, obwohl ich mir das eigentlich nicht glaube.

Schließlich halte ich es einfach nicht mehr in meinem Zimmer aus. Keanu hat sich noch immer nicht gemeldet, darum renne ich noch einmal ins Krankenhaus.

Herr Meier liegt in seinem Bett, hält die Fernbedienung in der Hand und probiert die verschiedenen Stellungskombinationen von Kopf-, Fuß- und Mittelteil der Krankenhausliege durch.

»Setz dich doch«, sagt er und lässt das Bett einladend nach unten fahren.

Dann bringt er den Kopfteil in eine aufrechte Position, sodass wir uns direkt in die Augen schauen können. Die seinen strahlen sehr grün aus einem schrecklich blassen Gesicht. Seine Nasenlöcher sind blutverkrustet. Der ungewohnte Sidecut macht das Ganze nicht wirklich besser. Irgendwie sieht die Narbe jetzt auch größer aus. Ich umarme ihn so vorsichtig, als wäre er ein Vögelchen.

»Du fängst jetzt aber nicht wieder an zu weinen, oder?«, fragt Herr Meier.

»Nie im Leben«, sage ich und beiße auf meine zitternde Unterlippe. »Hast du Schmerzen?«

Herr Meier schüttelt den Kopf, schließt dann aber kurz die Augen, als wäre ihm schwindelig. »Mein Gehirn braucht noch etwas länger. Zumindest beim Bewegen. Ansonsten geht es mir gut. Ich versuche, mich nach Kräften zu amüsieren. Leider wollen das die Schwestern nicht zulassen. Sie faseln etwas von Ruhe, diese Spaßbremsen.«

»Meinst du, das Koma hat dich einige Gehirnzellen gekostet? Oder bist du immer noch hyperintelligent?«, frage ich.

»Einige Millionen Hirnzellen mehr oder weniger würden keinen Unterschied machen.« Herr Meier grinst mich an.

Ich muss lachen und atme auf. Es geht ihm wirklich gut. Zumindest nicht megaschlecht. Vor Erleichterung fange ich doch wieder an zu weinen.

»Oh Mottchen«, stöhnt Herr Meier. »Kannst gerne meine Bettdecke zum Hineinschnauben benutzen.«

Er nimmt meine Hand. Besonders kräftig fühlt sich sein Händedruck jedoch nicht an.

»Was meinst du, warum hat der Obdachlose mich mit dem Brett niedergeschlagen?«

»Herr Zimmer, er heißt doch Herr Zimmer. Ich verstehe es auch nicht. Warum ausgerechnet dich? Du bist der Einzige, der immer mit ihm spricht.«

»Kannst du ihn fragen, Mo? Ich kann das niemandem erzählen. Meine Eltern würden ihn anzeigen, und das möchte ich nicht. Ich glaube nicht, dass es aus Verwirrung geschah oder weil er sich bedroht fühlte. Er entschuldigte sich, Mo. Er hat es mit Absicht getan und sich dabei entschuldigt. Und ich will wissen, warum.«

»Das mache ich, ich frage ihn«, verspreche ich und hoffe, dass ich eine Gelegenheit dafür bekomme.

Meine Tränen sind versiegt, und ich wische mir mit der Bettdecke über das Gesicht.

»Ich habe übrigens meine Mails gecheckt«, sagt Herr Meier. »Es hat mich sehr berührt, wie sehr du mich vermisst hast.«

Ich erwidere sein Grinsen.

»Zwölf Mails. Das ist beachtlich. Wenn ich es nicht besser wüsste, könnte ich auf den Gedanken kommen, du wärst doch in mich verliebt.«

Beinahe frage ich ihn, wie oft Lea geschrieben hat. Doch dazu lässt er mir zum Glück keine Zeit.

»Der Insektenforscher hat sich übrigens auch gemeldet. Der Flügel hat ihm wohl keine Ruhe gelassen, und er hat noch einmal nachgeforscht.«

Ein seltsames Vibrieren breitet sich in meinem Bauch aus. Mir wird ein bisschen übel. Dabei habe ich reichlich gefrühstückt. Zwei Stück Torte. Ich greife nach dem Wasserglas auf Herrn Meiers Nachttischchen.

»Und? Was schreibt er?«, frage ich und trinke einen großen Schluck.

Es kommt mir unendlich lange her vor, dass wir uns den blauen Flügel zusammen angeschaut haben. Und Herr Meier hat keine Ahnung, was in der Zwischenzeit alles passiert ist.

»Er denkt, dass es gar kein Flügel ist«, sagt er nachdenklich. »Sondern eher so etwas wie eine kleine Flosse.«

»Eine Flosse? Wie die von einem Fisch?«, krächze ich und trinke noch einmal aus dem Glas.

»Mhm.«

Die Tür wird aufgerissen und eine Schwester will Herrn Meier zu verschiedenen Untersuchungen mitnehmen. Bevor es hektisch wird, verabschiede ich mich schnell.

»Du erzählst es mir morgen, okay?«, sagt Herr Meier leise.

»Was?«, frage ich.

»All die Dinge, die diese Sorgenfalten in dein Gesicht malen.«

Ich nicke. Herr Meier und Geheimnisse gehen einfach nicht zusammen. Das macht mich so froh, dass ich lächeln muss.

Herr Meier guckt erst etwas irritiert, doch dann grinst er breit. »Oder ist gar nichts Wichtiges passiert so ganz ohne mich?«

Es ist eine unfassbar große Menge passiert, Herr Meier, und ich möchte so gerne mit dir über alles reden. Allerdings haben Keanu und ich abgemacht, dass wir niemandem etwas vom Ozean aus der Glaskugel sagen. Und auch von der Nähe zwischen Keanu und mir kann ich Herrn Meier nicht erzählen. Allein daran zu denken und ihn dabei anzuschauen, fühlt sich total verkehrt an.

»So, wir müssen«, sagt die Schwester und schiebt das Bett mit Herrn Meier darin aus der Tür.

Plötzlich breitet sich ein sehr seltsames Gefühl in mir aus. Wie soll das denn nun werden, wenn Herr Meier und Keanu beide da sind?

Zehn Minuten später klingele ich im Haus gegenüber. Es dauert eine Weile, bis der Summer ertönt. Oben erwartet mich Keanus verschlafenes Gesicht unter völlig verstrubbelten Haaren.

»Hast du etwa bis eben geschlafen?«, frage ich überrascht.

Keanu nickt. »Die Träume werden immer intensiver und auch viel länger. Darum muss ich sogar öfter die Schule ausfallen lassen. Oder eben das Leben. Dieses Leben hier jedenfalls.«

Wir schauen uns an. Ich nicke. Ich weiß, was er meint.

In seinem Zimmer setzen wir uns auf eine Isomatte am Boden. Ich schaue mich um. Alles wirkt noch klamm. Die Matratze ist gegen die Wand gelehnt.

»Du schläfst also lieber hier als drüben. Trotz der feuchten Widrigkeiten«, stelle ich fest.

Keanu nickt. »Meine Tante ist eine Liebe. Aber ich muss allein sein.« Dann schaut er mich aufmerksam an. »Dürfte ich mir einen Kaffee kochen, bevor wir über ernste Dinge reden? Ich bin noch sehr unausgeschlafen.«

»Klar«, antworte ich ergeben.

Wir gehen in die Küche. Sie ist nigelnagelneu eingerichtet. Keanu setzt den Wasserkocher auf und gibt etwas Fertigkaffeepulver in eine Tasse.

»Möchtest du auch einen?«

»Gerne«, sage ich, obwohl ich noch niemals Kaffee getrunken habe.

Wir schütten Milch und Zucker in das braune Gebräu und tragen die Tassen in Keanus Zimmer. Dort setzen wir uns wieder auf den Boden. Ich nehme einen Schluck. Er ist zu heiß und schmeckt scheußlich. Ich kann mich gerade noch zusammenreißen, bevor ich ihn wieder ausspucke.

Als ich Keanu anschaue, verkneift er sich ein Lächeln. »Schmeckt dir mein Kaffee nicht?«

»Ich mag eigentlich überhaupt keinen Kaffee, glaube ich.«

»Ach, so ist das«, sagt Keanu mit einem breiten Grinsen und trinkt selbst einen Schluck. Ihm scheint die Brühe zu schmecken.

»Was weißt du, was ich nicht weiß?«, platze ich heraus.

Keanu blickt mich an. Seine Augen sehen aus wie geschmolzenes Eis. Was denke ich denn da? Geschmolzenes Eis ist doch Wasser. Er lächelt. Nicht breit wie sonst, sondern nur mit einem Mundwinkel. Ich sehe, dass er versteht. »Du wunderst dich, warum ich so ruhig sein kann, obwohl um uns herum die unglaublichsten Dinge geschehen«, stellt er fest.

Ich nicke. »Zumindest ruhiger als ich.«

Keanu beginnt zu erzählen. »Es gibt jemanden. Oder besser, eine Stimme, die ich höre.«

»Der kleine Rochen«, flüstere ich aufgeregt.

Keanu grinst mich überrascht an. »Nein, kein Fisch. Eine körperlose Stimme. Obwohl ich ihn trotzdem vor mir habe.

Ihn in mir spüre. Als wüsste ich, wer es ist. Auch wenn ich ihn noch nie gesehen habe. Klingt kompliziert, oder?«

Ich schüttele übertrieben heftig den Kopf. Er soll nicht aufhören, mir alles zu erzählen, nur weil er befürchtet, ich verstünde es nicht. Denn das tue ich.

»Er redet seit vielen Monaten mit mir. Gibt mir Rat und Mut und Kraft. Er mahnt zur Geduld. Aber ich werde ihn bald treffen.«

»Es ist also ein Er?«, flüstere ich.

Keanu nickt.

»Mit einer sehr tiefen Stimme?«

Keanu nickt wieder. »Du hörst ihn auch?«

»Ich dachte ja erst, es wäre dieser kleine Rochen im Aquarium. Aber vielleicht ist es doch eher der Stammesführer der geheimnisvollen Art, der wir angehören?«, schlage ich wispernd vor.

Jetzt grinst Keanu sehr breit. »Ich gebe zu, alles deutet darauf hin, dass wir in eine sehr fantastische Geschichte verwickelt sind. Aber warum sollten wir einer fremden Spezies angehören?«

»Keine Ahnung«, murmele ich. »Vielleicht wegen unserer Augen. Oder wegen der kleinen Ozeane in unseren Händen. Das ist nicht besonders normal. Vielleicht auch, weil wir mit Fischen reden können. Und weil wir Portale in eine Unterwasserwelt gezeichnet haben. Ich kann aber gar nicht malen.«

Wir sitzen uns gegenüber. Ganz nah. Unsere Knie berühren sich. Wir schauen uns an. Plötzlich ohne jedes Lächeln, atemlos, erschrocken, erregt und auf eine sehr seltsame Weise glücklich.

»Wie viele Gründe brauchen wir noch?«, flüstere ich heiser.

»Keinen«, raunt Keanu.

»Meinst du, es wird gefährlich?«

Er nimmt meine zitternden Hände in die seinen. »Hab keine Angst, Mo. Es gibt mehr zwischen Himmel und Erde, als wir wissen. Mein Stiefvater war Hawaiianer. Wir standen uns sehr nahe. Viel näher, als meine Mutter und ich uns sind. Ich bin mit den alten Legenden aufgewachsen. Er hat sie mir erzählt. Von Anfang an. Ich glaube daran. Und ich weiß, dass wir keine Angst haben müssen.«

»Okay«, sage ich, als wäre jetzt alles klar.

»Du siehst auch aus wie ein Hawaiianer«, wechsle ich das Thema, um mal in Ruhe atmen zu können.

»Stimmt. Das muss allerdings an meinem leiblichen Vater liegen. Denn meine Mutter ist halb Deutsche und halb Amerikanerin. Aber sie und mein Vater wohnten ja auf O'ahu. Darum kann das schon sein.«

»Das war übrigens eine riesige Überraschung für mich, dass du mit Frau Zimmer verwandt bist. Und vor allem, dass der Obdachlose Frau Zimmers Mann ist. Er hat Herrn Meier ins Koma geschlagen.«

Ich sage das, als wäre es nur eine Nebensache. Das fühlt sich nicht gut an. Als wollte ich kleinmachen, dass Herr Meier hier im Krankenhaus liegt und nicht auf Hawaii durch die Wellen hopst. Weil ich seltsam zerrissen bin und gerade nicht weiß, ob ich lieber bei ihm im Krankenhaus oder hier bei Keanu sein möchte. Aber vielleicht ist das gar nicht die Frage. Denn mit beiden verbindet mich unfassbar viel. Mit Herrn Meier die große Freundschaft in der Wirklichkeit. Mit Keanu die unendliche Sehnsucht nach der ozeanischen Tiefe unserer Träume. Ich möchte mit beiden zusammen sein. Geht so etwas?

»Wie bitte?«, ruft Keanu verblüfft und reißt mich aus meinen Gefühlen.

Ich erzähle ihm, was ich weiß.

»Das ist wirklich tragisch. Erwin ist total verwirrt. Dabei war er eigentlich Professor. Er hat an der Universität in San Diego doziert. Aber dann ist etwas passiert, das ihn total verändert hat. Danach sind meine Tante und er wieder hierhergezogen. Und wie er jetzt ist, weißt du ja. Ich glaube nicht, dass er deinen Freund ernsthaft verletzen wollte.«

»Ganz sicher nicht. Er hat sich dabei sogar entschuldigt. Aber warum hat er es überhaupt getan?«

Keanu zuckt die Schultern.

Ich fühle mich ihm so nahe. Ich möchte diese Nähe nie wieder missen. Aber ich weiß plötzlich ganz genau, dass ich Keanu nicht küssen möchte. Das ist ziemlich verwirrend. Er ist total süß und wirklich schön. Sind wir etwa aus Versehen Freunde geworden, bevor wir uns ineinander verlieben konnten?

Keanu trägt eine Kette mit einem silbernen Medaillon um den Hals. Die ist mir schon öfter aufgefallen. Ich deute darauf. »Ist da ein Bild deiner Eltern drin?«

»Nein. Es ist ein Glücksbringer«, sagt er und nimmt die Kette ab.

Er öffnet das Medaillon und reicht es mir. Als ich es öffne, stockt mir der Atem. Er ist kleiner als meiner, aber in einer der silbernen Hälften klemmt ein blau leuchtender Flügel. Oder eine kleine Flosse.

19.

Endlich sind auch die letzten drei Stunden dieses Schuljahres vorüber. Mein Zeugnis würde ich am liebsten unter den Schrank zu den vergessenen Elternbriefen legen. Vielleicht würde das sogar klappen. Mam denkt gerade genauso wenig an meine Noten wie ich. Wir haben Wichtigeres zu tun. Unser Leben leben.

Ich besuche sofort Herrn Meier im Krankenhaus.

»Wow!«, macht er, nachdem alle Geschehnisse der vergangenen Tage aus mir herausgesprudelt sind wie Wasser aus einem kaputten Hydranten. Oder wie ein Ozean aus einer kleinen zerbrochenen Glaskugel. »Das ist übertrieben krass.«

Ich schaue ihn an. Macht er sich über mich lustig? Das wäre furchtbar. Ich fühle mich sowieso wie eine Verräterin. Aber ich habe es nicht ausgehalten. Ich konnte Herrn Meier nicht nicht erzählen, was passiert ist. Wenn er mich jedoch nicht ernst nehmen würde, wäre das wirklich fatal.

»Okay, okay«, sagt er beschwichtigend. Er hebt die Hände und lässt sie sofort wieder auf die Bettdecke fallen. Ich sehe, dass ihn die Bewegung anstrengt. Hoffentlich habe ich ihn nicht überfordert. »Du brauchst mich nicht länger böse anzufunkeln. Es ist nicht ganz so einfach, das alles zu schlucken, verstehst du? Da liegt man mal ein paar Tage im Koma, und dann kommst du und erzählst diese unglaublichen Geschichten.«

Ich nicke ergeben und muss hektisch meine aufsteigenden Tränen hinunterschlucken. Ich bin in letzter Zeit verdammt nah am Wasser gebaut. Überhaupt, Wasser! Ich habe schon wieder unglaublichen Durst und trinke es Herrn Meier weg.

»Keanu war dabei«, sage ich dann. »Du kannst ihn fragen. Er hat die lebendigen Bilder gesehen, das blaue Leuchten. Er stand mit mir in dem Ozean aus der kleinen Kugel. Er hat denselben Flügel oder dieselbe Flosse. Und irgendwas ist mit meiner Mam. Sie benimmt sich mehr als seltsam.«

»Bitte nicht aufregen, Motte-Popotte«, sagt Herr Meier sanft. »Ich bin von Natur aus ein Zweifler, das weißt du doch. Lass mir einfach etwas Zeit, das Ganze in Ruhe zu durchdenken. Was ist das eigentlich mit Keanu und dir?«

Er schaut mich an, und ich glaube, mehr als die Frage in seinen Augen zu lesen. Weiß aber nicht, was dieses Mehr sein soll.

Und was ist mit Lea?, liegt mir auf der Zunge. Doch das ist albern. Wir haben immer gewusst, dass es irgendwann jemanden geben würde, der in unsere Freundschaft platzt. Nun passiert das vielleicht gerade. Es fühlt sich schlimm und kein bisschen richtig an.

Ich antworte mit einem Schulterzucken. »Ich weiß es nicht.«

Herr Meier macht ein komisches Geräusch. Dann nimmt er sein Handy und sucht darin nach einer Nummer.

»Professor Schleicher scheint übrigens ziemlich aufgeregt zu sein wegen dieser Flosse, oder was auch immer es nun ist. Am besten triffst du dich mal mit ihm persönlich. Ich bin ja leider noch nicht so richtig fit. Vielleicht bringt das Treffen etwas Licht ins Dunkel. Manchmal muss man erst einmal kleine Schritte machen.«

Dabei wählt er eine Nummer und hält mir das Telefon ans Ohr, bevor ich mich dagegen wehren kann.

»Professor Schleicher. Wer ist dort?«, schnarrt eine Altmännerstimme.

Gezwungenermaßen verabrede ich mich mit dem Insektenforscher.

Eine Stunde später sitze ich bei ihm am Esstisch. Vor mir liegt aber nichts zu essen, sondern verschiedene Bücher. Sie sind in dickes Leder gebunden, das eingeprägte Ornamente und Figuren zieren. Die Titel sind mit goldenen Lettern gestanzt. Die Bücher sehen kostbar und geheimnisvoll aus. Professor Schleichers Kopf ist tief über eines gebeugt.

»Kein Buch, ein Foliant«, murmelt der Alte.

»Entschuldigen Sie bitte, was sagten Sie?«, frage ich.

»Ach, nichts. Ach, nichts, junges Fräulein. Ich dachte nur, dass dieses hier kein Buch, sondern ein Foliant ist.«

Ich frage lieber nicht nach. Professor Schleicher ist seltsam, genauso wie seine Wohnung, an deren Wänden Hunderte Schaukästen hängen. Darinnen sind Käfer, Spinnen, Schmetterlinge und Motten aufgespießt. Der Professor verbringt sein Leben inmitten Tausender Insektenleichen. Vielleicht sieht er darum inzwischen selbst aus wie ein dicker Käfer.

»Eigentlich bin ich ja Insektenforscher«, erklärt er mir, als hätte man das noch erklären müssen. »Aber im Laufe meiner Forschungen bin ich über viele unlösbare Geheimnisse gestolpert, um es einmal so poetisch auszudrücken. Dann sucht man die Erklärungen natürlich auch in anderen Fachbereichen und Büchern.«

»Folianten«, sage ich.

»Wie bitte?« Professor Schleicher wirft mir einen verwirrten Blick durch die kleinen Brillengläser zu, die auf seinen dicken Wangen im Rhythmus seiner Worte tanzen.

»Man sucht die Erklärungen in Folianten?«, schlage ich unsicher vor.

»Richtig, zum Beispiel in diesem hier.« Er deutet auf das dicke Buch, in dem er gerade blättert. »Es ist selten. Sehr selten. Vielleicht sogar einmalig.«

Angespannt warte ich, was er in seinem Folianten finden wird.

»Ah, hier steht es ja.« Leise murmelnd liest Professor Schleicher sich selbst etwas vor. Leider kann ich sein Gemurmel nicht verstehen. Auch die Abbildung auf der Seite kann ich nicht erkennen. Trotzdem bekomme ich eine Gänsehaut.

Endlich richtet Professor Schleicher sich wieder auf, nimmt die Brille von der Nase, streicht sich über den kahlen Kopf, als gäbe es dort eine Frisur zu richten, und räuspert sich. »Vielleicht hilft das weiter. Vielleicht auch nicht.«

Erwartungsvoll schaue ich ihn an.

»Es geht um das kleine selbstleuchtende Gebilde, das Horst mir zeigte. Ich dachte erst, es sei ein Flügel. Dann war ich mir sicher, dass es sich dabei um eine Flosse handelt. Die Flosse eines Fisches der Tiefsee. Dort unten gibt es einige Wesen, die selbst leuchten. Und dennoch … und dennoch … es passt alles nicht so richtig zusammen.« Er blickt so abrupt auf, dass ich zusammenzucke. »Weißt du, was eine Chimäre ist?«

»Ein Mischwesen«, sage ich leise.

Professor Schleicher nickt bedächtig. »Es gab sie schon immer und in jeder Kultur. Homer beschreibt in der Ilias beispielsweise ein feuerspeiendes Mischwesen mit drei Köpfen. Löwe, Ziege und Schlange … Ich konnte mich nicht entscheiden, Flügel oder Flosse. Flosse oder Flügel. Und da kam mir die Idee, ob es nicht beides sein könnte. Der Körperteil einer Chimäre. Ich fand eine mögliche hier in diesem alten Buch.«

Endlich dreht er es mir zu, und ich erstarre. Doch nicht wegen des kleinen Libellenfischs, auf den sein dicker Finger deutet. Obwohl der tatsächlich unsere Flügelflossen trägt.

»Wa… was ist das?«, stottere ich.

»Ein Buch uralter Legenden, auf der ganzen Welt zusammengesammelt. Ich hatte sehr großes Glück, dieses Exemplar zu finden. Natürlich sind diese Legenden keine wahren … also, wenn man so will, kann diese Flügelflosse eigentlich gar nicht existieren. Aber es könnte die Flosse dieser seltsamen Wesen sein, die als Boten zwischen den verschiedenen Welten fungieren. Nun ja –« Professor Schleicher unterbricht sich.

Doch ich achte nicht weiter auf ihn. Wie gebannt starre ich auf die alte Abbildung in dem Buch vor mir. Er zeigt den mir so vertrauten Kelpwald. Dort zwischen den Stängeln entdecke ich mehrere der kleinen Fische. Sie tragen unsere Flügel. Obwohl die Abbildung schwarz-weiß ist, bin ich mir sicher, dass sie blau leuchten. Was mir jedoch wirklich den Atem nimmt und mich der Sprache beraubt, ist eine andere Gestalt. Sie ist im Hintergrund zwischen den gefiederten Stängeln des Kelpwaldes nur zu erahnen. Aber ich kenne sie ganz genau.

»Das sind wir. Keanu und ich. In unseren Träumen«, sage ich tonlos und deute darauf.

Verblüfft und seltsam verärgert fährt mich der dicke Käfer-Professor an. »Mädchen, ich weiß nicht, wovon du da redest. Das Buch ist über sechshundert Jahre alt, gedruckt vor Gutenberg. Die Geschichten darin sind keine wissenschaftlichen Abhandlungen, sondern Mythen. Legenden. Reine Fantasie.«

Er schaut abrupt auf sein Handgelenk, an dem keine Uhr ist. »Ich habe nun auch noch einen anderen Termin und möchte dich bitten zu gehen.«

Ich beobachte ihn voller Staunen, denn auf einmal wirkt der Professor völlig aufgelöst. Sicher würde er sich gerne die Haare raufen, leider hat er keine, stattdessen schmeißt er mich einfach aus seiner Wohnung. Wahrscheinlich ist er ein Mensch, der das Leben in real und unmöglich einteilt. Einer, der sich zwar gern in Ideen verliert und alte Schinken wälzt, ansonsten aber nur glaubt, was er einfangen, aufspießen und unter Glas an die Wand hängen kann. Also einer wie die meisten.

»Vielen Dank, dass Sie sich Zeit für mich genommen haben«, sage ich betont freundlich auf meinem Weg durch den Flur.

»Keine Ursache, keine Ursache. Immer wieder gerne«, erwidert er.

Ich weiß, dass er das nicht ernst meint, denn bei seinen Worten schiebt er mich kurzerhand aus seiner Insektenwohnung hinaus.

»Im Übrigen bin ich letztlich doch zu der Meinung gelangt, dass es sich bei dem blauen Gebilde um einen Flügel handelt«, nimmt er sich noch Zeit zu sagen. »Sicher ungewöhnlich, aber auch nicht allzu selten. Einige Lebewesen bleiben auch im Tod von leuchtenden Bakterien besetzt. Wahrscheinlich der Flügel einer Unterart der Megaloprepus coerulatus.«

Dann schließt er sehr nachdrücklich seine Tür. Ich bin mir sicher, dass er sich das gerade ausgedacht hat, um mich für immer loszuwerden.

Als ich nach Hause komme, suche ich Mam in unserer Wohnung. Doch sie ist nicht da. An ihr Telefon geht sie auch nicht.

Da fällt mein Blick auf meine Zeichnung. Etwas ist anders. Ich trete näher heran, und dann kann ich es lesen. Auf dem Glasweg steht ein Wort. *Aina*.

Wie kommt das da hin? Was bedeutet das?

Weil ich die erste Frage nicht beantworten kann, kümmere ich mich um die zweite. Ungeduldig lasse ich den Rechner hochfahren und gebe das Wort in eine Suchmaschine ein. Es gibt über 95 Millionen Treffer. Na toll! Nachdem ich die ersten Seiten angeschaut habe, weiß ich, dass *Aina* einfach alles bedeuten kann. Eine Oper heißt so, unzählige Frauen auf der ganzen Welt, eine Kosmetiklinie, Werbeagenturen und so weiter und so weiter. Es ist also nur eine weitere Frage statt einer Antwort. Enttäuscht klappe ich den Rechner wieder zu.

Mein Telefon piepst, und Katha fragt, ob ich mit ihr ins Schwimmbad gehe. Huch, ich dachte, da wollte sie wegen Klara und Torben auf keinen Fall hingehen? Aber ich habe sowieso gerade ganz andere Sorgen und sage ihr ab.

In Gedanken versunken laufe ich in Mams Schlafzimmer. Ich habe den Plan herumzuschnüffeln nicht wirklich gefasst, aber ich weiß, dass ich hier Antworten finden kann. Seit einiger Zeit ist es nicht mehr selbstverständlich, dass ich mich in ihrem persönlichen Zimmer aufhalte. Erst recht nicht mehr, seitdem es Max in Mams Leben und in diesem Schlafzimmer gibt. Früher lag ich oft in ihrem großen Bett und schaute aus der Balkontür in die Wolken.

Ich weiß, dass ich das nicht darf, trotzdem ziehe ich wie ferngesteuert die einzelnen Schubladen der Kommode auf. In der obersten sind Dinge, die Mam täglich benutzt wie Parfum, Socken und BHs. In der mittleren versteckte sie früher die geheimnisvolle Geschenkkiste. Die war gefüllt mit schönen Dingen, die ich zur Belohnung bekam, wenn ich etwas Tolles gemacht hatte, oder die ich den Kindern mitbrachte, wenn ich zum Geburtstag eingeladen war. In der untersten Schublade liegen Mams persönliche Schätze und Erinnerungen. Die schwere Holzlade bewegt sich keinen Millimeter, als ich daran ziehe.

Ich schaue mich suchend im Zimmer um. Wo hat Mam den kleinen verzierten Schlüssel versteckt? Ich entdecke ihn beinahe sofort. Er liegt in einem Schälchen auf dem Nachttisch. Ach Mam, wozu schließt du die Lade erst ab, wenn du den Schlüssel dann für jeden sichtbar herumliegen lässt? Weil sie dir vertraut, raunt das schlechte Gewissen. Oder will sie womöglich sogar, dass ich den Schlüssel finde? Soll ich selbst entdecken, was sie sich mir nicht zu sagen traut?

Eigentlich interessiere ich mich nur für das kleine Kästchen mit den Fotos. Als ich die kleine Pappschachtel in Händen halte, zögere ich einen Moment. Mein Herz klopft wie verrückt. Manchmal weiß man genau, dass man gerade an einer

Gabelung steht. Je nachdem, wie man sich entscheidet, ob man sich nach links oder nach rechts wendet, wird sich das Leben unwiderruflich verändern. Wenn ich den Inhalt des Kästchens erst kenne, kann ich dieses Wissen nie wieder vergessen. Mam hat entschieden, dass ich etwas nicht erfahren soll. Weil sie mich liebt, weil sie mich vor irgendetwas schützen will. Aber manche Schritte muss man trotzdem gehen, zur Not auch allein.

Ich öffne den Deckel. Oben liegen einige Briefe, die ich aber nicht lese. Darunter finde ich die Fotos. Es sind nicht viele, nur vier Stück. Auf einem ist Mam zu sehen. Sie ist viel jünger als heute, läuft einen Strand entlang und lacht. Sie ist wunderschön. Ich ziehe das nächste Foto hervor. Pfeifend entweicht die Luft aus meinem Mund. Ich kann nicht glauben, was ich sehe. Auf dem Foto ist Keanu! Warum hat Mam ein Foto von ihm? Es scheint am selben Strand aufgenommen zu sein. Ich verstehe das nicht.

Dann betrachte ich das dritte Foto, und nun ergibt überhaupt nichts mehr einen Sinn. Auf diesem und dem vierten Bild stehen meine viel jüngere Mutter und Keanu zusammen am Ozean. Er hat die Arme um sie geschlungen, und beide sehen unglaublich glücklich aus.

»Das ist völlig unmöglich!«, flüstere ich.

Auf der Rückseite des Fotopapiers ist ein verblichener Stempel, ein Datum. Die Bilder sind fünfzehn Jahre alt.

Ganz unten in der Schachtel liegt noch etwas, ein winziges, in Seidenpapier gewickeltes Päckchen. Ich öffne es mit zitternden Fingern. Dann halte ich ein zartes blau leuchtendes Gebilde in meiner Hand. Die Flügelflosse der Chimäre.

Da höre ich über die geöffnete Balkontür die Stimme meiner Mutter. Sie steht unten im Hof und unterhält sich mit Frau Zimmer. Jeden Moment wird sie heraufkommen. Schnell lege ich die Fotos und die Flügelflosse in das Kästchen zurück, schließe die Schublade und lege den Schlüssel in die Porzellanschale.

Als ich mit einem Buch in den Händen und wild klopfendem Herzen auf meinem Bett liege, kommt Mam zur Tür herein.

»Na, Karottchen, alles klar?«, fragt sie.

Sie sieht schon wieder so verdammt traurig aus. Das kann ich sehen, obwohl es mich selbst innerlich fast zerreißt. Am liebsten würde ich sie anschreien. Wie kann denn alles klar sein? Warum bist du mit Keanu auf Fotos abgebildet, die vor fünfzehn Jahren geknipst wurden? Wem gehört der blaue Arm, der das kleine Mädchen hält? Bin ich dieses Mädchen? Warum darf ich das nicht wissen? Fragen sausen durch meinen Kopf wie die Wagen auf den Schienen einer Achterbahn. Doch die Fotos haben mich verstummen lassen. Ich habe unfassbare Angst vor den Antworten. Solange man etwas nicht weiß, kann man so tun, als gäbe es das nicht. Danach geht das nicht mehr. Ich hätte die Schachtel nicht öffnen dürfen.

»Alles klar, Mam«, sage ich heiser und hoffe, dass mein Lächeln fröhlich und unbekümmert aussieht.

»Das ist gut«, murmelt sie und nickt mit dem Kopf. »Das ist sehr gut.«

»Ist bei dir auch alles klar?«, frage ich.

»Natürlich ist bei mir auch alles klar. Was soll denn nicht klar sein?«, antwortet meine Mutter. »Ich mache uns mal was zu essen«, fährt sie fort und wendet sich zum Gehen. »Du hältst dein Buch übrigens verkehrt herum.«

Da habe ich plötzlich das Gefühl, dass irgendeine Faser in mir entzweireißt. Vielleicht ist es auch eine innere Blase, die zerplatzt.

»Mam, wieso –«, beginne ich.

Aber es fehlt immer noch zu viel. Der Mut, der Atem und die Worte. Ich springe auf und drücke mich an ihr vorbei. Ich muss hier raus! Sofort!

»Mottchen?«, ruft Mam mir nach.

»Vergiss es!«, schreie ich, greife meine Chucks und stürze die Treppen hinunter.

Erst unten auf der letzten Stufe ziehe ich die Schuhe an. Dann renne ich. Renne, als könnte ich meinen verwirrten Gefühlen, meinen Ängsten, meinen Fragen und den Dingen, die ich nicht verstehe, einfach davonlaufen. Ich wende mich Richtung Westen und überquere mehrere Straßen. Nichts hält mich auf. Alle Fußgängerampeln stehen auf Grün, niemand versperrt mir den Weg.

Irgendwann stoppt mich ein Maschendrahtzaun. Er steht zwischen mir und den stillgelegten Gleisen am ehemaligen Güterbahnhof. Über den Schienen flimmert heiß die Luft. Es riecht nach Schmieröl, das jahrzehntelang aus den Zügen tropfte.

Der Geruch erzählt vom Wegfahren und vom irgendwo anders Ankommen. Langsam fährt auf einem hinteren Gleis eine orangefarbene Wartungslok vorüber. Die Männer darauf pfeifen und winken mir zu. Stumm und schwer atmend blicke ich ihnen nach. Dann ziehe ich mich am Zaun hoch. Obwohl ich nur einige Meter weiter sein Ende sehen kann. Aber ich will da drüber klettern, als könnte ich mir so ein Stück Freiheit erobern. Ich will mich keiner Grenze fügen.

Mein Fuß findet auf der Kante eines gelben Schildes Halt. *Betreten der Gleisanlagen verboten!* Auf der anderen Seite springe ich hinunter und laufe ein Stück die Schienen entlang. Ich weiß, dass hier keine Züge mehr fahren. Trotzdem fühlt es sich gefährlich an. Und genau das möchte ich jetzt tun – etwas Verbotenes, etwas Gefährliches, etwas Geheimes.

Zwischen dem Schotter wächst Unkraut. Kniehohe Büsche mit großen weichen Blättern. Ich rupfe eine Handvoll aus. Dann beginne ich, sie in die Maschen des Zauns zu flechten. Als ich alle verbraucht habe, hole ich mir weitere Blätter, stecke sie in die Maschen, winde sie um den Draht. Immer wieder, immer mehr. Meine Finger scheinen ganz genau zu wissen, was sie tun, zumindest tun sie es allein. Ich schalte meine Gedanken aus, laufe herum, springe über die Gleise und rupfe alle Pflanzen aus, die ich finden kann.

Ich weiß nicht, wie lange ich das schon tue, als plötzlich ein Blatt von der anderen Seite des Zaunes wieder herausgezogen wird. Ich kann nicht sehen, wer da steht, denn das Grün bildet inzwischen eine Wand. Egal. Schweigend stopfe und wickle ich weiter. Schweigend wird von der anderen Seite Blatt um Blatt aus den Maschen gezogen. Und dann weiß ich plötzlich, dass, was auch immer wir da tun, fertig ist.

Dieses Mal laufe ich um den Zaun herum und stelle mich neben ihn. Stumm betrachten wir unser Werk. Aus dem großen grünen Kreis, den ich in die Maschen stopfte, hat er ein Wort herausgezogen.

Aina.

»Warum haben Sie Herrn Meier umgehauen?«, frage ich.

Dann erst wage ich einen Blick zur Seite. Seine Augen sind strahlend blau und fixieren mich. Er lächelt sogar und entblößt dabei einen einzelnen braunen Zahn. Und da weiß ich plötzlich, dass er Antworten hat. Sie schon immer hatte.

»Er durfte nicht fortfliegen. Nicht jetzt. Du brauchst ihn hier. Der Schlag war zu fest. Diese Kraft in mir habe ich nicht geahnt. Das tut mir leid. Ich bin froh, dass du ihn aufgeweckt hast.«

»Woher wussten Sie, dass ich das kann?«

Wieder zeigt er lächelnd diesen schrecklichen Zahn. »Die Liebe kann alles.« Dann wird sein Gesicht wieder ernst. »Keanu wird gehen. Er muss aber nicht dort bleiben. Er hat die Wahl.«

»Wohin wird er gehen?«, flüstere ich. Ich weiß, dass es die Unterwasserwelt unserer Träume ist. Aber vielleicht hat Herr Zimmer auch darauf eine genauere Antwort. Obwohl ich natürlich keine Koordinaten erwarte.

»Nach Hause.«

»Zurück nach San Diego?«, rufe ich überrascht.

Das möchte ich nicht. Wenn Keanu sich für unsere Traumwelt entscheiden würde, könnte ich das akzeptieren. Aber einfach nur zurück nach Amerika?

»Zu ihm. Er wartet. Auch auf dich. Aber deine Zeit ist noch nicht gekommen«, antwortet Herr Zimmer.

Ich nicke, als verstünde ich jedes seiner Worte.

»Er wird durch das Bild gehen«, fährt Herr Zimmer fort.

Ich nicke wieder. Das habe ich gewusst. Unsere Zeichnungen sind Portale in die Welt unserer Träume. Und wir haben nur noch eins.

Inzwischen steht die Sonne tief im Westen, und ihr Licht wird orangefarben. Herr Zimmer zieht eine Flasche aus seinem schmutzigen Mantel und schraubt den Verschluss ab. Der stechende Geruch des Alkohols steigt mir in die Nase.

»Der Tag geht zur Neige, so wie alles«, sagt er.

Er prostet der untergehenden Sonne zu und nimmt den letzten Schluck aus der Flasche.

Ich betrachte den glühenden Himmel. Es vergehen Minuten, ohne dass er etwas sagt. Als ich wieder zu ihm schaue, ist er verschwunden.

»Herr Zimmer, wo sind Sie?«, rufe ich. »Ich habe doch noch so viele Fragen.«

Ich drehe mich einmal um mich selbst, kann ihn aber nirgendwo erblicken. Schließlich wende ich mich ostwärts und gehe nach Hause.

Als ich in unsere Wohnung zurückkomme, ist Mam nicht mehr da. Ich bin richtig erleichtert. Ihre Ausflüchte oder Tränen wären mir momentan einfach zu viel. Eins nach dem anderen. Oder besser davor. Eins ist, Herrn Meier noch einmal anzurufen.

Ich wähle seine Nummer und plappere drauflos. Vom Besuch beim Professor, den Fotos in Mams geheimer Kiste, dem Schriftzug auf dem Glasweg und meiner seltsamen Zusammenkunft mit Herrn Zimmer an den Bahngleisen, die dasselbe Wort ergab. *Aina*. Ich erzähle von dem Portal, durch das erst Keanu und irgendwann auch ich treten werden. Nein. Letzteres erzähle ich nicht. Oder doch?

»Halt! Mottchen! Mein Kopf braucht noch einen Moment, um perfekt zu funktionieren. Besonders bei so einem Ansturm«, beschwert Herr Meier sich.

»Ich baue jetzt mal auf deine unglaubliche Intelligenz, die trotzdem die richtigen Zusammenhänge herstellen wird. Auch wenn es vielleicht einige Sekunden länger dauert als sonst«, erwidere ich.

Herr Meier lacht. »Gelingt dir das denn selbst gerade? Die richtigen Zusammenhänge herzustellen, meine ich.«

»Kein bisschen«, gebe ich zu. »Darum ist es auch so toll, dass du hier und nicht auf Hawaii bist. Auch wenn du dafür nicht unbedingt ins Koma hättest fallen müssen.«

»Lass uns mit den Fakten beginnen«, sagt Herr Meier schließlich.

Ich schlucke ein erstes spontanes Aufbegehren wieder hinunter. Er hat ja recht. Irgendwie muss man anfangen. Fakten klingen gut. Fragen zu Fakten kann man oft beantworten. Die Fotos sind Fakten.

»Herr Meier, wenn ich das kleine Mädchen auf dem zerrissenen Foto in der Kiste bin, dann hatte meine Mutter vor zwölf Jahren vielleicht eine Affäre mit einem über und über tätowierten Mann. Oder mein Vater kennt mich doch und war die ersten Jahre meines Lebens bei uns. Außerdem hatte Mam eine Liebe mit Keanu. Vor fünfzehn Jahren. Er könnte also auch mein Vater sein. Herr Meier, sind das die Fakten?«

»Ganz klar. Entweder ist Keanu dein Vater und zudem ein nicht alterndes Wesen. Oder dein Erzeuger ist ein totaler Freak, der dich kennt, den deine Mutter aber aus Gründen geheim hält. Du kannst es dir aussuchen«, erwidert er trocken.

»Herr Meier!«, schreie ich ins Handy.

»Vielleicht solltest du einfach Anna nach diesen Fotos fragen.«

»Das habe ich ja gemacht. Also zumindest nach dem zerrissenen mit dem Mädchen. Sie hat mich angelogen. Hat behauptet, es wäre ein Bild aus einer Zeitschrift. Das ist aber Quatsch. Es ergibt alles keinen Sinn.«

»Es muss keinen Sinn ergeben, liebes Mottchen. Nichts muss einen Sinn ergeben. Wir Menschen sind nur so furchtbar erpicht darauf, in allem einen Sinn zu finden. Dabei gibt es eine Menge sinnloser Dinge.«

»Ach Herr Meier, du bist so furchtbar klug. Aber Philosophie hilft gerade nicht weiter.«

Da höre ich, dass jemand Herrn Meiers Zimmer im Krankenhaus betritt und wie ihn dieser Jemand freudig begrüßt. Und das zu so später Stunde. Es ist doch gar keine Besuchszeit mehr.

»Hallo, Lea, wie schön, dass du mich besuchen kommst«, höre ich Herrn Meier wie von weither.

Ich drücke das Gespräch einfach weg. Eine Weile bleibe ich betäubt auf meinem Bett sitzen. Herr Meier! Wie kannst du dich von Lea aus der Parallelklasse besuchen lassen, wenn ich dich gerade brauche?

Weil du, liebe Mo, nicht der Nabel der Welt bist und Herr Meier auch ein Leben ohne dich hat.

Die Stimme der Vernunft kann unerbittlich sein.

Ich stehe auf und laufe in die Küche, schaue erst in den Vorrats- und dann in den Kühlschrank. Als würden da drin die Lösungen für meine Probleme lagern. Zumindest finde ich etwas zu essen, obwohl ich gar keinen Hunger habe.

Außerdem hängt am Kühlschrank ein Zettel für mich. *Wir sind einen Wein trinken gegangen. Bolognese-Nudeln stehen auf dem Herd. M&M*

Wütend zerknülle ich den Zettel. M&M, also wirklich! Ich freue mich für Mam, dass es dieses Mal vielleicht etwas Ernstes wird. Aber meine Freude ist bitter. Weil sie eine Lebenslüge zwischen uns gestellt hat, die mir die Sicht auf sie versperrt und mein Herz gefrieren lässt.

Außerdem bin ich wütend, weil sich Herr Meier gerade über Leas Besuch freut. Natürlich ist es nett, dass Lea ihn im Krankenhaus besucht. Er hätte trotzdem etwas weniger erfreut klingen können. Außerdem ist längst Schlafenszeit. Es ist völlig unverantwortlich von Lea aus der Parallelklasse, ihn um diese Zeit noch zu besuchen. Herr Meier braucht Ruhe und muss sich schonen.

Ich bin wütend, weil ich mich plötzlich so allein fühle.

Und weil ich überhaupt keine Lust auf Bolognese-Nudeln habe.

Aber eigentlich bin ich eher todmüde. Eine Sache muss ich jedoch noch wissen.

Was bedeutet Aina?, schreibe ich Keanu.

Seine Antwort kommt prompt.

Zuhause.

Ich schmeiße mich in mein Bett. Ohne Zähneputzen und in meinen Tagesklamotten. Verwirrende Umstände erlauben ungewöhnliche Zustände.

Ich würde gerne nach Hause gehen. Dabei bin ich doch schon da.

20.

Zuerst höre ich die Türklingel und dann Mams Stimme.

»Guten Morgen, Keanu.«

Es klopft und dann öffnet sich meine Tür einen Spaltbreit.

»Darf ich eintreten, oder bist du unpässlich?«

Keanu lächelt mich an, als sei heute der schönste Tag seines Lebens. Warum hat er so gute Laune? Oder vergesse ich über Nacht nur immer wieder, wie schön sein Alltagslächeln ist?

»Ich bin unpässlich, aber du darfst trotzdem eintreten«, brummele ich und wühle mich aus den Kissen. Ich weiß nicht so richtig, wo ich bin und was überhaupt los ist. Mit einem Blick auf den Wecker stelle ich fest, dass ich vierzehn Stunden geschlafen habe. Kein Wunder.

Da sehe ich Keanu etwas hochnehmen, auf das er beinahe getreten wäre.

»Was ist das?«, frage ich alarmiert.

Wahrscheinlich hat Mam gestern noch irgendeine Nachricht für mich unter der Tür durchgeschoben. Ich möchte nicht, dass Keanu etwas Peinliches liest, zum Beispiel seltsame Doppel-Spitznamen. Aber er hält keine Nachricht meiner Mutter an ihr *Mottchen-Popottchen* in der Hand, sondern vier

Fotos. Plötzlich kreidebleich lässt er sich damit neben mir auf die Matratze fallen. Es sind die Bilder aus der Pappschachtel.

»Das verstehe ich nicht. Wie kann das sein?«, raunt er heiser. Seine Augen strahlen aus seinem nun völlig bestürzten Gesicht, sein Lächeln ist fortgewischt wie Kreide mit einem nassen Lappen von der Tafel. Spurlos.

Mit einem Schlag bin ich hellwach. »Das ist eigentlich eine meiner Fragen an dich. Wieso bist du zusammen mit meiner Mutter auf fünfzehn Jahre alten Fotos? Das kann doch gar nicht sein! Wie alt bist du denn in Wirklichkeit? Warum siehst du immer noch aus wie ein Teenager? Wieso kennst du meine Mutter? Und dann auch noch so gut. Ihr habt kein Wort gesagt.«

»Mo! Mo! Stopp!« Keanu hebt abwehrend die Hände.

Ich schlucke die nächsten Worte wieder runter.

»Das bin ich nicht«, keucht er.

»Natürlich bist du das!«, rufe ich und reiße ihm die Bilder aus der Hand. Warum lügt er? »So viel Ähnlichkeit kann ein Fremder gar nicht mit einem haben. Oder hast du einen eineiigen Zwilling?«

»Nein. Habe ich nicht«, sagt er.

»Na siehst du.«

»Ich bin das trotzdem nicht.«

Wir schauen uns an. In unseren Augen die gleiche Verwirrung. Wir verstehen es beide nicht.

»Du meinst also, es gibt jemanden, der genauso aussieht wie du? Einen, der viel älter ist? Und den meine Mutter zufällig vor Jahren an irgendeinem Strand getroffen hat?«

»Ja«, sagt Keanu und klingt irgendwie zerbrochen. »Anders kann es nicht sein. Denn das da auf dem Bild bin nicht ich.«

Ich blicke wieder auf die Fotos. Halte sie neben sein Gesicht. Wenn man genauer hinsieht, dann ist der Junge auf den Bildern tatsächlich kein Junge mehr, sondern ein Mann.

»Aber –«, beginne ich, weiß dann jedoch nicht mehr weiter.

»Das ist übrigens nicht irgendein Strand. Das ist das Pier von Ocean Beach, San Diego. Der Strand, an dem ich aufgewachsen bin«, sagt er.

Keanu ist blass, und seine Unterlippe zittert. Und erst da begreife ich ganz und gar, dass es nicht nur in der Unterwasserwelt, sondern auch hier und jetzt in der Wirklichkeit nicht nur um mich geht. Sondern ebenfalls und genauso um ihn. Wir sitzen quasi beide im selben Boot. In einem, das ohne Steuermann vor der Küste San Diegos in den Wellen hüpft.

»Die Ähnlichkeit ist wirklich frappierend, darum war ich auch so erschrocken, als ich Keanu das erste Mal gesehen habe«, sagt Mam da leise von der Tür her.

Ich zucke vor Schreck zusammen. »Mam?«

Sie nickt. Ich kann nicht erkennen, ob erleichtert oder resigniert. »Mottchen, das auf den Fotos ist dein Vater«, sagt sie dann.

Mir wird übel. »Mein Vater?« Fassungslos starre ich sie an. »Du hast Fotos von meinem Vater? Und du hast sie mir noch nie gezeigt?« Es ist schwer, die Fragen in meinem Kopf zu formulieren. Noch schwerer ist es, sie auszusprechen, ohne diesen plötzlichen unerträglichen Schmerz hinauszuschreien oder mich zu übergeben.

Meine Mutter senkt den Kopf. Ich fühle, dass auch sie nach Worten sucht. Dabei wäre die Wahrheit das einzig Richtige, und die kennt sie. Nach der müsste sie nicht erst suchen.

»Mam?« Ich höre selbst, wie flehend es klingt.

»Guten Morgen«, unterbricht da jemand die Situation.

»Was machen Sie denn hier in meinem Zimmer, Frau Zimmer?« Ich schreie unsere Nachbarin geradezu an. Weil ich die Welt nicht mehr verstehe.

»Es hat geklingelt, und ich war so frei, die Tür zu öffnen«, tönt die Stimme von Max aus dem Flur.

»Vielleicht kann ich euch einiges erklären«, sagt Frau Zimmer.

»Wieso denn Sie?«, rufe ich verblüfft. »Was ist denn hier eigentlich los?«

»Vielleicht gehen wir alle ins Wohnzimmer, dort haben wir mehr Platz«, sagt Mam leise.

Keanu ist total verstummt. Wie benommen traben wir hinter den anderen her. Wir lassen uns auf die Stühle um den großen Esstisch fallen. Die Fotos lege ich in die Mitte. Sie liegen dort wie eine Anklage. Auf ihnen ist mein Vater. *Mein Vater.*

Wie in Zeitlupe sehe ich, dass Mam einen geblümten Teller voller Marmeladenkekse danebenstellt. Als würde der die ganze Sache irgendwie romantischer machen.

»Also, wer fängt an, bevor hier gleich die Luft explodiert?«, fragt Max.

Ich will gar nicht wissen, was er von uns denkt. So lange kennen er und Mam sich ja noch nicht. Auf ihn muss das alles wirken, als wären wir völlig verrückt. Warum ist er eigentlich dabei? Das hier ist eine Familienangelegenheit.

Da gleitet mein Blick über unsere seltsame Tischgesellschaft. Vielleicht ist Familienangelegenheit doch nicht das richtige Wort. Außerdem hält Max die Hand meiner Mutter. Erst versetzt mir das einen Stich, weil ich finde, dass eigentlich mir jemand die Hand halten sollte. Doch dann bin ich froh darüber. Mam sieht aus, als würde sie jeden Moment umkippen.

Frau Zimmer räuspert sich. Wir blicken sie an. Als wäre sie die Herrin der Lage. Sie räuspert sich noch einmal. »Ach Gottchen, ich weiß gar nicht, wie und wo ich anfangen soll.«

»Vielleicht am Anfang«, schlägt Max vor.

»Erwin und ich verbrachten unsere Hochzeitsreise in Kalifornien«, beginnt Frau Zimmer. Das scheint mir wirklich ein sehr weit zurückliegender Anfang zu sein. Warum erzählt sie uns ihre Lebensgeschichte?

Da fallen mir Herrn Meiers Worte von vor einigen Tagen ein. Dass es nämlich keine Zufälle sind, die einem passieren, sondern das Leben. Auf einmal bekomme ich große Angst vor dem, was da eventuell kommen wird.

Ich sehe, dass Max Mams Hand tröstend drückt. Da durchdringt mich ein stechender Schmerz. Herr Meier! Warum bist du nicht hier und drückst auch tröstend meine Hand? Stattdessen liegt er in diesem blöden Krankenhaus. Weil Herr Zimmer wollte, dass er bei mir bleibt. Um zum Beispiel meine Hand halten zu können, wenn es nötig sein sollte. Es ist alles mehr als verkorkst.

Keanu neben mir seufzt leise, und mein Herz eilt wieder zurück zu ihm. Ich folge diesem flatterhaften Ding und rücke ein Stück näher an Keanu heran. Langsam schiebe ich meine Hand zu ihm rüber. Er schlingt seine Finger um meine und schaut mich an. Ich schaue zurück. Für eine Sekunde stehen wir im Ozean. Zusammen sind wir stark.

Frau Zimmer erzählt derweil. Sie und ihr Mann blieben in Kalifornien, weil Erwin diese Professur in San Diego hatte. Frau Zimmers Schwester kam und blieb ebenfalls. Sie heiratete einen Amerikaner und gebar eine Tochter. Alle lebten gemeinsam in einem Haus.

»Dass deine Mutter sehr schön war, weißt du ja«, sagt Frau Zimmer, und Keanu nickt. »Es blieb nicht aus, dass sie viele Verehrer hatte und mit ihnen ausging. Darüber waren wir nicht besonders froh, und es gab oft Streit. Eines Tages verschwand sie mit einem Mann, den wir nie kennenlernten, nach Hawaii. Zwei Jahre hörten wir kein Wort von ihr. Dann stand sie wieder vor der Tür. Sie sah sehr, sehr unglücklich aus. Auf dem Arm trug sie ein kleines Kind. Dich, Keanu. Der Mann, für den sie fortgegangen war, hatte sie verlassen. Sie wollte darüber jedoch nicht reden. Nicht ein Wort. Ava lernte deinen Stiefvater kennen, und ihr wurdet eine Familie.«

Ich spüre, wie fest Keanus Hand bei Frau Zimmers Worten die meine umklammert. Doch er nickt. Er kennt diese Geschichte. Sie war nie ein Geheimnis. Ich fühle mit ihm und erwidere den Druck seiner Finger. Doch so ganz verstehe ich immer noch nicht. Sollte es nicht eigentlich um mich gehen? Warum spricht Frau Zimmer von Keanus Familie? Warum beantwortet Mam meine Fragen nicht? Sie sollte mir endlich von meinem Vater erzählen.

»Mam?«, flüstere ich Hilfe suchend.

Sie schüttelt den Kopf. Ich kann ihren Gesichtsausdruck nicht deuten. Aber etwas darin bringt mich dazu, Frau Zimmer weiter zuzuhören.

»Einige Jahre später stand ein seltsamer Mann vor unserer Tür. Seine Haut war über und über tätowiert.«

Mein Herz setzt einen Schlag aus. Der Arm. Der Arm, der das kleine Mädchen auf dem Bild hält. Gehörte der diesem seltsamen Mann? Ist er die Verbindung zwischen Keanu und mir?

»Trotzdem wusste ich sofort, wer er war«, erzählt Frau Zimmer weiter. »Unter seinen Tätowierungen wart ihr euch wie aus dem Gesicht geschnitten, Keanu. Als Ava ihn jedoch erblickte, begann sie zu schreien. Wir mussten sie festhalten, weil sie wie im Wahn um sich schlug.«

Meine Mutter presst sich die Hand vor den Mund, als versuchte auch sie, einen Schrei zurückzuhalten. Max legt den Arm um sie. Das nehme ich wie aus weiter Ferne wahr. Keanus und meine Hand sind eng verschlungen. Aber nicht nur die. Wir gehören zusammen. Auf eine Weise, wie wir sie nicht ahnten, gehören wir zusammen.

»Erwin sprach mit ihm«, sagt Frau Zimmer leise und schaut Keanu dabei an. »Er wollte, dass wir uns um dich kümmern, und er gab uns das Medaillon für dich.«

Sie deutet auf die Kette, die wie immer um seinen Hals liegt. Daran das Medaillon mit der kleinen blauen Flügelflosse, die uns auf geheimnisvolle Weise schon immer verband. Ihn und mich. Aber auch Mam hat eine.

Ich kann Keanu spüren, als wären unsere verschlungenen Hände eine Brücke unserer Gefühle. Seine Verwirrung und eine tiefe Traurigkeit durchdringen mich, mischen sich mit dem Chaos in meinem Kopf. Ich merke kaum, dass mir Tränen die Wangen hinablaufen.

Ich blicke zu Mam. Ich will sie so viel fragen. Aber sie weicht mir aus, starrt vor sich hin und weint ebenfalls.

Da spüre ich wieder etwas in mir zerreißen. Etwas, das uns sehr fest verbunden gehalten hatte. Auf einmal bin ich lose, und eine aufziehende Böe trägt mich von ihr fort. Der Abstand zwischen uns wird größer und größer. Obwohl sie nur wenige Zentimeter von mir entfernt mit mir am Tisch sitzt, vermisse ich sie plötzlich wie verrückt. *Mam!*

»Erwin beschwor mich, nach Deutschland zurückzugehen und den Kontakt zu euch zu suchen. Er hatte versprochen, euch im Auge zu behalten und Berichte zu schreiben. Aber er veränderte sich auf unheimliche Weise. Als verlöre er sich selbst. Seitdem stromert er die Tage und Nächte ruhelos durch die Straßen. Nur manchmal hat er Lichtblicke und kommt nach Hause. Er hat mir nicht verraten, wer ihr seid. Ich ahnte es schon lange, wollte es aber nicht wahrhaben. Erst als Keanu hier auftauchte und ich sah, wie groß die Ähnlichkeit zwischen ihm und Moana ist, konnte ich die Wahrheit nicht länger verdrängen«, dringt Frau Zimmers Stimme wie von weither an mein Ohr.

Dann nimmt sie sich einen Keks und beißt ein großes Stück davon ab. Lange kaut sie und schluckt mühsam. Alle Augen sind auf sie gerichtet. Sie bekommt einen Schluckauf. Meine Mutter springt wie von der Tarantel gestochen auf und holt ihr ein Glas Wasser.

»Danke«, murmelt Frau Zimmer hicksend.

Da kann ich nicht mehr an mich halten. »Und weiter?«

»Wir waren euch also aus San Diego hierher gefolgt –«

»Sie sind uns gefolgt? Aus Kalifornien? Aber ich war noch nie in Kalifornien! Mam!«, schreie ich.

Ich will es hören. Jetzt. Ich will, dass sie es laut sagt. Dass sie mich angelogen hat.

»Wir haben drei Jahre in San Diego gelebt, Mottchen. Zusammen mit deinem Vater«, sagt meine Mutter mit brechender Stimme.

Die Worte sind wie Schläge in meinen Magen, und getroffen sacke ich auf dem Stuhl zusammen.

»Mein Vater. Meine Sammlung. Die hatte ich in Amerika. Und die Fotos von damals, die sind gar nicht verloren gegangen. Du hast sie vernichtet. Wir sind doch zweimal umgezogen. Wir haben mit meinem Vater zusammengelebt. Er kennt mich, und ich kannte ihn.« Wie eine Verwirrte stammle ich vor mich hin. So schnell kann das gehen. Armer Herr Zimmer.

Der Boden unter mir schwankt. Drei Jahre! Meine Mutter hat mich um drei Jahre mit meinem Vater betrogen. Wie konnte sie so etwas tun? Ich schaue sie an. Bitte, bitte, sag etwas, das alles erklären wird. Bitte, mach alles wieder gut.

Mam öffnet den Mund, doch es kommt kein Wort heraus.

»Wem haben Sie denn die Berichte geschickt? Etwa meinem Vater?«, schreie ich nun Frau Zimmer an. »Sie haben uns die ganze Zeit ausspioniert! Wie konnten Sie so etwas tun?«

»Ich bin nicht stolz darauf. Es tut mir sehr leid. Erwin … Erwin bestand darauf. Und er veränderte sich so sehr. Es war schwer, das alles zu ertragen. Auch wenn man weiß, dass man im Leben nicht alles selbst bestimmen darf.« Frau Zimmer schluchzt auf.

Da entzieht mir Keanu plötzlich ruckartig seine Hand. Er steht auf und stützt sich am Tisch ab. »Wer ist unser Vater?«, keucht er.

Ich schaue ihn an. Obwohl ich sie schon ahnte, als wir gemeinsam die Fotos betrachteten, obwohl sie immer mehr zur Gewissheit wurde, haut mich die Wahrheit dennoch um. Ich bin froh, dass ich schon sitze.

Als niemand antwortet, verlässt Keanu den Raum. Kurz darauf fällt die Wohnungstür ins Schloss.

Mein Bruder ist gegangen.

21.

Wie gebannt blicke ich auf die zugefallene Tür. Ich weiß nicht, was ich machen soll. Aufspringen und Keanu nachlaufen? Er ist Teil meiner Geschichte, meiner Familie. Keanu ist ein Teil von mir. Aber Mam ist auch einer. Sie hat mich belogen, mein ganzes Leben lang. Und gerade beginnt sie zu reden. Monoton wie ein Roboter. Ich bleibe sitzen. Ich muss das hören. Ich möchte alles wissen. Alles, was sie weiß. Jetzt und sofort.

»Ich bin damals durch Kalifornien gereist. Dort verliebte ich mich in Johnny –«

»Johnny? Unser Vater heißt Johnny?«, frage ich erschüttert.

Das kann doch nur ein Witz sein. Niemand heißt Johnny. Höchstens ein alter Cowboy, der im Suff seinen wahren Namen vergessen hat. Aber doch nicht Keanus und mein Vater.

»Ja, er hieß Johnny«, sagt Mam.

Vergangenheit.

»Ist er … ist er tot?«, flüstere ich.

»Das weiß ich nicht«, antwortet Mam. »Ich weiß nicht, wo er sich aufhält, was aus ihm geworden ist, ob er noch lebt.«

Jeder Satz schneidet in mein Herz. Darf man so reden? Über den Vater des eigenen Kindes?

»Moana, es gibt einen Grund, warum ich dir nie von ihm erzählt habe.«

Mams Ton klingt plötzlich bestimmt. Fest. Er passt zu dem Blick, mit dem sie mich nun bedenkt. Sie will etwas von mir. Sie will, dass ich verstehe, die Wahrheit begreife und ihr die Lügen verzeihe.

Doch was kann ein Johnny so Schlimmes getan haben, dass meine Mutter ihn mir einfach verschwieg? Dass er noch ein Kind mit einer anderen Frau hat? Das ist sicher enttäuschend für sie und ihre Liebe. Aber das macht ihn nicht automatisch zu einem schlechten Vater für mich. Dass er sich im Laufe der Jahre über und über tätowieren ließ? Das sind keine Gründe, ihn mir vorzuenthalten.

Ich werfe einen Blick auf die Fotos. Betrachte den noch völlig untätowierten Mann, der aussieht wie Keanu und mein Vater ist. Er hat ein schönes Lachen. Mam und er sehen glücklich aus.

»Wir wohnten in einem Appartement am Strand. Johnny jobbte hier und dort und war viel unterwegs. Doch wir waren glücklich, und wir bekamen dich«, erzählt meine Mutter.

Ihre Gefühle wandern über ihr Gesicht wie ein Film über die Leinwand. Ich schaue sie an und versuche zu begreifen, was sie sagt. Und mich innerlich darauf vorzubereiten, was sie noch sagen wird.

»Nach einiger Zeit begann er sich zu verändern. Er blieb immer öfter über Nacht fort und reagierte mit Schweigen, wenn ich ihn fragte, wo er gewesen war. Er hörte einfach auf, mit mir zu sprechen, und eine beängstigende Traurigkeit nahm von ihm Besitz. Schließlich fiel er in eine bodenlose Depression.«

Mam weint. Die schmerzhaften Erinnerungen, die sie jahrelang mit sich herumgetragen hat, quellen aus ihr heraus. Es zerreißt mir das Herz. Leise weine ich mit.

Trotzdem sehe ich noch immer keinen Grund für ihre Lügen. Viele Menschen erkranken an Depressionen. Auch Eltern. Deswegen darf man sie doch nicht ihren Kindern vorenthalten.

»Eines Tages verschwand er. Nur hin und wieder rief er an und fragte, wie es dir ginge. Er sagte, er hätte sich selbst in eine Klinik eingewiesen. Ich hoffte, dass sie ihm dort helfen würden. Eines Nachts stand er plötzlich in der Wohnung. Ich erkannte ihn kaum wieder. Er hatte jeden Zentimeter seiner Haut tätowieren lassen. Natürlich war ich entsetzt. Aber er versprach, dass es ihm besser ginge. Du warst so froh, ihn wieder bei dir zu haben. Es war dir egal, dass dein Papa aussah, als wäre er blau angemalt. Einige Wochen lebten wir wieder als Familie. Beinahe waren wir glücklich. Doch dann verschwand er eines Nachts erneut. Dieses Mal für immer.«

Mam schnäuzt sich in ein Taschentuch. Ich sehe ihr dabei zu, während sich mein eigener Rotz mit Tränen mischt und auf meine Hose tropft. Es ist mir egal.

»Ich wollte nur noch zurück nach Hause. Ich lernte Professor Zimmer kennen, der mir seine Hilfe anbot. Er besorgte uns eine Wohnung in Deutschland und bezahlte die Flugtickets. Ich habe sie nach und nach zurückgezahlt. Und Briefe geschrieben, wie es uns hier erging. Darum hatte er gebeten.«

Mam schaut zu Frau Zimmer, die dasitzt und wie paralysiert auf die Kekse starrt. Sie scheint Mams Blick zu spüren, denn nun hebt sie den Kopf.

»Wir hatten uns in Amerika nie kennengelernt«, sagt Mam nun an sie gewandt. »Und Sie haben sich mir nicht vorgestellt, nicht einmal nachdem Sie uns diese Wohnung hier in Ihrem Haus vermittelt haben. Und Professor Zimmer habe ich auf der Straße schlicht nicht erkannt.«

»Aber wer ist denn nun mein Vater? Unser Vater?«, schreie ich.

Mam und Frau Zimmer drehen mir beide den Kopf zu, schauen mich an. Völlige Ratlosigkeit im Gesicht. Und da begreife ich etwas für mich Unfassbares: Das ist alles. Mehr kann ich von Mam und von Frau Zimmer nicht erfahren. Sie haben mir gesagt, was sie wissen. Alles, was meine Mutter von meinem Vater kennt, ist mit ihr selbst verbunden. Er ist Johnny, die Liebe ihres Lebens, der irgendwann verrückt wurde. Und Frau Zimmer hat ihn nur ein einziges Mal gesehen. Obwohl er ihr Leben und vor allem das ihres Mannes komplett veränderte. Sogar zerstörte.

Doch Herr Zimmer scheint eine Schlüsselfigur zu sein. Er muss die ganze Wahrheit kennen, die über alles hinauszugehen scheint, was ich mir je vorstellen konnte. Hin und wieder scheint er sich daran zu erinnern. Ich muss nur einen günstigen Zeitpunkt abwarten, einen, in dem seine Augen blau und klar sind. Einen wie gestern an den Gleisen.

Ich springe von meinem Stuhl auf. Ich muss zu meinem Bruder. Und dann müssen wir Herrn Zimmer finden.

»Mottchen?« Mams Stimme klingt spröde.

Ich wende mich ab und stürze in den Flur. In meinem Zimmer schnappe ich, ohne nachzudenken, den Rahmen mit meiner Zeichnung, dann renne ich die Treppen hinunter. Barfuß. Egal. Mein Weg ist nicht weit. Er führt nur über die Straße und die Treppen gegenüber wieder nach oben.

Doch so weit komme ich nicht. Als ich aus unserer Haustür trete, ruft jemand nach mir.

»Moana!« Herr Zimmer steht auf der Straße und blickt mir mit klaren Augen entgegen.

»Gehen wir ein Stück?«, fragt er.

Drüben unterm Dach liegt Keanu wahrscheinlich auf seiner Isomatte und braucht mich. Außerdem sollte er bei diesem Gespräch dabei sein. Mein Blick gleitet fragend nach oben. Herr Zimmer folgt ihm.

»Du kannst gleich zu deinem Bruder. Ich möchte dir aber noch etwas sagen. Etwas Wichtiges.« Er deutet auf das Bild in meiner Hand. Ich presse es gegen meine Brust, als wollte ich es beschützen. »Du hast dein Portal dabei, das ist gut. Denn seines hat sich verschlossen.«

»Sie haben von all dem gewusst«, flüstere ich. Erschüttert, obwohl ich es ahnte.

Wir laufen nach Westen. Die Sonne blendet mich, und ich höre unsere nackten Füße auf das Pflaster patschen. Tausend Fragen wirbeln durch meinen Kopf. Aber ich beiße mir auf die Lippen. Ich befürchte, Herr Zimmer könnte sich jeden Moment wieder in sich selbst zurückziehen. Bevor er auch nur eine davon beantwortet haben würde.

»Er erklärte mir vieles. Ava wollte oder konnte ihm nicht zuhören. Später verstand ich, warum. Das Wissen darum ist so … unglaublich … so verstörend. Ich konnte es selbst immer weniger annehmen. Es widersprach allem, was ich als Wissenschaftler kannte und wusste. Aber da wart ihr, Keanu und du. Seine Kinder. Nicht zu fassen, aber real. Mein Geist floh das Unmögliche.«

»Vielleicht wird jetzt alles wieder gut, wenn Sie uns erzählt haben, was Sie wissen, und das Ganze nicht mehr für sich behalten müssen«, sage ich leise.

Er macht ein kleines Geräusch, das ich nicht deuten kann. Ich möchte aber, dass es ein zuversichtliches Seufzen ist. Obwohl es nicht so ist, fühle ich mich nämlich schuldig. Denn dass Herr Zimmer seinen Verstand verlor, hat auch etwas mit meiner Existenz zu tun.

»Dein Bruder wird an seinem sechzehnten Geburtstag durch das Portal gehen. Er muss aber nicht drüben bleiben. Es ist seine Entscheidung. Sag ihm das, damit er sich nicht fürchtet.«

»Er fürchtet sich nicht«, murmle ich. »Er kann es kaum erwarten.«

Wir schauen beide nach Westen. Als wäre dort das Meer.

»Wie heißt unser Vater?«, frage ich.

»Yloma.«

Ein warmes Kribbeln breitet sich in mir aus. Ich wusste, dass er kein Johnny ist.

»Wer ist er? Oder was?«, frage ich mit zitternder Stimme. Es scheint so unglaublich, diese Fragen laut auszusprechen.

Doch Herr Zimmer antwortet mir nicht mehr. Ich muss gar nicht zu ihm rübersehen. Sein Gang hat sich verändert, das merke ich auch aus dem Augenwinkel. Seine nackten Sohlen schlurfen jetzt über das Pflaster, seine Schultern sind nach vorn gesackt. Der alte Mann ist nicht mehr bei mir. Enttäuschung plumpst mir in den Bauch. Am liebsten würde ich schreien und weinen oder Herrn Zimmer schütteln. Ich war so nahe dran und hätte die Wahrheit beinahe greifen können. Doch ich schlucke alles hinunter.

»Auf Wiedersehen, Herr Zimmer, bis zum nächsten Mal«, sage ich leise und bleibe stehen.

Ich hebe die Hand und streiche ihm sacht über den Arm. Der zerzauste Mann merkt es nicht, sondern läuft unbeirrt weiter in die Sonne hinein. Ich drehe mich um und renne zurück.

Kurz befürchte ich, Keanu würde mir nicht öffnen, doch er tut es. Als ich vor ihm stehe, schauen wir uns Ewigkeiten nur an.

»Darum wolltest du mich nicht küssen, kleine Schwester«, sagt er und grinst. Das Grinsen ist von Schmerz gezeichnet. In dem Moment sehe ich das Blut in seiner Hand, das Messer in der anderen.

»Verdammt, was hast du getan?«, schreie ich ihn an.

»Ich brauchte einen Ozean«, murmelt er und legt das Messer weg.

Ich greife nach seiner Hand. Der Schnitt ist nicht sehr tief. Wir setzen uns in seinem Zimmer auf die Isomatte. Ich schaue ihn fragend an.

»Ich habe die Kugel nicht rausbekommen«, gibt er zu. »Es schmerzte zu sehr.« Er lächelt traurig.

»Sie kommt von allein raus«, sage ich.

Keanu nickt. »Wenn man sie wirklich braucht. Und das war wohl nicht der Fall.«

Mein Blick fällt auf seinen Schreibtisch. Dort steht eine Torte.

»Heute ist dein Geburtstag. Dein sechzehnter Geburtstag«, sage ich erschüttert.

»Ja. Ich wollte dich abholen und etwas Schönes mit dir unternehmen.«

»Zum Abschied«, flüstere ich.

Wir schauen uns an. Es tut weh. Ich will ihn nicht verlieren. Ich habe ihn doch gerade erst gefunden. Ich rutsche zu ihm rüber und nehme ihn fest in meine Arme.

»Herzlichen Glückwunsch«, flüstere ich zwischen seinen Locken hindurch in sein Ohr.

Dann rücke ich wieder ein Stück von ihm ab. Nur ein kleines. Ich möchte ihm nahe sein, aber auch in seine Augen blicken. Unsere Hände bleiben ineinander verschlungen.

»Warum brauchtest du einen Ozean?«, frage ich leise.

»Ist es nicht der Tag der Tage? Sollte ich heute nicht übertreten?«, fragt Keanu zurück. Sein Lächeln ist nicht so sicher, wie er klingen möchte. Ich sehe seine Unterlippe zucken. Er hat Angst. Genauso wie ich.

»Was sagt die Stimme dazu?«

»Ich kann sie nicht hören.« Er klingt beinahe verzweifelt. »Seit gestern habe ich ein wildes Rauschen in mir, die Brandung riesiger Wellen, Gluckern und Murmeln, Walgesänge.«

»Ozeantinnitus«, sage ich.

Da müssen wir lachen. Es ist, als lachten wir unsere Furcht weg.

Mein Bild liegt neben uns. Als es anfängt zu leuchten, schauen wir beide darauf und wissen es im selben Augenblick. Keanu muss hindurchgehen. Durch das Portal in die andere Welt, die die andere Hälfte von uns ist.

»Der Name unseres Vaters ist Yloma«, raune ich. »Ich glaube, er kommt aus den Tiefen des Ozeans, aus der Höhle in den roten Felsen zwischen den schweigenden Kelpwäldern. Keanu, wir sind Chimären. Wie die Libellenfische, deren Flügelflossen wir als Glücksbringer haben.«

»Er ruft mich«, raunt Keanu. »Unser Vater ruft mich.«

»Jetzt gerade?«, frage ich erschrocken.

Keanu nickt. Er berührt vorsichtig mein Bild. Seine Finger stoßen aber nur gegen Glas.

»Der Rahmen«, wispere ich. »Der Rahmen verschließt das Portal.«

Ich reiße daran herum, bis er in vier Teile zerbricht. Die Zeichnung lege ich zwischen uns.

»Wirst du gehen?«, frage ich und greife nach ihm.

»Ich muss«, antwortet mein Bruder.

Ich nicke und fühle Tränen aufsteigen. Keanu lässt mich los und berührt das Bild. Seine Finger versinken in der Welt dahinter. Seine Hand. Sein Arm.

»Bitte bleib hier, bleib bei mir. Wir haben uns doch gerade erst gefunden«, bettele ich.

Keanu versucht, seinen Arm in diese Welt zurückzuziehen. Doch es gelingt ihm nicht. Irgendetwas da drüben ist stärker als er. Tiefer und tiefer verschwindet er in meiner Zeichnung. Verzweifelt ziehe ich an seinem anderen Arm. Ich kann ihn aber nicht halten. Schließlich müssen wir uns loslassen.

Dann ist er auf der anderen Seite, schaut aus geweiteten Augen zu mir zurück.

»Du musst nicht dort bleiben!«, schreie ich gegen die Zeichnung und hoffe, dass er mich noch hören kann. Warum habe ich ihm das denn nicht eher gesagt? »Erwin Zimmer hat gesagt, du darfst es selbst entscheiden! Du hast die Wahl.«

Ich schlage gegen das Papier, doch meine Handflächen treffen nichts anderes als das.

Dann sehe ich die Bewegung hinter ihm im Höhleneingang.

»Hinter dir!«, flüstere ich.

Keanu dreht sich um. Aus dem Höhleneingang tritt eine aufrechte Gestalt.

Ich muss sie nicht näher sehen, um zu wissen, wer das ist. Mein Herz sagt es mir. Ich denke an den schönen Mann, der mit Mam am Strand auf den Fotos ist. Dann sehe ich den tätowierten Arm vor meinem inneren Auge, der Arm, der das kleine Mädchen hält. Keine Tätowierungen. Blaue Haut. Das kleine Mädchen lacht glücklich. Das kleine Mädchen bin ich. Ich habe von diesem Arm gehalten glücklich gelacht. Tränen tropfen von meinem Kinn. Wie lange weine ich schon?

Ich schlage wieder gegen das Bild. Ich will zu meinem Bruder. Zu ihm und zu meinem Vater. In das Land am Grunde des Ozeans. Aina. So oft war ich im Traum dort und eine von ihnen. Ohne es zu wissen. Warum gelingt mir das jetzt nicht? Dabei kenne ich die Antwort. Ich bin noch keine sechzehn.

Ich sehe die beiden winzigen Gestalten noch immer auf dem Weg stehen.

»Ich will bei euch sein«, schluchze ich.

Das Schicksal ist gemein. Ich will sie nicht verlieren. Nicht noch einmal. Eine unglaubliche Sehnsucht erfasst mich. Mit jeder Faser meines Herzens will ich hinüber zu ihnen. Es tut so weh, dass ich aufstöhne. Mein Bauch krampft sich zusammen, und mir wird übel.

»Keanu! Nicht! Geh nicht. Vater! Bleibt bei mir!«, schluchze ich. »Bitte! Bitte, nehmt mich mit!«

Verzweifelt schlage ich die Hände vor mein Gesicht.

Komm mit uns, geliebte Moana, höre ich plötzliche eine Stimme in meinem Kopf. Der Babyrochen. Wo kommt der denn auf einmal her?

Als ich die Hände wieder herunternehme, sehe ich Keanus Gesicht mir aus meiner Zeichnung entgegenblicken. Seine Haut ist blau, und seine Augen strahlen aus den gezeichneten heraus. Sein schönes Lächeln lässt sie in Falten liegen. Falten, die Keanu noch nicht hat.

»Papa«, flüstere ich.

Plötzlich ragt ein blauer Arm aus dem Bild. Ich greife nach seiner Hand und lasse mich von ihm auf die andere Seite ziehen.

22.

Hinübertreten ist wie durch Wolken gehen. Nicht so, wie ich mir das als kleines Mädchen vorgestellt habe. Wolken sind keine kuschlig warmen Berge aus Watte. Sie sind kalt und feucht wie Novembernebel.

Ein feines Netz aus Wassertröpfchen legt sich auf meine Haut und verfängt sich in meinen Haaren. Nasse Kälte strömt in mein Inneres, dehnt sich dort aus und erfüllt mich ganz und gar. Ein nicht enden wollender weißer Atem strömt aus meinem Mund und meiner Nase. Als liefe ich durch eine klirrend kalte Nacht. Jeder Schritt strengt mich an. Eine zähe Masse wie aus Millionen von Kaugummis scheint meine Füße festzuhalten. Ich muss mit all meiner Kraft dagegen angehen. Meine Ohren fallen zu. Ich sammle Spucke im Mund und schlucke. Doch das hilft nicht. Nur gedämpft dringen Geräusche zu mir durch, als trüge ich In-Ear-Kopfhörer.

Fast möchte ich umkehren. Doch mein Vater und diese Sehnsucht, die in meinem Bauch herumreißt, ziehen mich weiter. Hinter den Nebelwolken ist mein anderes Zuhause.

Plötzlich reagieren meine Sinne nicht mehr. Ich scheine völlig entkoppelt zu sein. Ich sehe nichts, höre nichts, schmecke nichts, ertaste nichts. Gefangen in einer absoluten Leere.

Dann durchfährt es mich wie ein Stromschlag. Die Synapsen in meinem Gehirn werden ihren alten Ports entrissen und neu gesteckt, wie Kabel, die, zuvor sinnlos zusammengehalten, nun zum richtigen Kreis geschlossen werden. Am Ende dringt gleißendes Licht in meine Pupillen. Ich presse die Augen zusammen.

»Hilfe, was passiert hier?« Das Echo meiner Stimme hallt in meinem Inneren wider.

Dein Körper stellt sich um, vernehme ich die Stimme meines Vaters. *Hab keine Angst. Ich bin bei dir.*

Ich atme Wasser. Der Geruch des Ozeans umfängt mich. Mir ist weder kalt noch warm, ich fühle mich wohl und geborgen. Langsam öffne ich die Augen. Sehe. Und bin angekommen.

Willkommen, liebe Moana, höre ich meinen Vater.

Ich schwebe zwischen den Tangstängeln, die sich bis weit nach oben ins Licht schlängeln. Zwischen ihnen dringen einige Strahlen herab und tauchen alles in einen geheimnisvollen Schimmer. Ich betrachte alles ganz genau. Damit ich mich nicht umdrehe. Denn davor habe ich Angst.

»Das ist unglaublich, hier war ich schon so oft«, versuche ich zu sagen, aber meine Worte verlieren sich im Wasser.

Man kann hier unten nicht sprechen. Und doch habe ich eben meinen Vater deutlich gehört. Nein, nicht gehört, nicht mit den Ohren. Ich habe seine Stimme mit meiner Haut wahrgenommen. Als hätten die ausgesendeten Wellen gedachter Gedanken mich auf eine Art und Weise berührt, die mich hat hören lassen. Das ist total verrückt. Trotzdem fühlt es sich nicht fremd an.

Noch immer schaue ich stur geradeaus, blicke einem der kleinen Libellenfische nach. Mit unzähligen Artgenossen huscht er zwischen den gefiederten Stängeln des Kelpwaldes herum, die in einer leichten Strömung tanzen. Die leuchtenden Flügelflossen kreieren winzige blaue Oasen in die dunklen Orte, die die Lichtstrahlen von oben nicht erreichen. Boten zwischen den Welten. Wie oft habe ich sie gesehen, ohne sie zu erkennen.

Ich spüre sie hinter mir. Keanu und Yloma. Sie sind nicht nur mein Bruder und mein Vater. Sie sind keine Menschen. Und dennoch ein Teil von mir. Länger kann ich nicht warten. Ich drehe mich um.

Mein Bruder lächelt mich an. Seine Augen strahlen heller als je zuvor. Seine Haut ist silberblau. Er ist das junge Abbild unseres Vaters, der neben ihm steht.

Ein schneller Blick auf meine Hände und Arme verrät mir, dass die ganz normal getönt sind. Fast bin ich enttäuscht. Denn so sehe ich aus, als gehörte ich nicht hierher oder zu ihnen.

Hallo, Schwesterherz. Wie wunderbar, dass du mitkommen durftest, sagt Keanu. Ich spüre seine Worte auf meiner Haut, höre sie in meinem Kopf. Seine Lippen bewegen sich nicht, sondern lächeln mich unverwandt an.

»Wie ist das möglich? Ich bin doch noch nicht sechzehn?«, frage ich. Vor lauter Aufregung versuche ich wieder, meine

Fragen laut auszusprechen. Aber bis auf ein ziemliches Geblubber ergibt sich nicht viel. Beinahe hätte ich mich veratmet oder verschluckt oder was immer es gewesen wäre, wenn ich wirklich hätte husten müssen.

Schnell denke ich meine Fragen noch einmal. *Wie ist das möglich? Ich bin doch noch nicht sechzehn?* Und auch so etwas wie *Hallo, Papa.* Das fühlt sich jedoch ziemlich vermasselt an und dem Augenblick überhaupt nicht würdig.

Mein Vater tritt lächelnd einen Schritt auf mich zu und nimmt wieder meine Hand in die seinen.

Ich weiß es ehrlich gesagt auch nicht. Vielleicht habt ihr es euch beide so sehr gewünscht und darum konnte es passieren? Vielleicht ist es euer Schicksal? Das hier ist keine Fantasygeschichte, wie Menschen sie so lieben. Es ist das wahre Leben. Das Leben der Ozeanbewohner und der Chimären. Unser Leben. In dem gibt es eben auch Missgeschicke, Fehler und Überraschendes. Genauso wie oben bei den Menschen. Aber bleiben wirst du nicht können, Moana. Dein Körper kann sich noch nicht vollkommen umstellen, sagt er auf seine Art.

Da stehen sie mir also gegenüber und sind so nahe. Mein Bruder. Mein Vater. Die ich beide nicht kannte und dennoch mein Leben lang vermisst habe.

Was tut man oben in der Welt der Menschen, wenn man zum ersten Mal seinem Vater gegenübersteht? Umarmt man ihn, obwohl er ein Fremder ist? Aber was, wenn dieser unbekannte Vater nicht einmal ein Mensch ist? Wenn er silberblau schimmert, Wasser atmet und am Grunde des Ozeans lebt?

Hilflos blicke ich zu Keanu. Er hat sofort gewusst, was er tun oder sagen musste. Aber Keanu ist sechzehn. Er hat sich verwandelt. Er gehört nun hierher.

Ich blicke unserem Vater direkt ins Gesicht. Es ist so befremdlich, dass ich erschrecke. Es ist so faszinierend, dass ich meinen Blick nicht abwenden kann. Es ist so vertraut, dass ich zu weinen beginne. Er drückt meine Hand. Dann fährt er sanft über meine Wange. Ein kleiner Wirbel entsteht. Meine Tränen tanzen darin, als wären sie gläserne Perlen.

Glücklich gleitet sein Blick aus den strahlend blauen Augen über Keanu und mich. Ich kann seinen Stolz fühlen, als wäre es mein eigener. Und noch etwas anderes, etwas viel Tieferes. Liebe. Unser Vater liebt uns und hat es immer getan.

Meine wunderschönen Kinder!, spüre ich seine Worte über meine Haut streicheln.

Ich weiß plötzlich, dass ich keine Fragen mehr zu stellen brauche. Hier unten in dieser Welt bleibt kein Gedanke verborgen. Jedes gedachte Wort ist eine Nachricht an die anderen. Geheimnisse gibt es nicht. Ach du liebes Lottchen. Da muss ich mich erst einmal dran gewöhnen.

Mam!

Das wollte ich gar nicht denken. Aber ich kann ja nicht einmal meine Worte zurückhalten. Wie soll das mit Gedanken funktionieren?

Du bist ihr sehr ähnlich, Moana. Ich liebe Anna sehr, höre ich meinen Vater in mir.

Und Ava? Keanu ist gleichzeitig traurig und empört. Ist auch er das Kind einer großen Liebe? Ich fühle unendlich viele Fragen durch meinen Kopf fallen, meine und seine.

Es ist immer eine große Liebe. Ohne diese würden keine Chimären entstehen.

Wir sind also tatsächlich Chimären, auch wenn sich das zum Glück nicht nach außen zeigt. Ich werfe einen Blick auf meinen Bruder. Na gut, zumindest nicht bei mir. Noch nicht.

Lasst uns hinübergehen. Dort werde ich eure Fragen beantworten.

Unser Vater wendet sich dem Höhleneingang in den roten Korallen zu. Wir folgen ihm.

Wie gebannt verharren Keanu und ich bei dem Ausblick, der sich uns auf der anderen Seite bietet.

Halt mich fest, mein Bruder.

Dass man Unglaube so intensiv fühlen kann, wusste ich nicht. Bei allem scheinbar Irrealen und schier Unmöglichen, das ich bisher betrachten und erleben durfte, gab es doch immer diese kleine Stimme der Vernunft, die Erklärungen flüsterte, warum es vielleicht doch sein konnte, was ich gerade sah. Meistens handelte es sich demnach um Träume und Halluzinationen.

Doch in diesem Moment träume ich nicht. Ich bin wach und bei klarem Verstand. Ich habe einen Zeugen, meinen Bruder,

der bei mir ist. Es könnte natürlich sein, dass wir beide träumen. Denselben Traum. Während wir eigentlich oben in seinem Zimmer auf der Isomatte liegen. Möglich wäre das. Und auch viel wahrscheinlicher. Aber Keanu hat mir von diesem Tal erzählt. Er hat es gesehen. Bis hierher war er schon gekommen.

Und auch mein Herz erkennt den Ort zu unseren Füßen. Umschlossen von den roten Korallenfelsen schmiegt er sich auf den schwarzen steinigen Boden des Ozeans. Zwischen den vertrauten Algenstängeln verschiedener Kelpwälder erheben sich schillernde Kalkgebäude. Sie sind wunderschön und so kunstfertig, als hätten die Korallen sie nach einem Bauplan für Kathedralen gearbeitet.

Das sind unsere Behausungen, höre ich meinen Vater.

Zwischen den Gebäuden ziehen sich Glaswege in allen Schattierungen von Grün durch das schwarze Gestein. Aus seinen Löchern und Poren erheben sich nicht nur die Meereswälder, auch Schwämme, Anemonen und Blumentiere aller Arten, Formen und Farben wachsen auf ihnen. Regenbogen schillerndster Schattierungen von Ultraviolett bis Infrarot spannen sich zwischen den Felsen. Schwärme aus Tausenden Fischen bilden sich stetig wandelnde silberne Formen, als tanzten die Tiere nach einer wundersamen Musik. Über allem wölbt sich der Dom einer tiefblauen Unendlichkeit.

So etwas Schönes habe ich noch nie gesehen, denke ich.

Das ist allerdings mehr als logisch. Das menschliche Auge könnte allein die Farben dieses Ortes gar nicht wahrnehmen. Wir haben ja nicht einmal Namen dafür. Nach Infrarot und Ultraviolett hört das Spektrum auf, das wir im Physikunterricht durchgenommen haben. Aber eben nur für den Menschen. Nicht für andere Wesen. Auch nicht für Chimären.

Der uns einhüllende Geruch tut sein Übriges. Nichts trägt Erinnerungen so gut wie ein Duft. Ich selbst erinnere mich vielleicht nicht an meine ersten drei Lebensjahre mit meinem Vater, aber etwas in mir tut das. Der Geruch hier am Ozeangrund bringt die vergessene Liebe mit aller Macht zurück.

Aina.

Zuhause.

Ein großer Knoten in meiner Brust lässt mich aufschluchzen. Als ich mich zu Keanu wende, sehe ich Tränen aus seinen Augen quellen. Sie gelten auch hier im Ozean, behalten ihre Form und schweben in den Strömungen davon.

Wie benommen folgen wir unserem Vater. Der Abstieg ins Tal hinunter genügt nicht, um ganz zu begreifen.

Wo sind die anderen?, möchte Keanu wissen.

Sie haben sich zurückgezogen und wollen euch die Zeit lassen, die ihr braucht, um hier anzukommen, antwortet unser Vater.

Ich glaube, das wird mir nicht gelingen, denke ich.

Bist du dir sicher, liebe Moana?, höre ich unseren Vater. Er schaut mich lächelnd an.

In dem Augenblick weiß ich, dass ich längst angekommen bin. Schon immer hier war. Zumindest ein Teil von mir. Auch wenn ich den gar nicht kannte.

Wir betreten eines der hübschen Kalkgebäude. Obwohl dieses Volk am Grunde des Ozeans lebt, ist mir das Innere ihrer Häuser vertraut. Wir nehmen auf Sitzmöbeln Platz.

Habt ihr Hunger?, fragt unser Vater wie ein Gastgeber in der oberen Welt.

Ich schüttele den Kopf. Ich habe zwar noch nicht gefrühstückt, aber ich habe keinen Hunger. Nicht einmal Appetit. Auch nicht auf Fisch, Krustentiere oder Algen.

Hast du Mo und mich zusammengeführt, Vater? Damit wir uns noch kennenlernen, bevor ich die obere Welt verlassen muss?, fragt Keanu.

Darüber habe ich auch schon nachgedacht. Natürlich ist da Erwin Zimmer, der alles wusste, der in Kontakt zu Mam und mir stand. Es war jedoch ein großer Zufall, dass Keanu so knapp vor seinem sechzehnten Geburtstag das erste Mal von San Diego nach Deutschland kam. Weil sein Papa gestorben war, ertrunken im Ozean. Konnte es etwa sein, dass –

Ein Treffen zwischen euch war immer mein großer Wunsch. Aber wie sollte ich das arrangieren? Wir können sehr viel mehr, als die Menschen sich vorstellen können. Aber die Zufälle und Wege des Lebens können wir nicht verändern –

Er schaut mir direkt in die Augen und lächelt. Natürlich hat er meinen kurzen Gedankenblitz gespürt. Herr Meier hat gesagt …

Auch die klaren, bewussten Entscheidungen des Menschen können wir nur zu einem geringen Teil beeinflussen. Wir kom-

munizieren letztlich mit dem Unterbewusstsein, den Prozessen davor. Darum war ich dem Zufall dankbar. Auch wenn er einen sehr schmerzhaften Auslöser hatte. Denn ich spürte, dass Moana begann, Fragen zu stellen. In ihrem ersten Traum kam sie zu mir, nicht andersherum, wie es üblich zu Beginn der Waena ist.

Waena?, fragen Keanu und ich gleichzeitig.

Die Zeit des Dazwischen. Die Jahre zwischen dem vierzehnten und dem sechzehnten Geburtstag, in denen die Wandlung stattfindet. Nicht nur die vom Jungen zum Mann oder vom Mädchen zur Frau. Sondern in eurem Fall auch die vom Menschen zu einem von uns.

Waena, denke ich. *Irgendwie klingt das viel schöner als Pubertät.*

Keanu und unser Vater lachen.

Es ist auch ein bisschen mehr, spüre ich Keanus Worte.

Dann werden wir wieder ernst.

Ich hatte immer Kontakt zu euch, fährt unser Vater fort. *Auch vor eurem vierzehnten Geburtstag. Nicht nur über die Berichte von Erwin Zimmer. Zu dir, Keanu, direkt über den Ozean, wenn du surfen warst. Und zu Moana über den Mondfisch im Aquarium. Natürlich ohne dass dir das bewusst war, liebe Moana. Die Idee mit dem kleinen Rochen war allerdings etwas albern. Verzeih mir das bitte.* Er lächelt mich an.

Ich war deswegen nicht böse, denke ich. *Kannst du irgendwie in die Fische hineingehen?*

Ja, so könnte man das sagen.

Unser Vater wendet sich nun ganz Keanu zu. *Wir haben deinen Vater hierhergeholt und ihm seine letzte Ruhestätte gegeben. Nach unserem Gespräch können wir ihn besuchen.*

Ich spüre Keanus Trauer über den Verlust des geliebten Menschen, als wäre es meine eigene.

Danke. Danke … Vater.

Ein Lächeln zieht sich über die blauen Züge, und ich fühle die freudige Wärme, die gerade das Herz unseres Vaters durchströmt.

Chimären, Keanu. Wir sind Chimären, kannst du dir das wirklich vorstellen? Mischwesen, deren wahre Gestalten sich erst mit sechzehn Jahren zeigen. Keanu, du wirst nun hier unten leben, während ich noch einmal für zwei Jahre zurückgehe.

Plötzlich wird mir die Tragweite dieses Gedankens klar. Oh Himmel, nicht nur, dass ich Keanu heute wieder verliere, was ist in zwei Jahren mit Mam? Und was mit Herrn Meier? Mit Katha und all den anderen Menschen, die ich kenne und gernhabe? Ich kann sie doch nicht für immer verlassen, um am Grund des Ozeans zu leben. Auch wenn der wunderschön und mein zweites Zuhause ist. Was ist denn mit dem ersten? Da fallen mir Erwin Zimmers Worte ein. Man muss nicht hierbleiben. Man darf sich entscheiden.

Ich bemerke, dass mich die beiden aufmerksam betrachten. Oh, na klar, sie können ja meine Gedanken mitdenken. Ich fühle Keanus Verwirrung und erhalte die Bitte unseres Vaters,

Geduld zu üben. Er möchte erst die ganze Geschichte erzählen.

Aber es ist wahr, Keanu, du musst nicht hierbleiben, sondern darfst dich frei entscheiden.

Im selben Moment spüre ich die unerträgliche Sehnsucht nach diesem Ort hier in der Unendlichkeit des Ozeans stärker als je zuvor. Auf einmal weiß ich nicht, ob ich in zwei Jahren wieder zurückgehen würde. Spürt Keanu das auch? Kann man sich gegen die Erfüllung dieser enormen Sehnsucht entscheiden? Herr Meier? Mam? Ich möchte nicht in Keanus Haut stecken.

Da begreife ich, dass ich gar nicht weiß, ob Keanu da oben überhaupt jemanden zurücklassen würde, den er sehr liebt. Er hat nie von seiner Mutter gesprochen. Sein geliebter Papa, der ihn aufzog, liegt hier unten. Und unser Vater lebt hier.

Schon wieder habe ich vergessen, dass Keanu und Yloma meine Gedanken lesen können. Ergeben grinse ich sie an.

Dich, Mo. Dich würde ich vermissen, höre ich Keanu.

Keanu und Moana. Die Welle und der Ozean.

Du gabst uns unsere Namen, erkenne ich.

Unser Vater lächelt.

Meine Mutter und Ava haben keine Ahnung von dem Ganzen, nicht wahr? Sie wissen gar nicht, wer du bist.

Nein. Das konnte ich ihnen leider nie erklären.

Ich spüre, wie sehr er das bedauert. Dass es ihm leidtut und dass er sie tatsächlich liebt. Alle beide. Aber dass die Geschichte eben so laufen musste. Seine Geschichte, unsere, die des Ozeanvolkes.

Erzählst du sie uns?, fragt Keanu, und unser Vater nickt.

Sie kamen vor vielen Tausend Jahren aus dem Ozean und nahmen sich die Frauen eines friedlichen Fischervolkes.

Wer waren sie?, frage ich sofort dazwischen.

Es gab in grauer Vorzeit nicht nur ein Menschengeschlecht, liebe Moana, sondern viele verschiedene. Fast alle starben aus. Doch dieses hatte den Ozean als Lebensort gewählt. In seinen Tiefen überlebte es und wurde vergessen. Eines Nachts entstiegen die Männer den Wellen und begatteten die oben lebenden Menschenfrauen gegen ihren Willen. Ein barbarisches Verbrechen. Doch im Sinn der Arterhaltung notwendig. Denn zehn Monate später wurden die ersten der Anderen geboren. Wir.

Aus Angst, die Fischer könnten sie verstoßen, hatten die Frauen nichts von der lieblosen, gewalttätigen Nacht erzählt. Das Volk des Ozeans hatte frisches Blut, neue Gene gebraucht und sie sich einfach geholt. So, wie sie sich alles nahmen. Sie zeigten keine Gefühle und sprachen nicht. Nicht zu den Menschenfrauen. Nicht zu uns, ihren zwittrigen Kindern. Übers Jahr holten sie ihre neugeborenen Babys ins Wasser. Die Mischlinge hassten sie dafür.

Nach und nach vermischten sich die beiden Arten am Ozeangrund immer mehr. Heute gibt es niemanden des ursprünglichen alten Volkes mehr. Wir sind alle die Nachkommen der ersten Verbindung mit den Menschen. Um die rohen

Meereswesen ganz aus uns zu löschen, machten wir die Liebe zum ersten Gebot unserer Gemeinschaft. Niemals wieder sollte einer von uns ohne Liebe gezeugt werden oder ohne Liebe sein.

Alle dreihundert Jahre brauchen wir jedoch neues Blut. Unvermischt würde es immer schwächere und kränklichere Nachkommen entstehen lassen. Dann gehen Auserwählte nach oben und suchen sich dort eine oder mehrere Frauen. Je nachdem, wie viel Liebe sie geben können.

Wir können unsere Gestalt eine Zeit lang wandeln und mit den Frauen zusammenleben. Doch irgendwann müssen wir zurück in den Ozean. Ob wir das wollen oder nicht, wir brechen den Menschenfrauen das Herz. Und unser eigenes auch. Das ist das Wesen der Liebe.

Ich höre, spüre und fühle die Worte meines Vaters. Ich verstehe alles und verzeihe ihm. Auch weil ich weiß, dass wir Chimären heute eine Wahl haben. Das menschliche Blut unserer Mütter fließt genauso stark durch unsere Adern wie das unseres ozeanischen Vaters. Die ersten sechzehn Jahre leben wir bei unseren Müttern auf der Erde. Ab dem vierzehnten Lebensjahr nimmt unser Vater Kontakt zu uns auf. In Träumen und Erscheinungen zeigt er uns Stück für Stück seine Welt. Die Zeit der Waena. In der wir auch unser persönliches Portal erschaffen. Am sechzehnten Geburtstag treten wir über und dürfen frei wählen, wo wir leben möchten. Die Entscheidung ist endgültig. *Aber würde ich trotz der endlosen Sehn-*

sucht tatsächlich den Grund des Ozeans wählen? Wird Keanu hierbleiben?

Wieder habe ich vergessen, dass die beiden meine Gedanken spüren. Dabei ist es wirklich erstaunlich, dass ich überhaupt denken kann. Denn ich höre nicht nur die Geschichte meines Vaters und meine eigenen Gedanken dazu, sondern auch die meines Bruders. Hinzu kommen alle Gefühle, die wir drei haben. In meinem Gehirn und in meinem Herzen herrscht allergrößtes Chaos. Es wird eine Weile dauern, bis ich mich daran gewöhnt habe. *Wie ist das erst, wenn sich mehrere oder gar viele treffen? Bei einer Party zum Beispiel?*

Die emotionale Verbundenheit haben nur Eltern und ihre direkten Nachkommen untereinander, erklärt mein Vater lächelnd. *Mit den anderen kommunizieren wir zwar telepathisch, senden aber nur, was wir senden wollen.*

Aber wir drei können uns direkt spüren und verstehen alles, was wir fühlen.

Du wolltest nicht zurück in den Ozean. Du wolltest bei unseren Müttern bleiben, stelle ich fest.

Das Lächeln unseres Vaters wird traurig.

Ja. Doch ich hatte keine Wahl. Mein Körper musste wieder unter Wasser, auch wenn mein Herz auf der Erde bleiben wollte. Der innere Konflikt, in den ich geriet, war furchtbar. Er erschreckte und verstörte eure Mütter. Ava kämpfte gegen mich, Anna floh. Schließlich wandelte sich mein Körper langsam, aber unaufhaltsam zurück. Ich musste gehen. Alles, was mir blieb, war, dafür zu sorgen, dass es euch gut geht, und darauf zu warten, wie ihr euch eines Tages entscheiden werdet. Aber ich war die ganze Zeit über bei euch.

Ich denke an Koa im Aquarium, den sprechenden Babyrochen, an die leuchtenden Flügel der Libellenfische, an die Unterwasserträume, unsere gezeichneten Bilder und den Ozean in Keanus Zimmer.

Du hast eine große Kraft, stelle ich fest.

Unser Vater nickt lächelnd. *Ich konnte dich zwar leider nicht vor der Polizei retten –*

Das warst du? Du hast mich in den Brunnen geleitet!

Ja.

Das war sehr … Ich weiß gar nicht, warum ich zögere, denn er hat meine Gefühle sowieso schon gelesen.

Dumm. Du hast recht, das war es. Ein dummer Versuch. Ich kann sehr viel, aber ein Gott bin ich leider nicht. Darum brauchte ich auch einen menschlichen Verbündeten in eurer Nähe.

Erwin Zimmer, denke ich. *Er ist darüber verrückt geworden.*

Ja, das ist sehr bedauerlich, und damit habe ich nicht gerechnet. Aber es wird ihm bald besser gehen.

Aber wie ist das möglich? Die Stimme in meinem Kopf, die sprechenden Fische, all das?, wirft Keanu ein.

Unser Volk hat sich in seiner Entwicklung auf andere, für uns wichtigere Dinge konzentriert. Wir können vieles mit der

Kraft unserer Gedanken beeinflussen. Dafür haben die Menschen Smartphones und das Internet. So etwas gibt es bei uns nicht.

Überrascht schaue ich ihn an. Das war witzig. Unser Vater hat Humor. Kein Wunder, dass Mam sich in ihn verliebt hat. Ein schöner Mann mit einem schönen Lachen. Wie Keanu.

Ich muss schlucken. Werde ich Keanus Lachen noch einmal wiedersehen? Ich blicke zu ihm. Er lächelt aufmunternd. Ich habe so viele Fragen an unseren Vater.

Das ist okay, Mo. Die meinen kann ich später stellen, sagt mein Bruder.

Ich erschrecke. Heißt das, er überlegt tatsächlich hierzubleiben?

Moana?, lenkt mich mein Vater von diesem Gedanken ab. *Es ist wirklich eine sehr ungewöhnliche Situation, dass du mit uns gehen konntest. Aber Keanu muss seine Entscheidung allein treffen dürfen. Du darfst ihn nicht beeinflussen.*

Aber das tust du doch auch!, denke ich sehr laut. *Diese Sehnsucht, die du uns schickst, ist kaum auszuhalten.*

Unser Vater lächelt. Hach, schade, dass ich ihn oben niemandem vorstellen kann. Katha wäre hingerissen.

Diese Sehnsucht entsteht allein in eurem Inneren.

Und diese Glaskugel in unserer Hand?

Das ist eine Notreserve. Zwar verbringen die meisten von uns ihr ganzes Leben hier unten, aber wir dürfen jederzeit nach oben gehen. Für eine kurze Weile. Falls wir dort in Not geraten, haben wir einen Ozean, der uns nach Hause bringen würde.

Meine Kugel ist herausgekommen. Ich träumte schlecht und geriet in Panik. Das genügte.

Mein Vater nickt. *Ja. Genauso wie im reinen Menschengeschlecht gibt es auch bei uns angeborene Schwächen.*

Zum Glück habe ich diese angeborenen Schäden nur auf meiner ozeanischen Seite, denke ich spontan.

Keanu und mein Vater lachen.

War das Surfboard auch von dir?

Ja. Beinahe lief es schief, denn Erwin Zimmer konnte diesen Auftrag nicht mehr ganz erfüllen. Er hätte es dir eigentlich vor die Tür stellen sollen. Ich wusste leider noch nicht, dass ihr in diesem Jahr nicht in den Urlaub fahrt.

Trotzdem danke.

Plötzlich kommt mir noch ein Gedanke. Er ist wunderschön, und ich hoffe, dass er wahr ist. Ich hoffe es für die vaterlose kleine Mo, die ich einmal war.

Hast du mir das Surfen beigebracht?

Mam saß damals staunend neben mir im Line-up. Noch nie, beteuerte sie, noch nie hätte sie ein Kind gesehen, das so schnell und dermaßen gut surfen lernte. Klar, sie war meine Mam, kein bisschen objektiv und grundsätzlich stolz wie Bolle auf mich. Es stimmte trotzdem. Ich lernte schnell und war unglaublich gut. Mit fünf Jahren stand ich sicher auf meinem Brett.

Keanu war jeden Tag im Wasser, ihm brauchte ich nur zuzuschauen. Aber du lebtest die meiste Zeit fernab des Ozeans. Da musste ich dir ein wenig unter die Arme greifen.

Dieser Gedanke ist so schön, dass ich laut aufschluchze.

23.

Man spürt das Grab eher, als dass man es sieht. Das Gefühl, dass hier ein Mensch seine letzte Ruhe gefunden hat, ist unglaublich stark. Auch wenn es keinen Grabhügel oder einen Stein, keine Inschrift und auch kein Kreuz gibt, ist hier etwas von einem Menschen anwesend, vielleicht ein letzter Rest Energie oder eine Aura.

Ich fühle Keanu, seine Traurigkeit, seinen Schmerz, aber auch den Frieden, den er gerade findet. Es muss schrecklich sein, wenn jemand einfach verschwindet, ohne eine Spur, ohne einen Hinweis. Wenn man nicht weiß, ob der geliebte Mensch noch lebt oder nicht. Wenn man ihn schließlich für tot erklären lässt, weil man sich davon das Ende der eigenen Suche erhofft. So, wie Mam es tun müsste, wenn ich nicht wieder zurückkommen würde.

Erschreckt schaue ich auf.

Keanu, ich will nach Hause.

Doch er antwortet mir nicht.

Du musst auch nicht hierbleiben, das weißt du. Ich habe solche Angst, ihn zu verlieren. *Lass uns nach Hause gehen, ja?*

Keanu schaut mich an. Ich kenne seine Antwort. Fühle sie in jedem Winkel meines Herzens.

Wir stehen am Grab hinterm Haus unseres Vaters. Er selbst ist wieder hineingegangen, um Keanu die Zeit zu lassen, die er braucht. Um uns die Zeit zu lassen, die wir brauchen.

Keanu legt die Arme um meine Schultern.

Mo, es wird stärker, beinahe übermächtig.

Was?, frage ich, obwohl ich es weiß.

Das Gefühl, hierbleiben zu wollen, und die Sehnsucht nach der Liebe des Ozeanvolkes.

Und die nach der Liebe unseres Vaters, denke ich.

Ja.

Ich finde diese Sehnsucht auch in mir. Sie kommt wie die Brandung. Ihre Wogen werden größer und größer. Bald werden sie sich überschlagen. Keanu ist für das Oben längst verloren.

Du wirst nicht mit zurückkommen, stelle ich fest.

Nein, liebe Mo, das werde ich nicht. Aber ich werde immer dein Bruder sein. Und du weißt, wo du mich findest.

Ja, das weiß ich. Und ich habe zwei Jahre Zeit für eine endgültige Entscheidung.

Vielleicht können wir uns im nächsten Sommerurlaub treffen. Unser Vater sagte doch, das Ozeanvolk kann jederzeit aufsteigen und für eine Weile an Land gehen.

Während wir umschlungen dastehen, schwillt die Sehnsucht nach der Liebe unseres Vaters auch in mir immer stärker an. Genauso wie der Wunsch, hier unten in dieser unbeschreiblichen Schönheit am tiefen Grund des Ozeans zu leben. Inmitten eines Volkes der Liebe und der absoluten Gemeinsamkeit. Weit ab von Hass, Gier, Lügen, Missgunst und allen anderen negativen Gefühlen und Zwängen der Menschen. Weit weg von schlechten Englischnoten, von Stichen ins Herz wegen K&K-Treffen oder wegen eines rothaarigen Mädchens aus der Parallelklasse.

Aber eben auch weit weg von Mam und Herrn Meier.

Ich will nach Hause!

Unser Vater kommt aus dem Haus. Ich blicke ihm entgegen und strecke meine Arme nach ihm aus. Ich spüre seine Nähe, seine Wärme, seine Liebe. Er nimmt meine Hände in die seinen.

Ich vermisse diese drei Jahre mit dir, an die ich mich nicht erinnern kann.

Sie waren sehr schön, kleine Moana. Wir waren glücklich.

Ich muss gehen.

Ich weiß. Wir sehen uns wieder, mein Kind. In zwei Jahren, wenn deine Zeit gekommen ist.

Seine Worte fühlen sich traurig an. Vielleicht ahnt er, dass ich auch in zwei Jahren wieder an die Oberfläche zurückgehen könnte.

Vielleicht schon eher? Nächstes Jahr im Sommer? An der Atlantikküste?, bitte ich.

Abgemacht, spüre ich die beiden gleichzeitig.

Dann tritt mein Vater einen letzten Schritt auf mich zu. Wir umarmen uns. Lang und fest. Die Berührung schließt endlich den Kreis.

Ich habe dich lieb, Papa.

Ich dich auch.

Warum tut es so weh?, frage ich.

Mein Vater drückt mich an sich. *Die Liebe ist das wunderbarste Gefühl der Welt, aber sie tut eben auch sehr, sehr weh.*

Ich möchte euch alle um mich haben. Dich, Keanu, Mam und Herrn Meier.

Ich weiß, liebe Moana, ich weiß. Leider ist das nicht möglich. Doch ich bin bei dir. Immer.

Aber bitte nie wieder als Babyrochen.

Mein Vater lacht. *Versprochen.*

Ich wende mich Keanu zu. *Was sage ich den anderen?*

Dass ich spontan wieder nach San Diego bin.

Und was ist mit deiner Mutter?

Darum kümmern wir uns, lässt mich unser Vater wissen.

Keanu und ich greifen nacheinander. Auf eine etwas seltsame Art umklammern wir uns regelrecht. Ich werde mir jetzt nicht das Herz brechen lassen, beschwöre ich mich und lasse ihn schnell wieder los.

Ich gehe jetzt.

Unsere Tränen schweben davon. Es sind viele, und sie sehen wunderschön aus. Mein Körper beginnt zu zittern, mein Bauch krampft sich zusammen. Ich gehe. Trotzig setze ich einen Schritt vor den anderen, kämpfe dagegen an, mich umzudrehen.

Leb wohl, Papa.

Leb wohl, geliebte Tochter.

Leb wohl, Bruder.

Leb wohl, Schwesterherz. Wir sehen uns im nächsten Sommer beim Surfen.

Ich liebe euch.

Jede Faser meines Körpers möchte hierbleiben, nach den ersten Schritten wieder zu ihnen zurückeilen. Doch ich gehe weiter. Weiter. Immer weiter.

Das Gehen unter Wasser strengt an. Darum lasse ich mich irgendwann fallen und schwimme. An den Korallenfelsen ziehe ich mich nach oben. Hinauf bis zum Höhleneingang, der der Ausgang aus meinem zweiten Zuhause ist.

Mam, Herr Meier, ich komme zurück. Denn ohne euch könnte ich es nicht aushalten. Ich denke es beinahe wütend, damit der Abschied nicht so wehtut.

Woran werde ich das Portal von dieser Seite aus erkennen? Werde ich in mein Zimmer schauen können wie durch ein Fenster? Oder wird das Wasser einfach nur ein wenig verwirbelt sein? Und wenn ich es übersehe? Wenn ich mich verlaufe?

Nach der Höhle beginnt der Glasweg. An seinem Ende erkenne ich die Nebel. Dahinter liegt mein Zimmer. Meine Welt. Das ist sie doch noch, meine Welt, oder? Nicht mehr allein, weiß ich. Denn ich bin Teil zweier Welten und sehr froh, dass ich mich im Moment noch nicht entscheiden muss.

Stück für Stück nähere ich mich den wabernden Nebeln. Jeder Schritt fällt schwerer als der vorherige. Denn jeder Schritt lässt den Wunsch wachsen, hierzubleiben, umzukehren und Vater und Bruder in die Arme zu schließen. Mam! Herr Meier! Helft mir, meinen Weg zurück zu euch zu finden. Es ist nicht mehr weit. Nur noch ein paar Meter. Auf einmal fühle ich die Nähe der anderen Welt ganz deutlich. Unsere Stadt, unsere Straße mit dem Magnolienbaum und der Bäckerei. Mam. Herr Meier. Ich vermisse dich. Ich … ich … Herr Meier, ich liebe dich.

Für einen Moment halte ich inne. Was habe ich da gerade gedacht? Nein, nicht gedacht. Ich habe es gefühlt, und das nicht zum ersten Mal. Warum ist es mir nur so schwergefallen, es anzunehmen? Dabei weiß ich es doch schon so lange. Ich bin in meinen besten Freund verliebt. Und ich muss ihm das unbedingt sagen. Bevor Lea aus der 9D ihm ihre Liebe gesteht.

Vor mir verwirbeln sich die Nebel. In ihren Schwaden erkenne ich meinen Weg.

Plötzlich spüre ich sie hinter mir und drehe mich um. Keanu und unser Vater stehen am Höhlenausgang. Sie heben die Arme und winken mir einen letzten Gruß. Eine Woge unglaublicher Liebe kommt auf mich zu und nimmt mich mit sich. Ich wirbele herum wie in einer gebrochenen Welle. Als ich wieder zu mir komme, bin ich inmitten der Nebel. Ihre Liebe hat mich in die obere Welt zurückgeschickt.

Es ist wie das Erwachen aus einem sehr tiefen Schlaf. Ich brauche eine Weile, bis ich erkenne, dass ich in Keanus Bett liege. Die Matratze ist wieder trocken, und das Bettzeug steckt in kuschlig weichen Bezügen.

Ich fühle mich völlig erschöpft und würde gerne noch etwas liegen bleiben. Doch vor dem Fenster dämmert es bereits. Ich war stundenlang fort. Bestimmt macht Mam sich inzwischen große Sorgen. Immerhin bin ich in einem höchst emotionalen Moment einfach weggerannt. Zumindest in ihren Augen.

Ich rappele mich auf. Dann schaue ich mich im Zimmer um. Keanu ist weg, durchfährt es mich. Für immer. Einen Moment lang fühle ich mich wie gelähmt.

Viel hat er sowieso nicht aus Amerika mitgebracht. Einen Koffer voller Klamotten, drei Paar Vans, ein Longboard, sein Smartphone. Alles Dinge, die er nicht mehr braucht. Ich nehme mir ein kariertes Hemd, das er oft getragen hat, und schlüpfe hinein. Es riecht nach seinem Deo.

Auf einmal kommen mir die Tränen. Wie nahe, warm und liebevoll es sich am Grunde des Ozeans angefühlt hat.

»Ach Herr Meier, wie gut, dass ich dich habe«, schniefe ich.

Denn es hat sich ja noch etwas verändert. Etwas Großes. Das ich unbedingt klären muss. Vor lauter Aufregung wird mir mal wieder übel. Ich müsste dringend etwas essen.

Vorsichtig nehme ich meine Zeichnung auf. Sie ist leblos. Keiner der kleinen Libellenfische erweckt es mit seinem

Leuchten. Ich werde gut darauf aufpassen müssen. Denn sie ist der Weg, den ich in zwei Jahren gehen muss. Ob nur einmal oder hin und zurück, weiß ich noch nicht.

Mam öffnet mir die Wohnungstür. Und obwohl sie tut, als sei es nicht so, sehe ich, dass sie die ganze Zeit voller Sorgen auf mich gewartet hat.

»Ach Mam«, sage ich und stürze in ihre Arme. »Ich bin froh, wieder hier zu sein. Ich habe dich so sehr vermisst.«

Mam hält mich fest und sagt erst mal kein Wort. Was soll sie auch sagen, sie kann nicht verstehen, wovon ich wirklich spreche. Sie kommt mir plötzlich noch etwas kleiner vor als sonst. Als sei ich in den letzten Stunden um mehrere Zentimeter gewachsen.

»Knochenknackerdrücker«, flüstere ich, und wir drücken uns, so fest wir können.

»Mottchen, es tut mir unendlich leid. Das wollte ich dir noch sagen.«

»Es ist alles gut, Mam. Ich verzeihe dir doch. Allerdings nur unter zwei Bedingungen.«

Meine Mutter schiebt mich ein Stück von sich und zieht eine Augenbraue hoch.

»Welche?«, fragt sie.

»Ich will alles wissen. Alles. Du musst es mir erzählen«, fordere ich.

»In Ordnung, Karottchen«, verspricht Mam.

Ich sehe, dass ihre Lippen zittern. Es wird ihr nicht leichtfallen. Aber sie weiß, dass sie mir die Geschichten meiner ersten drei Lebensjahre schuldet.

»Und zweitens?«, fragt sie dann.

»Ich erwarte ebenso viel Verzeihen, wenn es um meine Fehler geht. Und damit meine ich die kommenden«, verkünde ich.

Mam schaut etwas erschrocken. »Moment mal, du bist mitten in der Pubertät, da macht man einen Fehler nach dem anderen, die kann ich doch nicht schon im Vorfeld –«

Ein lautes Lachen unterbricht uns.

»Hallo, Max«, sage ich.

»Hallo, Karotte-Popotte«, sagt Max, und ich lasse ihm das durchgehen.

EPILOG

Ich springe. Lasse mich vom Turm zehn Meter in die Tiefe fallen. Es kribbelt wie irre in meinem Bauch. Ich kreische vor Vergnügen und Erschrecken. Herr Meier lacht. Katha jubelt. Dann klatsche ich ins Wasser. Als ich wieder auftauche, blicke ich direkt in Herrn Meiers grüne Augen. Er ist vom Beckenrand zu mir gesprungen. Von oben darf er noch nicht wieder. In meinem Bauch kribbelt es noch stärker.

»Du, Herr Meier, ich muss dir unbedingt was sagen«, krächze ich heiser wie eine Elster.

»Das kündigst du mir seit Tagen an, und ich bin inzwischen wirklich derbe gespannt.«

Vor vier Tagen durfte Herr Meier endlich das Krankenhaus verlassen. Drei Tage lümmelten wir bei ihm im Zimmer herum oder machten lange Spaziergänge. Er sollte sich noch etwas schonen. Wir hatten genug Zeit, dass ich ihm bis ins allerletzte Detail meine ganz und gar unglaubliche Geschichte erzählen und auch seine berechtigten Zweifel ausräumen konnte.

Die Zeit genügte nicht, ihm zu sagen, dass ich mich in ihn verliebt habe. Es scheint einfach keine gute Gelegenheit dafür zu geben. Doch früher oder später werde ich es ihm gestehen müssen. In zwei Wochen kommt Lea aus dem Urlaub zurück.

Heute sind wir das erste Mal im Freibad. Wir haben uns eine Monatskarte gekauft. Der Sommer soll allen Prognosen nach fantastisch werden. Ich hoffe, nicht nur wegen des grandiosen Wetters.

Wir ziehen uns am Beckenrand hoch und laufen zu Katha. Ein leichter Wind streicht über meine Haut. Er ist nicht kalt, trotzdem bekomme ich unter den Wassertropfen eine Gänsehaut.

»Möchtest du eine Limo, Mo?«, fragt Herr Meier.

»Gerne«, antworte ich ein bisschen atemlos und obwohl ich keinen Durst habe.

Herr Meier zieht seine Mütze über, fummelt fünf Euro aus seiner Hosentasche und läuft zum Kiosk. Ich schaue ihm nach. An seinen neuen Look habe ich mich noch nicht so richtig gewöhnt. Seine strohblonden Haare hat er komplett abrasiert. Der Sidecut gefiel ihm nicht. Weil die Narbe vor der Sonne geschützt werden muss, es aber ziemlich warm ist, trägt er eine neue Mütze. Sie ist leicht und hell und hängt ihm nicht über die schönen grünen Augen, sondern reicht lässig bis in den Nacken.

»Herr Meier, ich bin in dich verliebt«, flüstere ich hinter ihm her.

»Dann sag es ihm doch endlich«, sagt Katha.

Ich lasse mich neben sie auf die Decke fallen.

»Das geht nicht so einfach«, seufze ich. »Außerdem ist es unhöflich, die Selbstgespräche anderer Leute zu belauschen.«

Katha lacht.

Herr Meier ist seit fünf Jahren mein bester Freund. Es scheint irre kompliziert, den Status auf »total verliebt« zu wechseln. Und was wäre, wenn er es nicht in mich ist? Wenn wir kein Paar würden, hätte ich nicht nur ein gebrochenes Herz, sondern wahrscheinlich auch noch meinen besten Freund verloren.

»Du musst es ihm sagen. Bevor Lea aus der 9D es tut«, meint Katha.

»Ich will ihn doch gar nicht deshalb, damit Lea ihn nicht bekommt. Außerdem wäre er sowieso nicht der Richtige, wenn er mich nur nehmen würde, weil ich zuerst gefragt habe.«

»Das musst du mir doch alles gar nicht erklären. Ich ziehe dich nur auf«, sagt Katha.

»Ich weiß«, murmle ich.

Warum ist das nur so schwer? Warum kann ich Herrn Meier nicht einfach sagen, was ich fühle? Wir haben uns doch immer alles erzählt. Warum verschließt mein weit geöffnetes Herz meinen Mund?

»Schade, dass Keanu schon wieder zurückgeflogen ist.« Katha seufzt.

Sie schaut hinüber ans andere Ende der Liegewiese. Dort sind Karla und Torben mit ein paar anderen.

»Ich dachte, du freust dich auf die Törtchen mit Gunnar.«

»Die Törtchen sind mir egal«, mault Katha.

»Aber die süßen Küsse danach nicht«, sage ich.

Herr Meier kommt zu uns zurückgelaufen. Er bringt Biolimonade mit und setzt sich zu mir auf die Decke.

»Hier, für dich«, sagt er und zieht eine weitere Flasche aus der Tasche seiner Boardshorts.

»Cola! Wie schön.«

Mein Herz macht einen Extrahüpfer. Herr Meier weiß, was ich mag. Aber Herr Meier hat das schon immer gewusst. Es bedeutet nicht mehr, als es schon immer bedeutet hat.

»Moana?«

Moana? Herr Meier hat mich noch nie Moana genannt. Es klingt schön, wenn er es sagt. Es macht mich aber auch furchtbar verlegen.

»Ja, bitte, Horst«, antworte ich.

Eigentlich will ich lachen, aber das Lachen bleibt mir im Hals stecken. Herr Meier streicht mir ganz leicht über den Arm. Dort hängen noch immer einige Wassertropfen.

»Gehen wir ein Stück zusammen?«, fragt er.

»Wo wollen wir denn zusammen hingehen?«, frage ich verwundert.

Katha prustet los. In dem Moment kapiere ich es auch.

»Gerne«, sage ich schnell und hoffe, dass ich nicht rot werde.

Eigentlich kann man hier im Freibad nicht besonders weit gehen. Einmal bis ans Ende der Liegewiese und wieder zurück.

Wir bleiben am Rand stehen. Hier wachsen große Büsche

mit langen violetten Blüten. Unzählige Schmetterlinge und Bienen fliegen drum herum oder sitzen darauf.

»Buddleja davidii«, sagt Herr Meier.

»Ähm, wie bitte?«, frage ich erstaunt.

»Der Busch. Das ist ein Schmetterlingsflieder. Die genaue biologische Bezeichnung ist Buddleja davidii«, erklärt Herr Meier.

»Ach so«, sage ich. »Sehr interessant.«

»Entschuldige bitte«, murmelt er. »Ich kann diesen ganzen Kram, den ich irgendwo aufschnappe, einfach nicht wieder vergessen, weißt du ja.«

Ja, das weiß ich. Herrn Meiers Gehirn ist wie ein schwarzes Loch, das alle Informationen dieser Welt anzieht. Aber zum Glück auch als Wissen wieder hergibt. Manchmal jedoch etwas zusammenhanglos. So wie in diesem Moment.

»In besonderen Situationen geraten mir die unwichtigsten Sachen dazwischen«, fährt Herr Meier fort.

In besonderen Situationen? Und wo dazwischen? Herr Meier dreht sich zu mir, schaut mir in die Augen und nimmt meine Hand.

»Mo, ich –«

»Herr Meier, ich dich auch«, falle ich ihm ins Wort und habe die erste Liebeserklärung meines Lebens vermasselt.

Es sollte doch eine werden, oder etwa nicht? Vor Schreck wird mir furchtbar heiß. »Du wolltest doch gerade sagen, dass du mich … also, du magst mich doch mehr … oder nicht?«

Ich verheddere mich ganz furchtbar in meinen Worten und Gefühlen. Vielleicht wollte er eigentlich etwas ganz anderes sagen. Vielleicht sollte es ein Satz mit dem Namen Lea werden. Mir ist das Ganze furchtbar peinlich, und am liebsten würde ich wegrennen. Einfach irgendwohin, wo mich keiner kennt. Ich könnte mich in das dichte Geäst dieses großen Busches vor uns stürzen. Darin würde mich keiner suchen.

»Liebes Mottchen, wenn ich dir schon keine Liebeserklärung machen darf, darf ich dich dann wenigstens küssen?«, fragt Herr Meier jedoch und grinst auf seine wunderbare Weise.

Ja, denke ich. Bitte, bitte küss mich.

Und dann küsst Herr Meier mich hinterm Buddel David oder wie dieser Busch mit den Millionen summenden Bienen heißt.

Als die Welt wieder ein ganz klein wenig abbremst, fliegen all die Bienen und Schmetterlinge, die eben noch auf den lila Blüten saßen, plötzlich in meinem Bauch herum.

»Bist du trotzdem noch mein Herr Meier?«, frage ich atemlos.

Er grinst mich an, und während die ganzen Insekten wie verrückt in meinem Inneren hin und her summen, küssen wir uns noch einmal.